KB084446

카틀레아

루시엘

루미나

그란하르트

조르드

CONTENTS

2장 미궁과 발키리 성기사단

01 성속성 마법의 치유, 그 가치

멜라토니 마을에서 마차로 달리기를 5일, 겨우 성 슈를 공화국의 중심지인 성도(聖都) 슈를이 보이기 시작했다.

모험자 길드에서 나나엘라 양과 길드 사람들이 말한 바로는 대략 2, 3일 정도의 여정이라고 들었지만 당초 예정보다 배 이상의 시간이 걸렸다.

이렇게 도착이 늦은 데에는 일단 이유가 있다. 실은 출발한지 얼마 지나지 않아 바잔 씨가 이런 제안을 한 것이다.

"마물이나 도적이 출몰하는 지역을 통과해 야영을 하면서 가는 루트랑, 조금 멀리 돌아가는 대신 길목에 있는 마을에서 휴식을 취하면서 도적과 마물 걱정 없이 낮에만 이동하는 루트 중에 어느 쪽이 좋지?"

이런 설명을 듣고 내가 전자를 선택할 리도 만무해 결국 멀리 돌아가는 루트를 고르게 됐다.

물론 마물과의 조우가 전혀 없었던 건 아니지만 마물이 습격하기도 전에 바잔 씨 일행이 섬멸했으므로 공포를 느낄 틈도 없었다.

실은 이 여행을 통한 po레벨링wer을 남몰래 기대했지만 현실은 그렇게 무르지 않았고 레벨이 오르는 일도 없었다.

그저 같은 장소에서 머무는 것만으론 레벨은커녕 경험치도 오르지 않는다는 현실을 뼈저리게 깨달았을 뿐이다.

뭐어 A랭크 파티인 '백랑(白狼)의 핏줄'이 싸우는 모습을 볼 수 있다는 것만으로도 충분한 수확이긴 했다만……

물이 흐르는 듯한 연계를 통해 적을 분단하고 각개격파를 하고 있을 터인데 어째선지 적들이 무언가에 끌려 자멸하러 오는 것처럼 보일 정도로 세련된 전법을 구사했던 것이다.

언젠가 치유원을 개업하면 호위로 상주(常駐)*해주지 않으려나, 하고 생각한 것은 비밀이다.

여하튼 결과적으로 바잔 씨의 제안을 받아들인 것은 정답이었다.

요 5일간 야숙도 하지 않고 하루 세끼의 식사도 확보했으니 말이다.

멜라토니의 거리와는 달리 여행 중에 들린 마을들은 거의 정비가 되어 있지 않았으며 치유원은커녕 진찰소조차 없었다.

그런 연유로 회복 마법을 걸어주기만 해도 식사와 잠자리가 제공됐다.

촌장 댁의 방 하나를 빌려 치료를 했는데 환자 한 분 한 분한테 매우 감사를 받았으며 모든 환자의 진찰이 끝나니 어느샌가 마을에서 연회가 시작돼 그 자리에서 환영을 받았다.

물론 처음 방문한 마을뿐만 아니라 도중에 들린 모든 마을에서 말이다.

그 행동이 옳은 것인지는 모르겠지만 사람들을 구할 수 있는 힘

---

* 어느 지역이나 장소에 계속 머무는 것

을 원하길 잘했다고 진심으로 생각했다.

연회 자리이긴 했지만 술은 스승님한테 금지당했고 바잔 씨 일행도 호위 임무 때문에 거절하자 이번엔 대량의 식사를 준비해 대접해줬다.

연회 도중에 치료를 받은 마을사람들이 내 자리로 와서 감사를 전했는데 이게 꽤나 근질거리는 경험이었던지라 기억에 새롭다.

개중엔 절을 하는 분도 계셨는데 난 한결같이 같은 말을 되풀이했다.

"회복 마법으로 치료를 해드린 대가로 호화로운 식사와 깨끗한 잠자리를 받았으니 신경을 쓰지 않으셔도 됩니다."

최대한 미소를 지으며 그 말을 전하니 더더욱 고개를 숙이셔서 당황했는데 그 모습을 바잔 씨 일행에게 들키는 바람에 웃음을 사고 말았다.

그 이후에 들린 모든 마을에서도 마찬가지로 성(聖)속성 마법으로 마을사람들의 부상을 치료하며 다녔는데 그때마다 식사와 잠자리를 흔쾌히 제공받았다.

그 덕분에 피로를 느끼지 않고 편하게 성도 슈를에 도착할 수 있었던 것이다.

"저게 성 슈를 공화국의 성도 슈를…… 그건 그렇고 저 빛나는 성이 치유사 길드의 본부인가……."

이미 치유사 길드에 대해 색안경을 낀 탓인지 크리스탈로 만들어진 듯한 성을 본 순간 들어가기 싫다는 마음이 스멀스멀 올라온다.

"그래. 그 성 슈를 교회가 운영하는 치유사 길드의 본부다."

바잔 씨가 교회 본부의 건물…… 성을 보며 꺼림칙하다는 듯이 말하는 태도에서 옛날에는 어땠는지 모르겠지만 지금은 모험자는 물론이고 주민들도 달갑게 여기지 않는다는 걸 깨닫고 말았다.

"그 성 슈를 교회가 운영하는 치유사 길드의 본부라…… 그건 그렇고 슈를이라는 단어를 너무 남발해서 알아먹기 힘든 데요."

"루시엘 군, 그 말은 금기어야. 이 나라를 건국한 왕…… 교황님에겐 뭔가 사정이 있었다고 해. 무지(無知)한 발언은 조심하는 게 좋아."

확실히 레인스타 경이라고 했었나. 무심코 한 말이 비난의 대상이 될 가능성도 있으니 주의해야겠지.

세키로스 씨의 주의를 명심하도록 하자.

평균적으로 식자(識字)* 능력이 그다지 높지 않은 세계에서 누구나가 아는 상식을 모른다는 건…… 꽤 위험하지.

그런 생각을 하고 있는데 문을 지키는 위병이 다가와 입장 허가서를 요구했기에 교황님이 보내신 사령(辭令)**을 건넸다.

"실례했습니다. 그럼 여기서부턴 이 수인들이 아닌 제가 루시엘 님을 성 슈를 교회 본부까지 안내하도록 하겠습니다."

"괜찮습니다. 위치도 알고 있으니까요."

위병이 인족 지상주의자라는 사실에 화가 났지만 미소로 거절하고 현재 인원으로만 성 슈를 교회 본부로 향하기로 했다.

---

* 글자를 아는 것
** 임명, 해임 따위의 인사에 관한 명령

"괜찮은 거냐?"

"뭐가 말인가요?"

"아니, 아무것도 아니다."

성도 안으로 들어서자마자 방금 전의 일을 의식한 것인지 바잔 씨가 말을 걸었다.

멜라토니에선 좀처럼 느끼지 못했지만 인족 지상주의가 버젓이 존재하는 현실 앞에서 아무것도 할 수 없다는 답답함에 충격을 받았다.

마침 그때, 성 슈를 교회 본부의 성에 도착하기 직전에 그리운 모험자 길드가 눈에 들어왔다.

"아, 그리고 보니 물체 X가 슬슬 떨어질 것 같네요."

"그런가. 확실히 열흘 치만 겨우 들어가는 작은 나무통에 담아 왔지. 어떻게 할래. 먼저 모험자 길드에 들러서 보충할까?"

"그렇네요. 바잔 씨랑 다른 분들도 호위를 마쳤다고 보고를 해야 하니 딱 좋네요."

"……본심은?"

"모험자 길드에서 다른 사람들이랑 얽히기 싫으니까 동행을 부탁드리고 싶습니다."

"쿡쿡쿡. 정말로 루시엘 군은 재밌네. 바잔, 어울려 주는 게 어때?"

"우리는 여기서 기다리지."

"칫, 뭐 좋아."

이렇게 해서 나와 바잔 씨가 모험자 길드에 들어가기로 했다.

"그런데 성도의 모험자 길드에 가보신 적이 있나요?"

"물론이지. 게다가 이곳의 길드 마스터도 어떤 의미론 이색적이니까 여기가 성도란 사실도 깜빡 잊어버릴 거다."

"만약 자유가 보장된다면 모험자 길드로 피신하죠."

"핫핫핫. 그거 좋은데."

그렇게 말하며 바잔 씨는 모험자 길드의 문을 열었다.

안으로 들어서자마자 단숨에 시선이 집중되는 건 어느 모험자 길드나 마찬가지구만.

그런 생각을 하며 접수처……가 아닌 어째선지 식당이 있는 곳으로 향하는 바잔 씨의 뒤를 쫓아갔다.

"정말로 구조가 똑같네."

쫓아가면서 바라본 길드 내부는 정말로 멜라토니의 모험자 길드와 같은 설계로 만들어진 모양이다.

"마스터는 있나?"

"어서 오세요. 주문을 하시겠어요?"

그런 생각을 하고 있자니 어째선지 바잔 씨가 멜라토니의 모험자 길드엔 없었던 묘령의 웨이트리스에게 말을 걸었다.

정오가 지났지만 식당 안에는 아직 식사를 하는 모험자가 있는 듯하다.

"아니, 길드 마스터는 항상 식당에 있지?"

"예. 그런데 당신은?"

"A랭크 모험자 파티를 맺고 있는 '백랑의 핏줄'의 바잔이다. 거기에 있는 루시엘을 길드 마스터한테 소개시켜 주려고 방문했다."

바잔 씨가 이름을 대자 의아한 표정으로 이쪽을 보던 웨이트리스의 표정이 금세 풀어졌다.

"그랬나요. 그럼 불러올 테니 잠깐 기다려주시겠어요?"

그렇게 말한 웨이트리스는 식당 뒤편으로 향했다.

그 틈을 타 바잔 씨가 입을 열었다.

"루시엘, 겉모습으로 판단하지 마라. 방금 전의 웨이트리스, 아마도 나와 동급이거나 그 이상의 실력자일 거다."

"예?"

확실히 레벨의 개념이 존재하는 이 세계에선 겉모습으론 판단할 수 없는 강인함이 있다는 건 사실이다.

그래도 A랭크의 바잔 씨보다 강하다니…….

"가능한 대립하는 일이 없도록 명심하겠습니다."

"현명한 판단이다."

바잔 씨가 그렇게 말하며 웃기 시작할 즈음 방금 전의 웨이트리스 양과 함께 초로(初老)에 키가 작고 근육질 체격을 지닌, 마치 이야기에 나올 법한 드워프 같은 사람이 나타났다.

"누군가 했더니 바잔인가 오랜만이군."

"그래. 오늘은 이 녀석을 데려왔다."

"호오. 바잔이 인족을 소개할 줄은…… 애송이, 이름은?"

"아, 예. 루시엘이라고 합니다. 일단은 치유사를 맡고 있습니다."

"치유사? 그 체격에 말이냐?"

"예."

치유사라는 말을 들어서 그런지 주위에 있던 모험자들의 뜨거운 시선이 느껴졌다.

오랜만에 느끼는 살기 같은 감각이었다.

"바잔, 이 녀석은 혹시……."

"여러 별명이 있지만 멜라토니의 모험자 길드에서 살던 녀석이라고 하면 알겠어?"

"역시 블로드의 제자인가. 그런가, 그래서 인사만 하려고 온 건 아닐 테지?"

블로드 스승님의 이름을 듣고 고개를 끄덕이니 길드 마스터의 얼굴에서 의중을 떠보는 듯한 시선이 사라졌기에 난 안도의 한숨을 내쉬었다.

"그래. 루시엘, 나머진 스스로 부탁해라. 난 접수처에서 수속을 마치고 오마."

"아, 예. 감사합니다, 바잔 씨."

바잔 씨는 웃으며 식당을 나섰다.

"그래서 부탁이 있다고?"

"예. 난 모험자 겸 치유사인 루시엘이라고 합니다. 이번에 길드를 방문한 건 물체 X의 원액을 큰 통으로 받고 싶어서."

그 순간, 술렁거리던 식당은 정적에 휩싸였으며 이쪽을 살피던 이들은 경악으로 눈을 부릅뜨더니 이내 시선을 거두기 시작했다.

"……저, 저기, 주문을 다시 한 번 말씀해주시겠어요?"

"아, 예. 물체 X의 원액을 큰 통으로 주세요."

어째선지 길드 마스터가 아닌 웨이트리스 양이 확인을 하자 길드 마스터가 빠른 걸음으로 식당 뒤편으로 들어가더니 이내 물체 X가 담긴 맥주잔을 들고 왔다.

"마셔 봐라."

라는 말과 함께 테이블 위에 텅 하고 물체 X를 두었다.

"확인을 하시려는 건가요?"

"그래. 마시지 못하는 자에게 물체 X를 내줄 순 없으니 말이다."

뭐어 마시진 못해도 물체 X를 악용하려는 사람들이 없을 거라 단정할 순 없으니 시험을 하는 것이리라.

나도 가능하면 마시고 싶지 않지만 스승님이나 그루가 씨한테 수행을 하면서 꼭 마시라는 말을 들었으니 어쩔 수가 없다.

평소와 다름없이 꿀꺽꿀꺽 들이켰다.

내가 물체 X를 한입에 마시자 침묵을 지키던 모험자들 사이에서 새어나온 목소리가 내 귀에 들어왔다.

"괴물이다."

"미각 장애인가."

"저 녀석 혹시 소문의 진성 M 치유사 아니냐?"

"그건 도시 전설이잖냐. 게다가 그 소문은 멜라토니에서 도는 얘기잖아?"

그렇게 소곤거려도 다 들린답니다.

"푸하~. 잘 마셨습니다. 그럼 통 단위로 준비해주시겠어요?"

"아, 알았다. 악용하지 않겠다면 괜찮겠지."

어째서 길드 마스터가 떨고 있는지는 모르겠지만 뭐어 상관없나.

"아, 맞다. 어째서 물체 X는 액체인데도 액체 X가 아니라 물체 X라고 하는 건가요?"

"그, 글쎄다. 그보다 방금 통 단위이라고 들었다만 저걸 담을 만한 통은 있는 거냐?"

"작은 통이라면 있습니다만 내용물이 있으니 그쪽에서 준비해 주실 수 있을까요?"

"……이쪽에서 준비는 할 수 있다만 바로는 무리고 큰 통의 경우엔 한 통당 은화 1닢이다."

"그럼 일단 이 통에 추가로 넣어주시겠어요? 그리고 세 통에 해당하는 은화를 선불로 내겠습니다."

난 마법 가방에서 물체 X가 들어간 통을 꺼냈다.

"아, 알았다."

그렇게 말한 길드 마스터는 나한테서 건네받은 통을 가지고는 식당 뒤편으로 사라졌다.

"어이, 세 통이라고 했는데."

"괴물이구만."

"마족?"

"저건 마물은 물론이고 마족도 도망칠 정도로 고약하다고."

"마물의 접근을 막는 용도로는 최고지만 저걸 너무 방치하면 모르는 새에 멋대로 입안으로 들어간다는 모양이야."

뭡니까 그 괴담은.

"어떤 삶았길래 저렇게 태연하게 마실 수 있는 거냐?"

"어쩌면 굉장히 빈곤한 생활을……."

그런 목소리들이 생생하게 들려서 살짝 곁눈질로 봤더니 다들 무진장 강해보였다.

게다가 멜라토니의 모험자들보다 좋은 장비를 착용하고 있는 만큼 시선이 마주쳐서 시비가 붙지 않도록 조심하자.

바잔 씨가 마중을 와줬으면 좋겠지만…….

"……준비 됐다."

얼마 지나지 않아 얼굴에 괴로운 표정이 가득한 길드 마스터가 통을 가지고 나왔다.

"감사합니다. 그럼 이 통에 있는 물체 X가 떨어지면 다시 받으러 올 테니 그때엔 나머지 세 통도 부탁드립니다."

"알았다."

감사를 전하며 마법 가방에 통을 넣은 난 누구와도 시선을 마주하지 않도록 모험자 길드의 출입구를 향해 걸음을 옮겼다.

"아, 치유사 루시엘, 은화 1닢으로 성속성 마법을 써준다는 소문은 사실이냐?"

"멜라토니의 모험자 길드에선 신세를 졌으니까요. 성도에서도 시비가 붙는 일이 없다면 생각해보겠습니다."

길드 마스터의 질문에 그렇게 답한 난 식당을 뒤로 했다.

때마침 바잔 씨가 돌아와 난 모험자 길드를 무사히 나설 수 있었다.

"역시 멜라토니와는 조금 다르네요. 어쩐지 눈엣가시 취급을 받는다고 할까."

"그건 선풍(旋風) 덕분이라고 생각하는데. 루시엘이 모험자랑 시비가 붙지 않도록 벌칙도 내걸었다고."

"그…랬던 건가요."

정말로 스승님 앞에선 고개를 들지 못하겠는걸.

최대한 맡은 업무에 충실히 임해서 교회 본부 직원의 자리에서 해방될 수 있도록 힘내자.

그 후에 바잔 씨 일행이 교회 본부 앞까지 날 데려다줬다.

"바잔 씨, 세키로스 씨, 바슬라 씨. 여기까지 호위를 맡아주셔서 감사합니다."

난 세 사람에게 감사를 표하며 고개를 숙였다.

"이것도 모험자 길드에서 직접 지명한 의뢰인 데다, 생명의 은인의 호위니까 받는 게 당연하잖아. 그렇지?"

바슬라 씨가 두 사람을 보며 그렇게 말했다.

"그래. 세키로스도 나도 네가 독을 치료해주지 않았다면 정말로 위험했을 거다. 그야말로 바슬라를 혼자 남겨두고 세상을 뜰 참이었으니까."

바잔 씨는 특유의 맹수 같은 얼굴로 웃으며 바슬라 씨의 말을 긍정했다.

"그래 그래. 루시엘 군 덕분에 살았어."

세키로스 씨도 웃으며 동료들의 말을 긍정했다.

"아뇨. 그건 그렇고 이렇게 얘기를 나누니까 멜라토니를 떠나 알고 지내던 사람들을 보지 못 한다는 게 정말로 실감이 나네요.

역시 조금 쓸쓸할지도 모르겠어요."

마치 전근으로 이동한 근무지에서 첫날을 맞이하는 기분이다.

"뭐어 루시엘이 멜라토니로 돌아온다면 대환영이지만 공짜로 받은 마법서값 만큼은 길드 본부에 공헌하라고."

"……예, 정말로 신세를 졌습니다."

"그래. 다음엔 한 잔 걸칠 수 있으면 좋겠네."

결국 이 세계에 온 이래로 한 번도 술을 마시지 않았다.

누구와도 술을 마시지 못한 채로 근무지가 바뀌었으니 어쩔 수 없는 일이다. 아직 블로드 스승님과도 마시지 못했고.

"예. 그때엔 제가 한 턱 낼 수 있도록 힘내겠습니다."

"기대할게."

"보타쿠리 같은 녀석은 되지 말라고."

"예."

이별 인사를 마치자 세 사람을 태운 마차가 멜라토니를 향해 출발했다.

"아는 사람 하나 없는 곳에서 새로운 생활을 시작하는 것도 꽤 쓸쓸하네."

감상에 젖는 건 조금 이른가.

그건 그렇고 마법서값 만큼은……이라.

확실히 이것도 재산이긴 하지.

공짜로 받은 마법서라고는 하지만 실제로 사면 제법 금액이 나가니 함부로 다룰 순 없다.

마법의 가방에 손을 대며 이번 여정을 다시 떠올린다.

멜라토니의 치유사 길드에서 받은 마법서는 모두 7권.

모든 책을 대강 훑어 보고 책마다 실린 영창을 반복해서 왼 덕분에 영창 자체는 완벽하게 외웠다.

도중에 바잔 씨한테 "저주의 노래로 들리니까 영창을 할 거면 제대로 입에 담아라"라고 혼났을 땐 조금 무서웠다.

그때를 떠올리니 웃음이 나올 것 같았지만 교회 앞에서 웃고 있으면 수상한 인간으로 오인을 받을지도 모른다는 생각에 교회를 향해 발걸음을 옮겼다.

그건 그렇고 새롭게 익힌 마법을 사용할 기회가 있긴 한 걸까?

성속성 부여 마법 오라 코트.

공기 중에 퍼진 독기를 차단하고 병의 진행을 늦추는 효과가 있다. 또한 상태 이상에 걸릴 확률이 낮아진다. 소비 마력은 10.

성속성 특수 정화 마법 퓨리피케이션.

본래는 저주나 부정(不淨)을 쫓는 마법이지만 실은 때처럼 더러운 것도 제거할 수 있는 만능의 마법이다. 소비 마력은 16.

상급 회복 마법 하이 힐.

일반 힐의 10배나 되는 회복량을 자랑하지만 소비 마력은 15로 결코 적은 편은 아니다.

중급 전체 회복 마법 에어리어 미들 힐.

에어리어 힐의 회복 효과를 높인 마법으로써 회복 대상의 범위는 그대로지만 에어리어 힐과 비교해 회복량이 3배나 올라간다. 소비 마력은 30.

상급 전체 회복 마법 에어리어 하이 힐.
에어리어 미들 힐을 강화한 마법으로써 범위가 반경 3미터로 늘어나는 대신 1회 시전에 소비하는 마력이 75라고 책에 쓰여 있었다.

상태 이상 회복 마법 리커버.
독, 마비, 매료, 수면, 마력 봉인 등 마법에 의한 허약 상태를 회복시키는 마법이지만 석화, 환각, 병에는 효과가 없다. 소비 마력은 18.

성속성 특수 회복 마법 디스펠.
석화, 저주, 환각 등의 상태 이상을 회복시키는 마법인데 그밖에도 다른 효과가 있다고 한다. 소비 마력은 50이라는 모양이다.

에어리어 하이 힐과 디스펠에 대한 설명이 애매한 이유는 성속성 마법의 스킬 레벨이 낮은 탓에 발동할 수 없었기 때문이다.
물론 영창은 제대로 익혔으므로 스킬 레벨이 오르면 언젠가는 발동할 수 있으리라.
단 힐과 비교하면 새롭게 익힌 마법들이 하나같이 마력을 왕창 잡아먹기 때문에 가볍게 사용할 순 없다.

그런 연유로 쓸 기회가 없기를 바랄 뿐이다.

애초에 교회 본부의 직원이 무슨 업무를 하는지도 모른다.

"이것도 내가 무지한 건가? 아니면……뭐어 고민해도 어쩔 수 없나."

난 백색과 유리를 기초로 삼아 만들어진 웅장한 성을 향해 기합을 넣으며 발을 내딛었다.

외관만 보면 무심코 긴장을 하게 되지만 그것도 안에 들어가면 해결된다. 대응을 하는 사람은 같은 인간이니까 긴장할 필요도 없다.

건물 안으로 들어서니 바닥이 대리석 같은 재질로 이루어진 넓은 홀이 나왔다.

아마 내가 가죽 구두를 신었다면 뚜벅뚜벅 소리가 났으리라.

입구를 기준으로 정면에 위치한 홀의 중앙에 접수 카운터가 있었으므로 난 망설임 없이 그쪽으로 걸어갔다.

"어서 오십시오. 이곳은 치유사 길드 본부입니다. 어떤 용건으로 오셨나요?"

카운터엔 2명의 접수원이 앉아 있었는데 내가 다가가니 두 사람 모두 자리에서 일어나 응대했다.

"전 루시엘이라고 합니다. 본래는 성 슈를 교회 치유사 길드 멜라토니 지부에 소속된 치유사였습니다만 이번에 교황님의 사령을 받아 본부로 이동하게 되었습니다. 그래서 담당자 분을 뵙고 싶습니다만……."

"잠시만 기다려 주십시오."

접수원 중 한 명이 자리에 앉더니 수정구슬에 손을 얹으며 눈을 감았다.

혹시 이게 소문의 마도구인 걸까? 멜라토니에 있었을 때엔 마도구를 볼 기회가 없었던 만큼 흥미가 솟았다.

그런 생각을 하고 있자니 접수원이 수정구슬 너머로 말을 걸기 시작했다.

"혹시 염화(念話) 같은 걸 사용할 수 있게끔 하는 보조 도구 같은 건가?"

내가 중얼거린 소리가 들렸는지 다른 한 명의 접수원이 긍정했다.

"그렇답니다. 박식하시네요, 루시엘 님."

갑자기 이름으로 불린 탓에 깜짝 놀라고 말았다.

"아뇨 아뇨. 원리 같은 건 전혀 모르고 비슷한 마도구를 모험자 길드 안에서 본 적이 있을 뿐이에요."

"모험자 길드…… 인가요?"

역시 일반적인 관점에서 보면 치유사가 모험자 길드와 관계를 맺는 건 드문 일이겠지.

그런 생각을 하고 있는데 염화를 하던 접수원이 입을 열었다.

"아, 그란하르트 님이 오셨네요."

접수원 양의 말에 뒤를 돌아보니 모험자 같은 거구에 하얀 로브를 두른 40대로 보이는 남성이 서 있었다.

그런데 어째서 뒤에서 나타난 걸까? 뒤에 있는 거라곤 출입구

밖에 없는데 혹시 밖에 있었나?

"그대가 치유사 루시엘 공인가? 내 이름은 그란하르트. 이곳에서 사제를 맡고 있다. 그리고 자네를 부른 것 또한 나다. 이동을 할 테니 따라오도록."

그란하르트 씨는 이쪽이 인사를 할 틈도 없이 바로 움직이더니 접수 카운터 뒤편에 있는 벽에 천천히 손을 뻗었다.

아무것도 없는 곳에 왜 손을…… 그렇게 생각한 순간, 갑자기 벽이 갈라졌다.

그 광경이 마치 엘리베이터처럼 보였다.

"자아, 안으로 들어가지."

아무래도 이 세계에도 엘리베이터가 존재하는 모양이라 타는 순간 한동안 느끼지 못했던 특유의 부유감을 느낄 수 있었다.

"이건 어떤 원리로 작동하는 건가요? 처음 타봅니다만."

그란하르트 씨한테 의심을 사지 않도록 흥분한 연기를 섞어가며 질문을 해봤다.

"이건 마도 엘리베이터라고 한다. 마력을 인식해 상하로 고도를 조정할 수 있는 마도구지."

"그렇군요! 마도 엘리베이터라고 하는 군요. 아, 그리고 보니 이곳을 제외하고 다른 출입구를 본 기억이…… 혹시 다른 출입구가 있나요?"

"아니, 없다. 애초에 외부인이 교회 본부에 자유로이 출입하는 것을 막을 목적으로 설계해 세운 건축물이라 하더군."

"그렇군요."

혹시 이 구조는 진입 방지 겸 도망 방지용으로 만들어진 건…….

그런 불길한 상상에 난 하루라도 빨리 멜라토니로 돌아갈 수 있도록 노력하리라 결심했다.

마도 엘리베이터가 멈추자 먼저 내린 그란하르트 씨가 이쪽을 기다리지 않고 이동했으므로 그에 맞춰서 뒤를 따랐다.

교회 본부의 내부는 호화로운 사양……은 아닐지언정 바닥과 벽은 광택을 낸 것처럼 번쩍였으며 복도의 폭은 5명이 나란히 걸어가도 여유가 있을 정도로 넓었다.

모험자 길드와는 물론 다르고 멜라토니의 치유사 길드와 비교해도 돈이 들어간 차원이 다르다.

"응? 넌 멜라토니 마을에 있을 때 치유사 길드로 데리고 갔던 확실히…… 루이에스 군이라고 했던가?"

넓은 복도를 걷고 있자니 한 여성의 목소리가 날 불러 세웠다…… 이름은 틀렸지만.

목소리의 주인을 향해 고개를 돌리자 2년 전에 만났던 루미나 씨가 그 자리에 있었다.

"아, 루미나 님, 오랜만입니다. 멜라토니에 있었을 땐 정말로 신세를 졌습니다."

"그런 거창한 일은 하지 않았어. 그건 그렇고 루이에스 군이……."

완전히 내 이름을 틀린 채로 기억하고 있는 모양이다. 뭐어 2년 전에 잠깐 만났을 뿐이니.

그건 그렇고 갑옷은 여전히 착용하고 계시네.

"루미나 님, 새삼스럽지만 자기 소개를 하겠습니다. 제 이름은 루시엘입니다. ……그런데 스스로 생각해도 꽤 체격이 변했다고 생각합니다만 용케 저라는 걸 알아차리셨군요?"

"아아, 루시엘 군의 마력 파동은 매우 맑으니까 말이지 기억하고 있었다."

마력 파동이라니…… 루미나 님은 뭔가 특수한 스킬이라도 터득하고 계신 걸까? 아니면 전파 계*일지도…….

"그랬군요. 어쨌든 기억해주셔서 감사합니다."

"조금 얘기를 나누고 싶은 참이지만 막 도착한 사람을 잡아두기도 뭐하니 나중에 내 방에서 만나자꾸나."

"그래도 괜찮나요?"

"그래, 물론이지. 이동하는 도중에 불러 세워서 미안하군 그란하르트 공."

"아뇨, 루미나 님은 발키리(전처녀) 성기사단의 대장이시니…… 문제없습니다."

뭘까? 지금 말 사이에 부자연스러운 간격이 있었던 거 같은데.

"그런가. 그럼 나중에 누군가로 하여금 그를 내 방까지 안내하도록 말을 해주시길."

"……예."

루미나 씨가 내 안내를 부탁하자 그란하르트 씨의 표정이나 분위기가 경직된 듯한 느낌이 들었다.

"그럼 나중에."

---

* 일본에서 유래된 단어로 망상이나 망상벽이 있는 인물 또는 캐릭터를 지칭한다

그란하르트 씨의 대답을 들은 루미나 씨가 자리를 떴다.

그 후에 그란하르트 씨는 입을 다문 채로 묵묵히 복도를 나아
갔다.

그렇게 안내받은 방에 들어가니 그곳은 교회라는 이름과는 어
울리지 않는 장소였다.

지금까지 걸었던 교회 본부라고 생각하기 힘들 정도로 방의 내
부는 어두웠으며 무슨 용도로 사용하는 것인지 채찍이나 톱 같은
기구가 놓여 있었기에 여기가 고문실이라고 이해하는 데에는 그
리 많은 시간이 걸리지 않았다.

조금 전에 루미나 씨와 만난 것이 내게 남은 유일한 구원이었
다. 나중에 루미나 씨의 방에서 만날 약속을 잡았으니 그란하르
트 씨가 내게 고문을 가할 일은 없으리라…… 그건 그렇고 어째
서지? 보타쿠리와 연줄이라도 있는 걸까?

쓸데없이 두려움을 안고 있어도 아무런 도움이 되지 않으므로
난 있는 용기를 쥐어 짜내 긴장으로 바싹 마른 입에서 어떻게든
말을 뱉어냈다.

"이 방은 마치 고문실처럼 보입니다만? 절 이곳으로 데려 온 목
적이 뭔가요?"

나는 일부러 불쾌감을 드러냈다.

이미 예상한 질문이었는지 그의 태도는 담담했다.

"이곳은 단순히 창고로 쓰는 방이니까 신경 쓰지 마라. 여길 통
하면 지름길이니."

그 말에 다음 방으로 들어가니 그곳은 마치 드라마에서 나오는 취조실을 본 딴 듯한 공간이었다.

위험한 느낌은 없었으므로 그대로 들어가기로 했다.

"앉도록."

그 말에 내가 자리에 앉자 그란하르트 씨도 맞은편에 따라 앉더니 한 통의 편지를 꺼냈다.

"멜라토니 지부의 치유사 길드에서 이 편지가 내게 도착했을 때는 놀랐다. 귀공이 다른 치유사들의 이익을 해치는 치료를 시행하는 바람에 멜라토니 지부의 수익이 줄었다. 편지엔 이렇게 적혀 있었다. 그러니 사실을 확인하도록 하마."

그렇게 된 건가. 그란하르트 씨의 일은 사실 확인하는 것뿐……

그렇다면 돌파구는 있다.

이건 거래를 성사시키는 과정에서 영업사원이 말하고 싶지 않은 사실을 논리적으로 설명함으로써 위기를 돌파하는 상황이나 다름없다.

2년 전에 영업을 뛰던 그때를 떠올려라.

승진하기 직전을 다시 떠올리는 거다.

난 눈을 번쩍 뜨며 얘기를 시작했다.

"……편지의 내용은 어느 의미론 사실입니다."

"호오, 죄를 인정한다는 건가?"

순순히 인정한 것이 의외였는지 그란하르트가 놀란 표정을 지었다.

"죄라고 하심은? 전 2년 전에 치유사가 되어 모험자 길드에서 무술을 배우는 대가로 모험자 길드 내에서 치료를 시행했습니다. 이것이 죄입니까?"

"죄라고 할 순 없군."

"게다가 당시엔 힐밖에 사용하지 못했음에도 불구하고 세 끼 식사와 잠자리 그리고 옷을 제공해줬으며 급료도 받았습니다. 이 것이 죄입니까?"

"아니군."

"그게 제가 길드에 등록을 하고 난 이후에 1년 동안의 행적입니다. 그리고 2년째로 접어들면서 파견이라는 형태로 모험자 길드에서 임시 직원으로 취직했습니다. 1년 동안 노력한 성과가 있었는지 성속성 마법의 스킬 레벨이 올라 몇 가지 마법을 추가로 익히게 됐죠. 이것이 법을 어긴 겁니까?"

"……아니, 정당한 치유사의 행위다."

조금 곤혹스러워하는 눈치다.

"2년째는 첫해보다 더 많은 급료와 장비를 받아서 모험자 길드나 모험자 분들에겐 감사할 따름입니다."

"행동에 문제가 없다는 건 알겠다. 하나 지금 문제가 되는 것은 치유 비용이 지나치게 저렴하다는 점이다만 그에 대해선 어떻게 생각하나?"

"……그란하르트 님은 현재의 상황을 어떻게 생각하십니까? 전 회복 마법으로 돈을 버는 것이 나쁜 일이라고 주장할 생각도 없거니와 일인 만큼 오히려 치료비를 받는 게 정당하다고 생각합니다."

"음. 치유사 길드는 본래 그런 조직이니."

"그 편지를 보낸 분이 어느 분인지 캘 생각은 없습니다……만, 제가 들은 어느 멜라토니의 치유원 중에는 힐이나 미들 힐로 치료할 수 있는 부상도 하이 힐로 치료해 법으로 지정된 것 이상의 금액을 청구하는 치유원이나 시술을 한 뒤에 고액의 치료비를 청구해 빚을 지게 해서 노예로 만드는 등…… 그런 비열한 치유원이 있다는 사실도 알게 됐습니다. 이 행위가 더 문제가 아닌지요? 사전에 요금을 제시하면 불편함도 줄고 추가 요금을 낼 때에도 물어보면 그만입니다. 치유사 길드는 그런 당연한 일조차 하지 않는 치유원들을 어떻게 관리하는 겁니까?"

"허, 그대는 성 슈를 교회의 치유사 길드 본부를 상대로 폭언을 내뱉는 것인가?"

"얘기를 돌리지 마십시오. 폭언이 아닙니다 전 단지 치유사의 본연의 자세를 지도하지 않는 것을 직무상 태만이라 여기는 무지한 제게 가르침을 주십사 질문을 드렸을 뿐입니다."

"치유사 길드의 본연의 형태라고?"

"예. 치유사 길드가 창설된 당시엔 숭고하고 고상한 정신을 지닌 이들의 뜻에 따라 돈을 받지 않았다고 들었습니다. 그것이 시대의 흐름에 따라 치유사라는 직업으로 정착되어 돈을 받게 됐다. 여기까진 문제가 없습니다."

"계속 하도록."

"여기서 얘기를 돌리겠습니다만 마법을 돈으로 환산하다면 어느 정도의 가격이 붙을까요? 동화 1닢? 은화 1닢? 금화 1닢? 백

금화? 물론 마법을 쓰는 사람이 누구냐에 가격의 차이가 생기겠지요. 길드가 대략적인 가격을 지정하지 않는 이상 치유사의 수익은 그들의 영업 능력에 달렸다고 생각합니다만 아닙니까?"

현재의 상황에선 지정된 가격이 존재하지 않는 까닭에 치료비를 비싸게 받든 싸게 받든 문제가 없다.

"……그럼 마법의 종류에 따라 치유사들로 하여금 가격대를 정하게 하자. 이것이 그대가 주장하는 바인가?"

"조금 다릅니다. 이제 막 힐을 익힌 치유사와 베테랑 치유사를 놓고 비교하면 회복량부터 다르니 자연히 베테랑이 쓰는 마법에 더 높은 가격이 매겨지겠지요."

"그대가 하는 말의 의도를 모르겠다. 간결하게 말해다오."

"이번에 그 편지에서 다룬 문제는 가격 설정에 대한 기준이 애매하기 때문에 발생한 것입니다."

"음."

"우선은 부상의 정도를 진찰한 뒤에 적절한 요금을 제시하는 것이 바람직하다고 생각합니다. 사전에 요금을 제시하면 문제가 생길 염려도 없겠지요. 생명과 직결될 정도의 중상인 경우엔 어쩔 수 없습니다만."

"흠."

"치유사는 성 슈를 교회의 치유사 길드에 소속되어 있습니다. 그들은 기부금을 납부함으로써 성속성 마법을 배울 수 있는 자격을 얻고 그에 따라 마법을 행사하지요. 치유사 길드가 마법서를 판매하는 건 돈을 벌기 위해서 입니까? 아니겠지요."

"물론이다. 판매 수익은 후진 양성과 치유사 길드의 유지비로 쓰이고 있다."

"그렇겠지요. 그러니 치료비를 책정하는 기준을 세워 사전에 요금을 제시하면 사람들은 치유사라는 직업을 존경하고 그들의 일이 정당하다는 것을 알아주리라 생각합니다."

이 세계에서 보험이라는 개념은 없으니 말이다.

"흠. 하나 결국 그건 그대만의 생각이 아닌가?"

아, 이 사람은 융통성이 없는 타입인가.

"예를 하나 들어 보죠. 그란하르트 씨가 식사를 하러 식당에 들렀습니다. 식당의 메뉴판엔 가격이 적혀있지 않았는데 식사를 마친 뒤에 요리의 맛과 양, 그리고 들어간 재료를 고려해 동화 10닢 정도의 가격이 나올 거라 생각했더니 금화 10닢이 청구됐습니다. 그란하르트 씨라면 어떻게 하시겠나요?"

"당연히 불만을 제기하겠다."

"그때 '우리 가게는 고급 재료를 잔뜩 넣어서 비싼 것이니 음식 값을 지불하지 않겠다면 노예로 삼겠다'라는 주인의 말에 금화 9닢이 가진 돈의 전부인 그란하르트 씨는 노예가 될 처지에 놓였습니다. 이 상황을 어떻게 생각하시나요?"

"불쾌하다. 어째서 내가……."

난 그란하르트 씨가 말을 마치기 전에 동조하며 말을 이었다.

"그렇습니다. 어째서 내가……, 라는 말이 절로 나오죠. 하지만 그건 사전에 가격을 몰랐기 때문에 벌어진 일입니다. 음식점이 꼭 아니더라도 요금을 미리 제시했다면 이러한 문제는 일어나지 않았겠지요."

"…………."

"폭론이긴 합니다만 전 현재 치유원들이 이런 수법을 자행하고 있다고 생각합니다. 멜라토니에선 사전에 요금을 제시하는 곳이 손에 꼽을 정도밖에 없었으니까요."

"그걸로 뭐가 변하지?"

속내를 캐려는 것이 아닌 순수하게 답을 듣고 싶다는 듯한 뉘앙스다.

어쩐지 중립적인 입장에서 판단을 내려줄 것 같다.

"사전에 어느 정도의 치료비가 드는지 알 수 있다면 그것만으로도 치유원을 방문하는 사람들이 늘어날 거라 생각합니다."

"그 근거는?"

"물론 있습니다. 가격을 알 수 없는 이상, 치유원에서 받는 진료는 도박이나 다름없죠. 치유원측이 고액의 치료비를 청구해서 지불하지 못하면…… 이라는 생각이 들기만 해도 사람들은 피하기 마련입니다. 하지만 사전에 지불할 금액을 알고 있다면?"

"안심하고 진료를 받을 수 있다는 건가?"

"예. 그 외에도 힐로 충분히 치료가 가능한데도 불구하고 일부러 하이 힐로 치료해 진료비를 뜯어내는 치유사도 있는 모양이라 사전에 어떤 마법을 쓸지도 미리 전하는 편이 좋다고 생각합니다."

"설명이 꽤 구체적이군."

"일반론입니다. 자진해서 빚을 지거나 노예가 되기를 희망하는 사람들은 아무도 없으니까요."

"뭐어 확실히 고려를 할 만한 가치는 있군……."

그란하르트 씨가 망설이면서도 진지하게 얘기를 들어주는 사람이라 다행이다.

나머진 구체적인 얘기를 하면 되려나.

"참고로 전 모험자 길드에서 치유사로 근무를 했습니다만 이곳에 오기 직전에는 하루 평균 50명 정도의 사람들을 치료했습니다. 이렇게 사람들이 많이 방문한 데에는 치료비가 은화 1닢이라는 정보를 사전에 고지한 점이 크게 작용했다고 생각합니다."

"경험담인가. 확실히 우수한 치유사인 모양이군."

그란하르트 씨는 팔짱을 끼며 의자의 등받이에 몸을 맡겼다.

"저기 한 가지 신경 쓰이는 점이 있습니다만 여쭤봐도 되겠습니까?"

"흠…… 들어보지."

"교회 본부와 치유사 길드는 치유사들이 납부하는 세금과 마법서의 매상으로 운영되는 거죠?"

"그리고 개인의 기부다."

개인의 기부라…… 듣기는 좋지만 관점에 따라선 여러 일을 묵인해주는 대가로 바치는 뇌물이라고 볼 수도 있지 않나? 모든지 의심하는 것도 조금 지나친 감이 있지만 그만큼 썩은 조직으로 보인단 말이지.

뭐어 그래도 공공연한 기부면 상관없나. 실제로 오고가는 건 개인에 대한 뇌물이나 리베이트* 제의겠지.

───────

* 정치적 뇌물이나 수고료

난 잠깐 숨을 고른 뒤에 진지한 표정으로 입을 열었다.

"……타국에선 빚을 진 사람을 노예로 삼는 게 가능하다고 합니다. 그러니 타국의 노예 상인과 결탁한 악덕 치유원이 이 나라에 있다는 가정 하에 일부러 비싼 치료비를 청구해서 빚을 지게 한 다음 노예로 만들어 그때마다 리베이트나 그에 상응하는 대가를 받는다고 한다면 그건 곧 성 슈를 교회의 위신이 실추됐다는 것을 의미합니다."

"허어…… 모든 건 이어져 있었다는 건가? 하나 그대의 주장을 뒷받침할 증거는 있나? 설마 상상만으로 담은 말은 아닐 테지."

"유감이지만 증거는 없습니다."

"그럼 단순한 망상이라고?"

"아뇨, 그렇지만 교회 본부만 모를 뿐이고 모험자와 주민들은 이런 일들이 버젓이 일어난다는 사실을 다들 알고 있습니다. 그렇기에 치유사가 돈의 망자라는 소리를 듣는 겁니다."

얘기를 조금 과장해서 말하긴 했지만 사실이니까 문제는 없으리라.

"알겠다. 다른 사제나 대사교님들과 검토를 해보마."

어딘가 그란하르트 씨의 표정이 지친 것처럼 보인다.

"알아주셔서 다행입니다. 그건 그렇고 이 이후에 제 처우는 어떻게 되는 겁니까? 바로 멜라토니로 돌아갈 순 없겠지요?"

그러고 싶은 마음은 굴뚝같지만 그건 무리겠지.

"당연하다. 우선은 그대를 루미나 공의 방으로 안내할 이를 불러오지."

그 후에 녹초가 된 그란하르트 씨와 복도로 돌아오니 그란하르트 씨가 데려온 분이 기다리고 있었다.

그 분은 초췌해진 그란하르트 씨를 걱정하는 눈치였지만 그럼에도 루미나 씨의 방까지 나를 안내해줬다.

02 길드 본부에서의 일이란?

긴 복도를 통해 새로운 건물로 들어간 다음 몇 층을 더 올라가고 나서야 겨우 구석에 위치한 끝방에서 걸음을 멈췄다.

"이곳이 루미나 님의 방입니다. 그럼 전 이만 실례하겠습니다."

"안내해주셔서 감사합니다."

이곳까지 안내해준 분께 감사를 전한 다음 문을 두드리기 전에 심호흡을 한 번 했다.

여성의 방을 방문하면 아무래도 긴장을 하게 된다.

숨을 가다듬은 난 노크를 한 뒤에 루미나 씨에게 방문을 알렸다.

"루미나 님, 조금 전에 뵌 루시엘입니다. 말씀하신 대로 다시 뵈러 왔습니다."

그러자 안에서 "들어와도 된다"라는 목소리가 들렸다.

문을 여니 내부는 심플한 구조의 평범한 방이었다.

그 사실에 순간 놀랐지만 아까 봤던 고문실이나 취조실은 그란하르트 씨의 취미라고 생각하니 납득이 갔다.

그 방이 그란하르트 씨의 방이라고 하면 웃어넘길 순 없겠지만……

"왜 그러지?"

태도에 드러났던 것인지 의아한 표정을 지은 루미나 씨가 내게 물었다.

"조금 전에 그란하르트 씨와 함께 있던 방에서 루미나 님의 방에 오니…… 그 차이가 확 느껴져서요."

난 가볍게 웃음을 띠며 어깨를 으쓱했다.

"후후후. 그렇구나. 그 방을 보고 온 거면 어쩔 수 없나."

아무래도 의문이 풀린 것인지 루미나 씨가 웃음을 지었다.

"제가 이곳에…… 이 교회 본부에 온 이유를 알고 계셨던 건가요?"

"그래. 어느 정도 권한이 있는 지위니까 얘기를 오래 끌지 않도록 그란하르트 공에게 못을 박아뒀지."

"그렇군요. 멜라토니에서도 이번에도 신경을 써 주셔서 감사합니다."

"감사 인사는 아까 받았으니 됐다. 그리고 난 딱딱한 규율 같은 게 조금 거북하거든. 편하게 있어다오."

아니 아니, 제겐 그 딱딱한 어조가 더 거북한데요. 그건 그렇고 정말로 성기사단의 대장님이었을 줄은.

"그럼 그렇게 하겠습니다. 그런데……."

거기까지 말을 한 시점에서 루미나 씨가 손으로 날 제지했다.

"일단은 차를 내리지. 거기에 있는 의자에 앉아다오."

"아, 예. 감사합니다."

방의 내부는 5평* 정도 되는 넓이의 방 두 개가 나란히 붙어있는 구조였다.

꽤 살풍경한 방이네~. 그런 감상이 머리에 떠올랐다.

"살풍경한 방이지?"

---

* 약 16.52㎡

그런 생각을 하고 있는데 예상보다 빨리 차를 내온 루미나 씨의 목소리에 깜짝 놀랐다.

"죄송합니다."

"아니 괜찮다. 이곳은 서류 작업이랑 수면을 취하는 용도로만 쓰는 곳이니까. 그래서 그다지 애착이 가질 않는구나."

루미나 씨는 곤란하다는 듯이 그렇게 말했다.

"그리고 보니 멜라토니에서 뵌 날로부터 1주일 후에 힐을 습득해서 감사를 드리고 싶은 마음에 루미나 님이 계신 곳을 길드에 여쭤보니 이미 본부로 돌아가셨다는 말을 들어서 놀랐습니다."

"내 일은 각지를 전전하는 경우가 꽤 많거든. 그보다 이번엔 그란하르트 공의 소환을 받은 건가? 아니면 이동인가?"

"이번엔 교황님의 이름으로 온 편지를 받고 이곳으로 오게 됐습니다."

"폴나 님의 편지라니 루시엘 군은 제법 우수한 모양이구나."

"으~음, 그거랑은 조금 다르다고 생각합니다만. 실은……."

난 멜라토니에서 있었던 일을 간단하게 설명했다.

그리고 조금 전에 그란하르트 씨와 나눈 대화도 함께 털어놨다.

"음. 그렇게 된 건가."

고개를 끄덕인 루미나 씨는 생각에 잠긴 얼굴로 내게 질문했다.

"그래서 앞으로 어떤 근무에 배속되는지는 알고 있나?"

"음~ ……실은 이동을 하라는 명을 받아서 오긴 했는데 결국 자신이 어떤 일을 하는지에 대해선 전혀 모르는 상태란 말이죠."

"그란하르트 공이 설명을 하지 않았나?"

"예. 그래서 아직 아는 바가…….."

"그런가…… 그렇다면…… 루시엘 군. 네 일은 조금 위험이 따를지도 모르겠구나."

"…정말인가요?"

"그래. 그 대신 출셋길은 보장됐지만 말이다."

"마법 실력을 갈고 닦으며 여행을 떠나고 싶네요. 어딘가 성속성 마법을 필요로 하는…… 안전한 장소는 없을까요?"

"포기해라. 퓨리피케이션이라는 정화 마법을 알고 있나?"

"아, 예. 그 마법이라면 전에 익혀둬서 사용할 수 있습니다."

"……그러냐. 그렇다면 조금은 안전하게 레벨을 올리며 사제가 될 수 있는 장소다."

"검으로 베이거나, 창으로 찔리거나, 갑자기 몸을 잡혀서 날아가거나…… 그보다 안전한 장소라면 힘을 낼 수 있을 것 같습니다."

"그건 무슨 지옥이지? ……뭐어 됐다. 실은 이 길드 본부의 구관 지하에 세워진 창설자들을 기리는 묘지가 몇 년 전에 미궁으로 변하고 말았다."

"미궁인가요?"

"그래. 미궁이란 건…….."

"마력이 쌓이기 쉬운 장소에 마력이 계속 쌓여 산자의 원념이나 욕망을 흡수함으로써 보물이나 마물을 낳는, 모험자들에겐 일확천금을 꿈꿀 수 있는 욕망의 소굴인 거죠?"

"놀랐는걸. 넌 무지했던 걸로 기억한다만?"

"그곳에서 2년을 보냈으니까요. 그 동안 제대로 공부했습니다.

지금은 거리나 마을에도 이름이 있다는 사실도 알고 있다고요.”

“쿡쿡쿡. 그리고 보니 그랬었지. 그럼 얘기로 돌아가서 그 미궁에서 마물이 올라오지 못하도록 망을 보며 마물을 솎아 낸다. 그런 일을 맡게 될 거라 생각한다.”

“……참고로 어떤 마물이 나오나요?”

“스켈톤이나 좀비 그리고 고스트 같은 언데드 계열의 마물만 나온다고 하더군.”

“언데드인가요…… 저도 싸울 수 있을까요?”

솔직히 불안한 마음만 든다.

“성속성의 정화 마법을 발동하면 순식간에 소멸한다고 들었다. 마석을 남긴다고 하니 용돈 벌이도 될 터인데 지원하는 사람이 없다는 모양이다.”

그렇다면 어째서 내가 불린 걸까? 역시 위험한 작업인 게…….

“엄청 불안해지는데요…….”

“괜찮다. 평범한 치유사라면 전투 훈련 같은 건 하지 않는 데다 그다지 말하고 싶진 않다만 본부에 있는 대부분의 치유사 직원은 돈으로 출세한 자들이다. 그런 녀석들이라면 만에 하나의 상황도 있겠지만 루시엘 군은 전투 경험이 풍부하다고 들었다.”

내 정보가 전해진 건가? 뭐어 루미나 씨의 어조에서도 이상한 기색은 느껴지지 않았으니 정말로 괜찮은 거겠지.

“……그럼 뭔가 메리트 같은 게 있나요?”

“물론 있다. 미궁에서 주운 물건은 자신의 소유가 되며 마석도 판매할 수 있지. 그에 대해선 누구도 불만을 품지 않고 압수할 일도 없다."

"오오. 이곳에도 강해질 수 있는 환경이 있었군요."

만약 언데드를 간단히 쓰러뜨릴 수 있다면 레벨이 오를……지도 모르고.

그렇게 생각하니 어쩐지 의욕이 샘솟기 시작했다.

"운이 좋으면 보물도 손에 들어오고 마석을 팔아 치유사 길드 본부에서 한정으로 판매하는 최상급 마법서를 살 수도 있지."

"혹시 좀비에 물리면 사람이 좀비로 변하는 일은 없나요?"

"뭐냐 그 허튼 소리는? 독은 있을지도 모르겠지만 좀비로 변한다는 말은 들은 적이 없다만?"

"그 말씀을 듣고 안심했습니다. ……정말로요."

"디메리트는 미궁의 악취가 엄청나다는 거다. 지독할 정도로 말이지. 미궁의 악취는 옷에 배니까 그 상태로 사람에게 다가가면 질색을 할 거다."

"예? 그런 건 전혀 문제가 되지 않는데요."

그렇다. 물체 X를 마신 뒤에는 주위 사람들의 반응도 그런 느낌이었고 블로드 스승님이 다가올 때엔 "독하구만"이라는 말과 함께 모습을 감추면서 때리고. 어라…… 어쩐지 눈에서 땀이 흐르는데.

"……정말로 괜찮나?"

"괜찮습니다."

내겐 절호의 기회이기도 하고.

"뭐어 그걸 정하는 건 그란하르트 공이지만."

"그렇네요."

"음? 미안하지만 슬슬 시간이 됐군."

"아, 저도 모르게 오래 머물러서 죄송합니다."

"아니 괜찮다. 누군가 있나?"

루미나 씨가 목소리를 높이자 몇 초 뒤에 다른 목소리가 들렸다.

"부르셨습니까?"

"음. 루시엘 군을 그란하르트 공이 있는 장소까지 데려다 다오."

"알겠습니다. 그럼 가시죠."

"오늘은 정말로 감사했습니다. 아, 마지막으로 한 가지 확인하고 싶은 것이."

"대답을 할 수 있는 것이라면 답을 하마."

"루미나 님은 성기사단의 대장님이시죠?"

"뭐냐 알고 있었나."

"멋있네요."

"후후후. 뭐 그렇지."

"그럼 또 기회가 있다면 찾아뵙겠습니다."

"그때 다시 보자꾸나."

이리하여 간만에 이루어진 나와 루미나 씨의 해후(邂逅)는 막을 내렸다.

"당신은 대체 어떤 분이신가요?"

"루미나 씨의 방을 나와 조금 걸으니 루미나 씨의 종자(從子)로 보이는 사람에게 그런 말을 들었다.

"어떤 분이라니 무슨 의미인가요?"

"평상시에 루미나 님은 좀처럼 웃으시지 않는데다 누군가와 이렇게 오랫동안 잡담을 나누는 분이 아닙니다."

"그렇군요. 그럼 전 루미나 님에게 있어 주운 미아견 같은 건지도 모르겠네요."

"미아견?"

"예. 2년 전쯤에 치유사라는 직업을 받아 마을을 떠났는데 신분증명서를 두고 온 바람에 멜라토니 마을에 들어갈 수 없었던 절 치유사 길드까지 안내해준 분이 루미나 님이었어요."

"그렇구나. ……넌 올해로 17세니?"

"예. 이제 17세가 된 풋내기입니다. 그래서 본부로 온 절 보고 말을 걸어 주셨죠."

"그렇게 된 거구나. 난 루시. 종자처럼 루미나 님을 모시고 있어."

"전 루시엘이라고 합니다."

"모르는 게 있으면 의지하렴."

"감사합니다. 잘 부탁드릴게요."

"그런데 본부에는 무슨 일로……?"

그런 질문을 받아 본부로 오게 된 대외적인 사정을 주제로 대화를 나누면서 성속성 마법의 스킬 레벨을 밝혔더니 "루시엘은 대단하네"라고 칭찬을 들은 참에 어느덧 목적지에 도착한 모양이다.

"아, 여기가 그란하르트 님의 방이야. 그럼 난 가볼게."

"루시 씨, 감사합니다."

"이런 걸로 뭘. 그럼 다음에 또 만나자."

그 말을 끝으로 그녀는 루미나 씨의 방으로 돌아갔다.

똑똑똑.

"조금 전에 뵈었던 루시엘입니다."

"아…… 들어오도록."

그 아, 는 무슨 의미인가요? 설마 그 사이에 잊으신 건 아니겠죠?

"실례하겠습니다."

머릿속을 비운 난 문고리를 돌리며 안으로 들어갔다. 방에 들어가니 파묻힐 듯이 엄청난 양의 서류들 사이에서 창백한 얼굴을 한 그란하르트 씨가 보였다.

"아까는 시간을 주셔서 감사합니다. 덕분에 루미나 님을 뵙고 왔습니다."

"음. 아, 이게 그대 앞으로 온 사령이다. 그걸 다 읽는 대로 방을 안내하마."

사령

성 슈를 교회 치유사 길드 본부, 제령(除靈) 전투부대에 배속.

현재 A랭크인 것을 고려해 부제(副祭)* 및 퇴마사의 겸임 직무를 명한다.

"이건 내체?"

"내일부터 어느 장소에서 언데드를 퇴치하는 것이 그대에게 주

---

* 가톨릭 교회의 성직자 중 가장 낮은 품계. 그 위로는 사제와 주교가 있다

어진 임무다. 그리고 그에 대한 급료로 1달에 금화 20닢이 지급된다."

"에? 금화 20닢?"

일본 엔으로 환산하면 월수입 2천만 엔…… 여긴 천국인가? 잠깐, 급료를 지급한다는 건 외출도 가능하다는 말 아닌가?

"그렇다. 내일은 업무와 관련해 인수인계 절차를 밟아야하니 오늘은 빨리 취침할 수 있도록. 아, 그 전에 식당과 방을 안내하지."

"감사합니다. 아, 업무 시간 외에 수행할 시간이 남는다면 훈련시설 같은 곳을 알려주셨으면 합니다만."

"……오늘은 식당과 방만 안내하겠다."

노골적으로 싫어하는 표정을 짓긴 했지만 이 정도면 앞으론 여러모로 편의를 봐줄지도 모르겠는걸.

어쩌면 엄청 좋은 직장일지도…….

하지만 이 환경에 익숙해지면…… 그게 노림수인가?

그런 생각을 하며 그란하르트 씨의 종자 분한테 식당과 개인실을 안내받았다.

그란하르트 씨나 루미나 씨의 방과 똑같은 구조로 된 방이었는데 일단 멜라토니에서 가져온 짐을 정리했다.

그 후 방에서 근력 트레이닝을 한 다음 식당으로 가서 그루가 씨가 일러준 양만큼 요리를 먹고 있는데 그 광경을 본 식당의 급사(給仕)* 분은 질렸다는 듯이 "아직도 더 들어가나요?"라며 말을 걸었다.

---

* 식당 따위에서 음식물을 나르거나 식사 시중을 드는 사람

난 쓴웃음을 지으며 교회 본부의 식사도 무료라는 사실에 감사했다.

방으로 돌아온 난 마법의 가방에서 물체 X가 든 나무통과 그루가 씨한테 받은 물체 X 전용 맥주잔을 꺼내 밤에 섭취할 분량을 마시고 마력 조작과 마력 제어 수련을 한 뒤에 잠자리에 들었다.

03 언데드 미궁

이른 아침, 여느 때처럼 눈이 저절로 떠졌다.

"이제 빨리 일어나는 게 습관이 됐는걸. 그건 그렇고……."

스승님과의 훈련에서 해방된 덕에 몸은 편해졌을 터인데 진정이 되지 않는 건 어째서 일까.

하지만 무작정 고민을 한다고 답이 나올 리도 없었으므로 한숨을 쉰 난 미로 같은 교회 본부의 통로를 걸으며 식당으로 향했다.

시간상으론 좀 이를지도 모르지만 야근이나 경비를 맡은 사람들도 있을 테니까.

그런 생각을 하는데 어제 내가 저녁 식사를 하는 도중에 들어와 배식을 담당하던 아주머니와 딱 마주쳤다.

"어머, 어젯밤에 밥을 잔뜩 먹던 새로운 치유사 분이네. 이런 이른 아침에 식당에는 무슨 일이니?"

"아, 안녕하세요. 어제는 다른 급사 분한테 실례가 많았습니다. 전 루시엘이라고 합니다. 이제부터 신세를 질 것 같으니 앞으로 잘 부탁드립니다."

"어머 어머, 예의가 바르구나. 어제 배식을 하던 애한테는 미리 말을 해뒀으니까 많이 먹으렴. 본부의 치유사는 여러모로 힘든 일이 많으니까."

어째서 일까 조금 불안해졌다.

"하하하. 뭐어 힘내겠습니다. 그런데 식당은 열렸나요? 열리지 않았다면 아침 식사는 몇 시부터 인가요?"

"평소대로라면 앞으로 2시간 정도는 기다려야 할 거야. 이곳의 사제님들은 다들 아침을 늦게 시작하거든."

"……그렇군요. 그럼 훈련장은 따로 있나요?"

"있단다. 그래도 부대에 따라서 훈련 시설이 따로 배정되니까 그 부분은 상사 분께 상담을 해보렴."

"그런가요…… 알겠습니다. 아, 그리고 괜찮다면 점심에 먹을 도시락을 부탁드려도 될까요?"

"그건 상관없는데 어디로 외출이라도 나가니?"

"뭐어 단순히 일을 하러 가는 것뿐이니까요."

"그렇구나. 모쪼록 무리는 하지 마렴."

"하하하. 노력은 해볼게요."

아침 식사가 시작되는 시간을 듣고서 한가해진 난 일단 방으로 돌아가 마법 연습을 하며 시간을 때웠다.

그 뒤에 짧게 식사를 마친 다음 식당에서 챙겨준 도시락을 가방에 넣고 그란하르트 씨의 방으로 향했다.

"드디어 왔군."

방에는 이미 그란하르트 씨가 기다리고 있었으며 그 옆엔 20대 후반으로 보이는 청년이 서 있었다.

"좋은 아침입니다. 기다리게 해드려 죄송합니다."

"하하하. 괜찮아요. 어차피 그란 님이 약속 시간을 정하는 걸 깜빡 하셨을 테니."

"그런 일은……."

그란하르트 씨는 한 번 내 얼굴을 보더니 시선을 피했다.

청년은 히죽거리며 말을 이어나갔다.

"있겠지요. 내 이름은 조르드. 네가 앞으로 맡을 일을 하던 전임자야. 그것도 오늘까지지만."

"정중한 소개에 감사드립니다. 제 이름은 루시엘입니다. 오늘부터 후속(後續)으로 업무에 임하게 됐습니다. 잘 부탁드립니다."

"우선 이걸 받아라."

그란하르트 씨가 억지로 대화에 끼어들더니 조르드 씨가 입은 하얀 로브와 같은 옷을 건넸다.

"이건?"

"그 로브는 교회 본부의 치유사 및 기사 그리고 치유사 길드 A랭크 이상의 자에게 하사되는 로브다. 이 물건은 독기를 차단하는 성은(聖銀)실로 짠 특별제다."

그 옷은 성은의 흰색과 은색이 어우러지며 광택이 나는 하얀 로브였다.

이건 좀…… 모험자 길드에 이걸 입고 갔다간 웃음거리가 될 게 뻔하다.

"하아~. 비싸 보이는 옷이네요."

"백금화 10닢이다. 그보다 그걸 두르는 이상 치유사 길드의 권위를 실추시키는 바보 같은 짓을 하지 말도록."

10억…… 교회 본부는 그만한 자금을 어디서 조달하는 걸까?

앞으로도 알아갈 것이 많을 것 같다.

"알겠습니다."

"다음으로 이걸 주마."

받은 물건은 1장의 카드와 배낭이었다. 배낭은 그렇다 치고 이 카드는 뭘까?

"이 카드는?"

"이게 있으면 내게 일일이 허가를 받지 않더라도 그 마도 엘리베이터를 타고 밖으로 나갈 수 있다.

"정말 인가요! 감사합니다."

"내가 바쁜 관계로 맡기는 거다만 절대로 문제는 일으키지 마라. 그리고 밖에서 중병을 앓는 이나 아이, 애완동물 등을 길드 본부로 데려오는 것을 금한다. 맹세하지 않으면 건네지 않겠다."

이건 어쩔 수 없는 거겠지. 게다가 중상이 아닌 중병이라고 했으니 괜찮으리라.

"……맹세합니다."

"좋다. 증인은 나 그란하르트와 조르드다."

그란하르트 씨가 간단한 선언을 하자 카드에서 순간 빛이 났다.

"지금 건?"

"맹약이다. 네가 약속을 어긴 경우, 카드를 사용할 수 없게 된다. 그렇게 되면 벌칙이 부여되니 주의하도록."

"정말로 어기지 않는 편이 좋아. 교회의 벌칙은 이상할 정도로 엄격하니까."

"알겠습니다."

"조르드, 뒷일은 맡기겠다."

"알겠습니다, 그란 님. 그럼 날 따라오도록 해."

그리고 그대로 마도 엘리베이터를 타고 지하로 이동했다.

"여기서 조금 걸으면 매점이 보일 거야."

조르드 씨는 그렇게 말하며 전방에 보이는 빛을 향해 발걸음을 옮겼다.

푸르스름하게 빛나는 엘리베이터를 확인하고 나서야 돌아갈 수 있다는 사실에 안도하며 조르드 씨의 뒤를 따라 빛이 새어나오는 방으로 들어갔다.

"놀랐지?"

소년 같은 웃음을 띤 조르드 씨가 방을 둘러보며 그렇게 말했다.

그의 말 대로였다.

게임에 자주 나올 법한 검이나 갑옷이 나란히 장식되어 있었으며 마법서도 **빽빽**하게 늘어서 있었다.

"미궁에서 입수한 마석을 포인트로 교환해 적립해두면 이곳에 있는 모든 물건을 그에 상응하는 포인트로 구매할 수 있어."

"취급하는 상품들이 굉장하네요."

"그렇지. 여기서만 얻을 수 있는 마법서도 있으니까 열심히 해 봐. 이 시간대엔 사람이 없으니까 일단은 미궁으로 들어가자."

"긴장되네요."

"뭐어 미궁이니까. 자아 여기서부턴 이미 미궁의 내부야."

조르드 씨가 문을 연 순간, 지금까지 느끼지 못했던 압박감이 몸을 휘감았다.

마치 정체모를 무언가가 이쪽을 지긋이 바라보는 듯한 끈적한 감각이었다.

하지만 조르드 씨는 이 감각에 익숙해졌는지 아무렇지도 않다는 듯이 성큼성큼 앞으로 나아갔다.

문을 통과해 조금 걸으니 탁 트인 공간이 나왔는데 덕분에 미궁의 내부를 제대로 둘러볼 수 있었다.

미궁의 내부는 동이 트기 직전처럼 희미하게 밝아서 횃불 같은 도구를 굳이 사용할 필요는 없을 것 같다.

미궁이라기보다는 마치 교회 본부 복도를 걷는 듯한 감각이다.

하지만 그곳과는 결정적으로 다른 부분이 존재한다.

냄새다.

조금 떨어진 곳에서 뭔가가 썩어서 그 냄새가 공기를 타고 오는 듯한, 못 참을 정도는 아니지만 그다지 맡고 싶지 않은 악취다.

뭐어 물체 X를 마시고 있는 내겐 참을 수 있는 수준이고 조만간 익숙해지지 않을까 싶지만.

만일을 대비해 안쪽으로 들어가기 전에 오라 코트를 미리 시전하기로 했다.

모처럼 받은 로브의 효과를 믿지 못하는 건 아니지만 이중으로 차단하는 게 안전하다고 생각했기 때문이다.

그리고 조금 더 앞으로 나아가니 지하로 이어지는 계단이 나타났다.

"여기서부턴 마물이 나오니까 뭐어 처음엔 내가 하는 걸 보도록 해."

마치 산책이라도 하듯 가볍게 발걸음을 옮긴 조르드 씨는 배회하는 좀비를 향해 오른손을 뻗으며 익숙하다는 듯이 영창을 시작했다.

조르드 씨가 정화 마법을 시전하자 푸르스름하게 빛나는 안개가 좀비를 향해 날아가더니 명중한 순간 눈부신 빛과 함께 좀비를 집어 삼키듯이 퍼지기 시작했다.

그리고 빛이 잦아드니 어느 샌가 좀비는 사라진 뒤였다.

좀비가 있던 자리에는 검붉은 돌 하나가 덩그러니 있을 뿐이었다.

"자. 이게 오늘부터 루시엘 군이 할 일입니다. 언데드는 산자한테 이끌리는 습성이 있으니 성속성 마법인 퓨리피케이션으로 쓰러뜨리면 됩니다. 아, 이게 마석이야."

마석을 주운 조르드 씨는 기쁜 듯이 내게 보여줬다.

하지만 한 가지 의문이 생겼다.

"만약 제가 퓨리피케이션을 사용하지 못했다면 어떻게 하실 생각이셨나요?"

"일단은 사용할 수 있다고 들은 데다 만약 사용하지 못했다고 해도 실전에서 퓨리피케이션을 익히게 했을 겁니다. 퓨리피케이션은 1체가 아닌 복수의 대상을 향해 성스러운 파동을 내뿜는 마법이니 그 점을 활용해 쓰러뜨리세요. 그럼 수고해."

그 말을 남긴 조르드 씨는 신속하게 미궁을 빠져나갔다.

"냄새가 난다고 해서 그렇게 빨리 나갈 필요는…… 뭐어 상관없나. 안전하게 가보자."

난 일단 로브를 벗은 다음 마법의 가방에 넣어둔 무기와 방어구를 꺼내서 장비하고 다시 로브를 걸치며 미궁 탐색을 개시했다.

미궁 내부엔 마물이 잔뜩 있을 거라 생각했는데 1계층이라 그런지 좀처럼 마물이 나타나지 않는다.

뭔가가 썩은 듯한 이 악취만큼은 어떻게 해줬으면 좋겠는데…… 그래도 이런 걸로 1달에 금화 20닢이면 편한 일이긴 하지.

뭐어 평범한 사람이라면 이런 냄새가 나는 현장에서 하는 작업이 빡세겠지만 물체 X를 원액으로 마시고 있는 나라면 문제가 없으니.

"미궁은 매핑을 하면서 탐색을 해야 하나? 아, 좀비 발견. 그런데 여러 마리잖아…… 아직 눈치채지 못했나? 하느님, 부처님, 선조님 부디 힘을 빌려주세요."

난 좀비들을 응시하며 조용히 영창을 외었다.

"【성스러운 치유의 손이여, 만물의 근원인 대지의 숨결이여, 바라건대 나와 내 곁에 있는 이들의 앞을 막아서는 부정(不淨)한 존재를 본디 있어야 할 곳으로 인도하소서. 퓨리피케이션.】"

이야~ 정말이지 리얼 좀비는 무섭다. 너무 무섭다.

한 번 시전하면 소멸하는 좀비를 상대로 나도 모르게 세 번이나 쓰고 말았다.

뭐이 진세에서도 총으로 좀비를 집는 게임을 처음 했을 땐 지금처럼 연사를 갈기던 겁쟁이 같은 성격이었으니까 어쩔 수 없나.

게다가 이건 게임이 아니니까.

정신을 차리니 좀비는 사라져 있었으며 바닥엔 4개의 마석이 놓여 있었다.

"어라 내 기억으론 3마리였던 거 같은데? 당황해서 착각을 한 건가? 여하튼 이겼으면 됐지."

마석을 주운 난 제일 먼저 스테이터스창을 열었다.

"? ……레벨이 안 오르는데? 에? 어째서?"

그 사실에 경악한 난 무심코 세 번이나 확인을 하고 말았다.

보통 마물을 쓰러뜨리면 레벨이 오른다.

레벨 1이 마물을 쓰러뜨린다고 가정하면 같은 랭크인 고블린을 한 마리만 잡아도 레벨이 오른다는 게 정설이다.

그런데 레벨이 오르지 않는다는 건…….

혹시 이곳은 레인스타 경이나 교황 님 혹은 현자들 중에 누군 가가 환각으로 만든 훈련장 같은 게 아닐까? 아니면 좀비의 경험 치가 너무 낮아서?

그것도 아니라면 새로운 수법의 따돌림인가? 그래도 월수입이 2천만이면…….

"지금은 대담하게 훈련장으로 팍팍 활용하자. 그 과정에서 레 벨이 오르면 좋고 오르지 않으면 훈련 시설인 거겠지."

그렇게 마음을 다잡은 난 블로드 스승님한테 받은 검에 마력을 담아 좀비를 베는 훈련을 시작했다.

좀비의 움직임이 느린 덕분에 내 부족한 검술로도 벨 수 있었 기 때문이다.

정화 마법은 마력을 소비하므로 쓸 수 있는 횟수가 제한되지만 마력을 담은 검으로 좀비를 벨 수 있다면 마석을 많이 벌 수 있을 거란 생각에 해본 시도였다.

검에 마력을 담는다고 해도 베는 순간에만 마력을 사용하기에 소비하는 마력은 기껏해야 1이나 2 정도다.

그 정도면 조금만 가만히 있어도 회복할 수 있는 양이므로 앞으로도 편리하게 써먹을 수 있을 것이다.

전력으로 움직이는 블로드 스승님의 공격에 반응은 하지 못했지만 시야로는 포착할 수 있을 만큼 성장한 내게 좀비의 움직임은 느리게만 느껴졌다.

그 외에 이 세계의 언데드도 회복 마법에 대미지를 입는지 시험하기 위해 좀비의 머리를 잡고 힐을 시전해보니 놀랍게도 한 방에 좀비가 소멸했다.

물론 냄새가 너무 지독했던 터라 손에 정화 마법을 걸어 악취를 없애는 번거로움을 감수했다······.

난 계단이 보여도 무시하면서 그대로 미궁 1계층을 돌아다니며 좀비들을 차례로 쓰러뜨렸다.

이곳에선 무쌍을 찍었다고 해도 과언이 아니리라.

1계층에서 헤매지 않도록 한동안 미궁 내부를 빙글빙글 돌며 머릿속에 지도를 그렸다.

실수했다. 이럴 줄 알았으면 양피지와 잉크랑 펜을 가지고 오는 선데.

1계층의 면적은 대략 300제곱미터에 길의 폭은 5미터 정도로 전투 시 움직임이 제한될 걱정은 없었다.

이곳이라면 정화 마법을 사용해서 성속성 마법의 훈련을 하거나 불완전하지만 실전 경험을 쌓을 수도 있겠는걸.

환각인지 아닌지는 아직 모르겠지만 충분히 대응할 수 있는 수준이라고 판단을 내린 뒤로는 몸에서 긴장이 풀리며 본래의 움직임을 발휘할 수 있게 됐다.

"이 정도 수준이면 망설일 필요는 없겠지."

확신을 얻을 때까지 돌아다닌 뒤에 2계층으로 내려가기로 했다.

"2계층도 밝네."

여기서 보물 상자 같은 게 나오면 신입 환영회에서 하는 이세계식 담력 시험이리라.

이 악취를 이용한 괴롭힘인지……아니면 정말로 냄새 때문에 급료가 좋은 건지는 조만간 알 수 있을 것 같다.

그런 생각을 하며 2계층의 탐색에 나섰다.

"오오. 좀비들을 부리는 좀비라니 이런 마물도 있는 건가? 아, 저건 도깨비불? 뭐더라 윌 오 위스프? 아니면 윌 오 더 위스프였나? 귀찮으니까 그냥 도깨비불이라 부르자."

여기서도 여러모로 시험을 해볼까.

정화 마법을 시전하고 새로운 마물한테 마력을 담은 검이 통하는지 시험해보기로 했다.

"우왓, 약하네."

견제를 할 생각으로 공격을 했더니 도깨비불이 한 방에 소멸했다.

아무래도 2계층도 별 문제없이 탐색을 할 수 있을 것 같다.

망설일 필요는 없다고 판단한 난 3계층으로 이어지는 계단에 걸터앉아 휴식을 취하기로 했다.

식당 아주머니가 만들어주신 도시락을 먹은 뒤에 정해진 분량의 물체 X를 마신다.

일단 식사를 하면서도 경계를 했지만 마물이 접근하는 일은 없었다.

"'언데드는 산자한테 이끌리는 습성이 있으니'라. 분명 조르드 씨도 전임자한테 같은 말을 들었겠지."

배를 채우고 물체 X를 마신 난 3계층으로 내려가 마찬가지로 탐색을 재개했다.

물체 X를 마신 덕분인지 미궁에서 나는 악취에 신경을 소모하는 일없이 순조롭게 탐색에 집중할 수 있었다.

하지만 3계층에서 해골 무리와 조우했을 때는 당황한 나머지 정화 마법을 남발하고 말았는데…….

그때, 마력이 고갈되기 직전까지 몰린 일에 대해선 반성이 필요하다고 느꼈다.

뭐어 그 후에는 어떻게든 회복해서 3계층에서 수행을 했으니 내 안에선 합격점을 줘도 무방하리라.

그런 생각을 하며 미궁을 나오기 전에 자신에게 정화 마법을 걸고 언데드 미궁(가칭)을 나섰다

04 첫 단추를 잘못 꿰다

미궁의 출구로 향하는 와중에 갑자기 정화 마법인 퓨리피케이션 세례를 받았다.

"뭔가요. 장난을 치시는 건가요?"

정화 마법으로 갑자기 시야가 푸른빛으로 바람에 깜짝 놀랐다.

"아, 살아계셨네요. 첫날에 미궁에 들어가서 반나절이나 돌아오지 않아서 좀비가 된 줄 알았다니까요."

조르드 씨가 날 속이는 건지 아니면 그냥 천연이라 그런지 모르겠다.

하지만 이 미궁은 거의 틀림없이 고도의 훈련 시설이다.

이번 탐색을 통해 레벨이 올랐다면 나도 죽을 가능성이 있다고 생각했겠지만 그만한 수의 마물을 쓰러뜨렸음에도 불구하고 레벨이 그대로 1이니 죽을 일은 없으리라.

난 상냥하게 조르드 씨의 어깨를 두드려 줬다.

"그 표정은 뭔가요?! 난 이해하니까. 라고 하는 듯한 얼굴이네요!"

"굉장하네요. 제 생각을 읽으시다니 조르드 씨는 혹시 에스퍼 (초능력자)인가요?"

"저기, 에스퍼가 뭔가요?"

이세계에는 에스퍼라는 단어가 없는 모양이다.

"어험. 전 이래 뵈도 지금까지 모험자 길드에서 무술 스킬을 연마했으니까요 마물(진짜)이 얼마나 위험한 존재인지는 알고 있습니다."

"그리고 보니 전에 그런 보고를 들었어. 너도 참 별나네……."

본인을 앞에 두고 그런 말을 하다니 이 사람은 천연 확정이구만.

"자만에 빠지면 목숨이 몇 개라도 부족하다는 것 또한 인지하고 있습니다."

"그래도 미궁은 처음이잖아? 그래봤자 좀비(진짜)지만 꽤 힘들었지?"

"그 정도로 나약하진 않아요. 미궁 내부도 밝았고 양손도 쓸 수 있었으니까요."

"헤에~ 믿음직하네. 루시엘 군은 강하네요. 전 처음 3개월 동안은 제대로(2계층으로) 내려가질 못했어요."

"뭐어 어느 정도는 싸울 수 있으니까요. 괜찮아요. 내일부턴 조금씩 내려갈 (3계층보다 아래로) 생각이니까요."

"오오 믿음직한걸."

"아, 맞다. 이 마석(아마 환각을 일으키는 돌)은 어디로 가져가면 되나요? 모험자 길드인가요?"

"아뇨, 저쪽의 매점에 매입을 부탁하면 돼요."

"아아, 그랬죠. 생각해보니 모험자 길드로 가져가면(돌은 판매할 수 없을 테고 이런 훈련장이 있다는 사실을 알리고 싶지 않을 테니까) 곤란하겠죠."

매점의 카운터로 시선을 돌렸다.

"그래요. (혹시라도 치유사 길드 본부에 미궁이 있다는 사실이 알려지면 큰 문제로 번지니까요.) 이야~ 루시엘 군은 상황 판단이 빨라서 좋네요."

"별 말씀을. 여기서 마석을 포인트로 교환하면 되는 거죠?"

"아, 조르드 씨. 신인 분은 무사하셨나요?"

아침엔 보지 못했던 묘령의 여성이 카운터에서 말을 걸었다.

"괜찮았어요."

"걱정을 해주셔서 감사합니다. 전 저런 부류에 조금(호러 영화나 게임을 해서) 내성이 있으니까 괜찮습니다."

"대단하네요."

싱긋 웃는 얼굴로 칭찬을 받았다. 왠지 조금 기쁘다.

"오늘 채취하신 마석을 이쪽으로 넘겨주세요."

애교가 없는 건…… 일이니까 그런 거겠지요.

그 정도는 압니다.

"예."

쿵 하고 배낭을 내놓자 조르드 씨와 여성이 깜짝 놀란 표정으로 바라봤다.

이 배낭은 마석을 수납할 목적으로 만든 것인지 사람이 짊어질 수 있는 분량까지는 무게가 느껴지지 않는, 쓸데없이 고도의 기술로 제작된 물건이었다.

"그럼 매입을 부탁드립니다."

"굉장하네요. 정말로 왕창 벌었네요. 그래도 너무 무리는 하지 마세요. 목숨은 소중하니까요."

"그렇네요. 알겠습니다."

"그럼 카드를 주세요."

"카드? 치유사 길드의 카드를 말씀하시는 건가요?"

"아, 루시엘 군, 오늘 그란 님한테 받은 카드를 말하는 거야."

오, 놀라서 굳어있던 조르드 씨가 부활했다.

"아아, 그렇군요."

그 말을 듣고 카드를 건넸다.

"다 합쳐서 4,216포인트네요. 첫날이란 걸 생각하면 엄청난 성과예요. 이 정도 수입을 보는 건 꽤 오랜만이에요. 그럼 뭔가 구입하시겠어요?"

"판매하는 상품들을 몇 포인트로 교환할 수 있는지 몰라서 말씀드리기가 뭐하네요."

가격표가 따로 붙어있지 않아서 뭘 살 수 있는지 모르겠다.

"그렇네요. 여기에 있는 건 전부 구입하실 수 있어요. 지금 가장 비싼 건 이 마법서인데 최상급이 100만 포인트예요. 현재 관리하는 마법서 중에 최고위이자 최상급인 마법서랍니다."

"하하하. 사는 건 먼 미래의 일이네요."

정말로 게임 같다.

혹시 이 매점을 만든 교황님이 전생자라거나…… 그럴 리는 없겠지.

"나머진 포션류나 상태 이상을 완화하는 마도구 정도일까."

"그렇군요. 아, 맞다. 저쪽에 걸린 무기는?"

"저쪽에 있는 무기는 언데드에게 대미지를 줄 수 있는 은이나 성은으로 단련한 물건이야. 전부 드워프 분들이 손수 만드신 것들이지."

그리고 보니 수인 분들은 자주 봤지만 지금까지 엘프나 드워프를 볼 기회가 없었네.

"헤에~ 얼마인가요?"

"하나에 2,500포인트야."

"네?! 어째서 그렇게 싼 건가요? 아무리 생각해도 원가에 훨씬 못 미치는 가격인데요."

"여긴 신관 기사나 성기사는 오지 않고 오지도 못하게끔 되어 있어. 그런 이유로 여기서 물건을 사는 사람은 퇴마사 일을 하는 치유사뿐인데 무기를 다루는 사람은 거의 없으니까 다들 사질 않아. 교회의 맹약 때문에 되팔 수도 없으니까 수요가 하나도 없어."

이건 오랜만에 호운(豪運) 선생님의 힘이 발휘된 게 틀림없다.

"……그렇다고 해도 너무 싼 거 아닌가요? 게다가 왜 수요가 없나요?"

"치유사가 무기를 휘두르면서 마법을 영창하는 건 불가능하잖아? 아무리 좀비라도 포위당하면 먹힌다고."

에? 할 수 있는데요.

어라? 블로드 스승님은 할 줄 아는 게 당연하다면서 칼로 막 베지 않으셨나…….

뭔가 석연치 않지만 아무래도 블로드 스승님과의 훈련이 내게 유리하게 작용한 것 같다.

"……그렇군요. 이런 무기들의 재고는 많이 있나요?"

"산더미처럼 있어. 처음엔 20만 포인트에 판매했다는 모양이지만 지금은 창고를 차지하는 애물단지니까."

역시 간만에 호운이 진심을 발휘한 모양이다.

"그럼 내일 일과가 끝나면 검과 창을 살게요."

망설임 없이 그 자리에서 구입 예약을 넣었다.

"어머. 정말로 이번에 들어온 신인은 별난 아이구나. 으~음. 이번엔 첫 구매니까 할인해서 4,000포인트에 줄게. 그러니까 죽지 마렴."

무진장 기쁘다.

게다가 카운터의 여성이 전세의 나와 비슷한 나이라는 사실을 아니 텐션이 마구 오른다.

"내일부터 더 잔뜩 벌어올게요. 전 루시엘이라고 합니다. 앞으로 여기서 열심히 할 테니 잘 부탁드립니다."

"그래. 내 이름은 카틀레아야. 잘 부탁해. 참. 조르드 씨도 지금까지 수고하셨어요."

"에? 아, 네."

무슨 일이지? 조금 전부터 조르드 씨가 기운이 없는 것 같다.

혹시 카틀레아 씨랑 접점이 없어져서 그런 걸까? 확실히 어울리는 연령대이긴 하네……

나로선 어떻게 할 수도 없고 어쩔 수 없으니까 오늘은 가만히 내버려두자.

이렇게 해서 퇴마사로서 받은 첫 업무(?)를 무사히 마쳤다.

05 오르지 않는 레벨, 일진월보(日進月步)*의 정신

아직 아침 해가 고개를 내밀지 않은 시간에 눈을 떴다.

"하아~암. 아~ 졸려라. 몸에서 무슨 기운이 샘솟는 일도 없고 역시 그 미궁은 환각인가."

스트레칭을 하며 숙련도 감정을 통해 마법의 기초 연습과 고찰을 해본다.

"아, 영창 생략의 레벨이 올랐네. 마법진 영창도 곧 레벨 Ⅰ이 될 것 같고."

스테이터스는 체크하지 않지만 성속성 마법 중에서 아직 사용하지 못하는 에어리어 힐과 디스펠을 위해서 스킬 숙련도는 꾸준히 체크하는 중이다.

"어제 하루만으로 800 오버라니…… 굉장하네."

불완전한 전투로 이 정도나 오를 줄은 몰랐다.

그 중에서도 특히 마력 조작, 마력 제어, 성속성 마법 등의 항목이 크게 성장했다.

숙련도에 대해 말하자면 특정 스킬이 레벨 Ⅰ이 되기 위해선 숙련도 1000이 필요하다.

레벨 Ⅱ가 되려면 그 두 배인 2000이 필요하며 그 이후에도 레벨이 오를 때마다 필요한 숙련도가 배로 늘어난다.

---

* 하루하루 나아가고 달이 갈수록 앞으로 걸어감. 끊임없이 발전함을 이르는 말

그런 식으로 마지막 단계인 레벨 Ⅸ(9)에서 레벨 Ⅹ(10) 구간은 51만 2000이라는 어마어마한 숙련도를 요구한다.

아무리 의식을 하면서 스킬 작에 임한다고 해도 그 경지까지 도달하는 건 어렵지 않을까 싶다.

그리고 숙련도가 오르는 조건을 추가로 설명하자면 마법의 경우는 레벨에 따라 시전할 수 있는 마법을 사용함으로써 숙련도가 최대 50까지 오른다.

예를 들어 힐의 경우엔 레벨 Ⅰ 상태에서 치유하려는 대상이 존재하고 이미지, 마력 조작, 마력 제어를 완벽하게 구사하면 숙련도가 50 오른다.

레벨 Ⅱ에서 같은 행위를 하면 4, 레벨 Ⅲ은 3, 레벨 Ⅳ는 2, 레벨 Ⅴ 이후는 오르는 숙련도가 1로 고정된다.

난 마법서를 되풀이해서 읽거나 영창이나 영창 생략으로 마법이 발동하는 마법진에 주목하며 나날이 연구에 매진했다.

마법의 숙련도는 마법이 발동하는 순간에 오른다.

그 조건을 찾아낸 덕분에 내 의욕은 확 살아났고 그게 결과로도 이어졌다.

"이대로 노력하면 반년 안에 레벨 Ⅷ(8)을 찍겠는데. 노려라 20세에 만렙!!"

아침 단련을 마친 난 식당으로 향했다.

"안녕하세요. 오늘도 많이 주세요."

"어머, 루시엘 님, 안녕하세요."

"아주머니도 참 그냥 루시엘이라고 불러주세요. 이름에 님을 붙여서 불리면 부담스럽기도 하고."

"역시 별나구나."

그렇게 말한 아주머니는 웃으며 그릇에 가득 배식을 해줬다.

"오늘도 도시락을 부탁드릴게요. 양은 어제랑 비슷하게 싸주시면 돼요."

"말해도 소용없겠지만 너무 무리하지 마렴."

"괜찮아요. 이곳에 오기 전의 생활(하루에 한 번씩 주마등을 경험했던)에 비하면 천국이니까요."

"네가 괜찮다면야 다행이지만."

가벼운 대화를 마치고 자리에 앉아 식사를 즐기는데 뒤에서 날 부르는 목소리가 들렸다.

뒤를 돌아보니 그 자리에 루시 씨가 있었다.

"아, 루시 씨, 좋은 아침이에요."

"좋은 아침이라니, 너 퇴마사에 배속됐다면서?"

하룻밤 만에 알려지다니 어디서 정보가 샌 걸까?

"예. 소식을 접하시는 게 빠르네요."

"꽤(전투가) 힘들다고 들었는데 괜찮아?"

"전혀(호러 환각 따위) 문제없어요."

"그렇구나. 루미나 님도 걱정을 하셨거든 내가 도울 수 있는 일이 있다면 말해줘. 힘이 될 테니까."

"감사합니다. 아, 그럼 바로 부탁드리고 싶은 게 있는데요. 양피지랑 펜과 잉크를 살 수 있는 곳을 알려주시겠어요?"

"그거라면 비품 창고에 얼마든지 있어."

무슨 의미일까. 뭐든 싸게 구할 수 있거나 비품은 공짜로 얻을 수 있다는 건가?

"그럼 나중에라도 좋으니 장소를 알려주세요."

"좋아. 그 전에 나도 같이 아침을 먹으려고 하는데 괜찮니?"

"물론이죠."

그렇게 합석을 한 다음 모험자 길드에서 있었던 일을 주제로 대화를 나누던 도중에 루시 씨가 기겁을 하긴 했지만 어떻게든 식사를 마쳤다.

그 후에 루시 씨가 비품 창고의 위치를 알려준 덕분에 양피지에 잉크랑 펜을 대량으로 가지고 언데드 미궁(가칭)으로 향했다.

"구우오오오."

"【성스러운 치유의 손이여, 만물의 근원인 대지의 숨결이여, 바라건대 나와 내 곁에 있는 이들의 앞을 막아서는 부정한 존재를 본디 있어야 할 곳으로 인도하소서. 퓨리피케이션.】"

어제 머릿속에 입력해둔 통로를 확인하며 양피지에 지도를 그렸다.

이미 환각으로 인식한지 오래인 좀비들을 쓰러뜨리고 착실히 마석을 회수하면서 나아간다.

1계층에 1시간을 들여 3시간 만에 4계층에 도착했다.

"그럼, 다음엔 어떤 마물이 나오려나~."

미궁을 경험한 건 불과 어제의 일이었지만 지금은 완전히 게임을 하는 감각으로 탐색을 하는 중이다.

그런 연유로 지금은 어제 구입한 방패로도 활용할 수 있을 만큼 손잡이가 굵은 창과 한손검을 각각 왼손과 오른손에 쥔 채로 미궁을 돌고 있다.

그렇다. 무기의 종류가 서로 다른 이창도류로 언데드를 상대하는 것이다.

분명 블로드 스승님이 보시면 화가 머리끝까지 나셔서 날 베러 달려오는 미래밖에 떠오르지 않지만 언젠가는 이 전법이 제대로 된 형태를 갖췄으면 하는 희망을 품어본다.

"뭐어 이상한 버릇이 들면 블로드 스승님이 철저하게 교정을 하실 테니 기본자세가 흐트러지지 않도록 노력하자."

시야가 트인 곳에서 지도를 그리고 다시 탐색에 나서는 걸 반복하며 나아간다.

4계층에서 출현한 마물은 좀비였는데 검을 질질 끌면서 돌아다니는 녀석이라 접근하는 게 뻔히 보였기에 고전하는 일없이 잡을 수 있었다.

이런 식으로 5계층까지 지도 작성을 마무리하고 2일째 탐색을 마쳤다.

이날의 수확은 총 5372포인트였는데 어제보다 더 많이 번 탓인지 "정말로 무리하면 안된다"라며 카틀레아 씨도 걱정했다.

"아직 얕은 계층이니까 꽤 여유가 있어요. 그런데 잔뜩 벌어오면 역시 문제(본부의 예산이 아슬아슬)가 되나요?"

"그렇지 않아. 이쪽에서도 반길 일인걸."

카틀레아 씨는 업자쪽 사람인 걸까?

"그럼 힘낼게요."

"그래서 오늘은 뭔가 구입할 게 있니?"

"아뇨, 그냥 포인트만 적립해주세요. 목표는 마법서지만 고전하게 되면 뭔가를 사야 할지도 모르니까요."

"알겠어. 열심히 하렴."

"예. 감사합니다."

미궁을 탐색하면서 성과도 제법 얻었고 공략도 순조로운 편이지만 앞일은 아무도 모르는 법이니까.

저녁때 식당에서 만난 그란하르트 씨가 근황을 묻기에 특별히 문제는 없다고 대답했다.

"그런가…… 그렇다면 됐다. 그리고 급료는 치유사 길드의 계좌로 월초마다 입금될 거다. 1층의 접수처에서 확인할 수 있으니 필요하면 확인해다오."

그란하르트 씨는 그 말만을 전하고 식당을 나섰다.

"그걸 전하려고 날 기다리고 있었다니 저 사람의 성격이 대충 파악이 되는걸."

그 뒤론 평소대로 혼자서 저녁식사를 마치고 물체 X를 마신 다음 마법을 단련하고 나서 잠자리에 들었다.

그렇게 다음날도 아침부터 탐색을 시작했는데 놀랍게도 6계층부턴 함정이 설치되어 있었다.

"……뭘까 이 허술한 사격은."

6계층에서 바닥의 스위치를 힘껏 누르고 말았다.

그러자 벽에서 화살이 튀어나오더니 내 전방 2미터 지점을 지나쳐 반대쪽 벽에 박힌 뒤에 소멸한 것이다.

"……이건, 이런 식의 함정이 앞으로 나올 예정이랍니다. 데헷. 같은 느낌으로 미리 주의를 준 건가?"

게다가 나오는 마물들도 여전히 엉성했는데 활을 들고 접근하는 좀비 아처에 덜걱덜걱 소리를 내며 검을 끌고 오는 좀비 나이트.

영창 시간이 묘하게 길고 발동하기 직전에 몸이 빛나서 공격 타이밍을 알려주는 데다 겨우 시속 10킬로미터 정도의 속도로 불구슬을 날리는 도깨비불 등.

"이게 진짜 미궁이라면 마물들한테 포위당하더라도 죽을 걱정은 없겠구만."

그렇게 중얼거린 난 6계층부턴 함정이 나오는 만큼 만약을 대비해 그 지점을 지도에 표시해가며 탐색을 이어나갔다.

6계층에 진입하자 마물의 수가 늘어났기에 오늘의 탐색은 6계층에서 접고 우선은 마물부터 섬멸하기로 했다.

악취에 익숙해진 뒤로는 단순한 훈련 시설이 돼버렸으니 이 기세로 탐색을 끝내고 하루라도 빨리 멜라토니로 돌아갈 수 있도록 노력하자.

포인트를 적립한 다음 저녁 식사 후에 물체 X를 마시며 마법의 기초 단련을 행한다.

"왠지 요즘 날이 갈수록 컨디션이 좋아지는 것 같은데. 설마!! 『스테이터스 오픈』…… 그럼 그렇지."

여전히 레벨 1이다.

"뭐어 상관없나. 알고 있었다고요. 그래도 스테이터스는 조금씩 오르고 있으니. 일진월보 정신으로 꾸준히 가봅시다."

확인 후 결과에 실망한 난 그대로 잠자리에 들었다.

뭔가 이벤트가 벌어질 모양이다…… 같은 전개도 없이 담담한 나날을 보내며 난 10일 만에 10계층까지 도달했다.

함정은 1계층에 하나뿐이었지만 조금 진지하게 탐색에 파고든 데다 마물이 많다는 점도 탐색이 진척되지 않는 데에 한몫했다.

이 계층에서는 스켈톤이 검이나 방패를 착용한 스켈톤 나이트나 스켈톤 아처가 출현했으며 도깨비불 대신 고스트가 있었다.

가장 의외였던 건 좀비들이 좀비 리더의 지휘 하에 집단으로 습격을 한다는 점이었다.

"그건 그렇고 정화 마법이 너무 사기인데요. 완전히 치트 마법 수준인데."

그렇다. 정화 마법을 세 번 영창하면 20체는 있던 마물들이 깔끔하게 마석으로 변하는 것이다.

덕분에 안전하게 탐색을 마칠 수 있었다…….

"그건 아마 보스방이겠지?"

10계층에 있는 문 너머를 상상한 난 첫 보스전에 긴장하면서도 이대로 피해를 입지 않고 보스전을 클리어한다는 목표를 세웠다.

"보스방에서 어떤 마물이 나오는지 힌트를 얻고 싶은데 누군가 알고 있는 사람이 없으려나?"

그렇게 중얼거리고 있는데 마침 조르드 씨의 모습이 보였다.

식당에 저녁을 먹으러 왔을 조르드 씨를 붙잡고 난 보스방에 대한 정보를 물어보기로 했다.

"그 보스방에선 어떤 마물이 나오나요?"

"보스방? 뭘 말하는 건지 모르겠는데."

이쪽에선 보스방이라는 표현을 쓰지 않는 건가? 그럼 강적방?
아니면 터주 방이라고 하나?

"강한 마물이 나올 것 같은 장소 말이에요."

"아~. 집단으로 달려드는(좀비 집단) 녀석들을 말하는 거야?"

"엥, (보스방은)집단으로 달려드나요?"

"그래. 그런데 벌써 거기까지 도달한 거야? 나는 너한테 퇴마
사 업무를 인계하기 직전에서야 다다를 수 잇었는데."

임기가 몇 년인지는 모르겠다만 그건 아니지.

"그런 발림 말은 됐어요. 어쨌든 정보를 주셔서 감사합니다. 이
걸로 전략을 세울 수 있겠어요."

"음~ 뭐어 도움이 됐다니 다행이네."

이렇게 해서 10계층 보스에 대한 정보를 얻은 난 만전의 상태
로 보스방에 공략에 임하게 됐다

06 자만심, 보스방의 위협

"컨디션 오케이. 마력 오케이. 장비 오케이."

평소대로 마법 단련을 한 뒤에 아침 식사와 물체 X를 섭취한 난 기합을 넣었다.

내가 이름을 붙인 언데드 미궁(가칭)은 여하튼 지독한 악취가 난다.

그 이후로 여러모로 생각을 해봤지만 사실 나처럼 악취에 내성이 있는 퇴마사는 거의 없었던 게 아닐까.

그런 관점에서 보면 조르드 씨의 탐색 진도가 이상할 정도로 더뎠던 것도 이해가 간다.

게다가 지금까지 퇴마사 업무를 맡았던 사람들이 치유사로 근무하다 온 신인들이라고 가정하면 이 미궁을 클리어한 사람은 거의 없었다고 해도 무방하리라.

설사 과거에 공략한 이가 있었다고 해도 가장 빠른 시간 내에 미궁을 클리어하면 뭔가 호화로운 경품을 받을 수 있지 않을까.

이건 물론 내 희망에 불과하지만 상상만으로도 가슴이 두근거리는 바람에 평소보다 빨리 눈이 뜨인 건 어느 의미론 어쩔 수 없는 일이리라.

어제 요 10일간 적립한 9만 포인트 중 5만 포인트를 사용해 성은궁과 은화살 20개를 구입한 다음 마법의 가방에 넣었다.

활을 다루는 게 능숙한 건 아니지만 수중의 패는 많은 편이 좋다고 생각했기에 구입을 결정했다.

현재 내 마법의 가방 안엔 블로드 스승님한테서 받은 마력을 담기 쉬운 검과 성은제 한손검, 성은제 단창, 물체 X가 4통 그리고 성은궁과 은화살이 들어있는 화살통이 있다.

얼마 전에 물체 X를 받으러 모험자 길드에 들렸는데 통에 들어 있는 상태에서도 어디선가 물체 X의 냄새가 자꾸 새는 바람에 마법의 가방에 넣어뒀다.

이건 한시라도 빨리 해결해야 하는 사안이기에 업무가 안정되면 마법의 가방을 새로 구입하는 것을 검토하는 중이다.

그 일 하나로 끝났으면 좋았을 것을 이번에 모험자 길드에 들릴 때 성은으로 된 로브를 착용하지 않고 외출한 사실을 그란하르트 씨한테 들키는 바람에 앞으론 반드시 착용할 것을 약속했다.

뭐어 맹약으로 강제한 사항이 아니었던 만큼 벌도 받지 않고 좋게 끝났지만 앞으로의 외출이 벌써부터 걱정이다.

마지막으로 이 도시락을 넣으면 더 이상 용량에 여유가 없다.

이거보다 용량이 큰 가방의 가격이 어느 정도인지는 모르겠지만 급료를 받으면 새로운 걸로 하나 장만하고 싶은걸.

"잡다한 생각을 하면 집중력이 흐트러지니까 위험하지. 일단 지금은 보스를 쓰러뜨리는 데에만 집중을 할까."

난 언데드 미궁(가칭)으로 입장했다.

한 계층 당 대략 10~20분 정도 탐색하며 10계층까지 도달한 다음 보스방 앞에서 일단 휴식을 취하기로 했다.

"조르드 씨는 집단으로 덤빈다고 했었지. 적의 규모에 따라 다르긴 하지만 처음에 정화 마법을 갈겨서 어느 정도 쓰러뜨린 다음 남은 녀석들을 검이랑 창으로 서서히 잡을까. 위험해지면 또 정화 마법을 쓰고. 음, 단순하지만 솔플이니까 이렇게 가자."

어차피 환각인데다 이 미궁(가칭)은 신인을 단련시키는 훈련소니까.

돌입하기 전에 우선 보스방에 귀를 대고 소리를 들어봤다.

하지만 내부에선 아무 소리도 들리지 않았다.

"이런 보스방에선 누가 마물을 소환하는 걸까? 모르겠단 말이지. 그럼 스승님과의 모의전을 떠올릴 겸 물체 X를 마시고 가볼까요."

난 가방에서 통을 꺼내 물체 X를 마신 다음 기합을 넣었다.

그리고 보니 예전에 모험자 길드에 있을 때 물체 X가 마물을 쫓아낸다는 소문을 들었는데 언데드한테도 통할까?

악취를 내뿜는 마물을 환각으로 만드는 사람도 빡세겠지만.

그런 생각을 하며 10계층의 보스방으로 통하는 문을 연 난 그 뒤에 마물의 진정한 공포를 깨닫게 된다.

기이이이이이익 하고 녹슨 철문을 여는 듯한 소리가 울린다. 아랑곳하지 않고 안을 들여다보니 내부는 어두웠다.

"이런 연출은 필요 없는데요."

난 무기를 들고 안쪽으로 나아갔다.

그러자 갑자기 후웅 하는 소리와 함께 엄청난 기세로 문이 닫혔다.

물론 이 전개를 예상했던 난 눈앞에서 시선을 돌리지 않았다.

문이 닫히자 그와 동시에 어두침침했던 방에 지금까지 탐색한 미궁 내부와 비슷한 밝기의 불이 들어오더니 마물들이 일제히 모습을 드러냈다.

"어이 어이, 아무리 그래도 이 숫자는 예상을 못했는데."

시야에 보이는 바로는 벽이 보이지 않을 정도의 수를 자랑하는 무리가 날 중심으로 반경 5미터 지점에서 이쪽을 향해 진을 치고 있었던 것이다.

보스방의 넓이는 대략 30제곱미터 정도였으며 그 안에 좀비나 스켈톤 나이트나 아처, 고스트에 도깨비불 등 지금까지 싸웠던 마물들이 대량으로 무리를 이루고 있었다.

방심을 하진 않았지만 기척이 느껴지지 않았기에 전혀 눈치를 채지 못했다.

게다가 완전히 문을 등진 상황이라 전방을 중심으로 좌우 180도에 마물들이 몰려있고 공중은 고스트와 도깨비불들이 점령한 상태다.

그저 포위당했을 뿐 기습을 받은 건 아니다.

초조한 마음이 들긴 하지만 큰 문제는 아니라고 자신을 타이른다.

난 바로 마음을 다잡고 정화 마법을 영창했다.

"【성스러운 치유의 손이여, 만물의 근원인 대지의 숨결이여, 바라건대 나와 내 곁에 있는 이들의 앞을 막아서는 부정한 존재를 본디 있어야 할 곳으로 인도하소서. 퓨리피케이션.】"

하지만 여기서 예상외의 일이 발생했다.

아니 정확하게는 아무 일도 일어나지 않았다.

"에? 어째서……."

마력이 빠져나가는 감각이 없어? 이 현상이 내 혼란에 박차를
가했다.

이 순간을 놓칠 리 없는 언데드 마물들이 날 향해 총공격을 개
시했다.

이 세계에 와서 처음으로 절체절명의 위기에 빠졌다.

양손에 든 검과 창에 마력을 담아 휘두른다.

자세 같은 걸 신경 쓸 여유는 이미 사라진지 오래다.

내 입장에서 생각을 하면 금방 이해가 되리라.

지금까지 소수의 적은 무기로 쓰러뜨리고 대군은 정화 마법으
로 처리했다.

그런데 마법을 쓰지 못하는 날 향해 전방 180도도 모자라 공중
에서도 적들이 몰려오는 것이다.

환각이라는 사실을 알고 있어도 너무 무섭다.

"젠장, 젠장, 젠장, 오지 마."

아이가 떼를 쓰듯이 난 필사적으로 검과 창을 휘둘렀다.

"설마 마법 봉인방인가?! 갑자기 이딴 수를 부리다니 호화 경
품을 주는 게 그렇게 싫었냐."

그래도 이 모든 건 내 자만심이 부른 결과다. 난 이야기 속의
주인공도 하물며 천재도 아니다. 정보 수집이 부족했던 것이다.
완전히 자업자득이다.

"루시엘, 넌 약자잖아. 그런데 뭘 허세를 부리고 앉았냐. 빌어먹을——."

난 자신의 멍청함을 혐오하며 양손에 든 무기로 필사적으로 마물들을 쓰러뜨렸다.

"칫. 환각인데도 아프잖아. 이게 이세계의 환각통인가? 아파, 언놈이 날 할퀴었냐!! ……아파, 아프다고 하잖냐."

꿈틀대는 좀비의 목을 성은검으로 날린다.

"그만 물라고. 이제 인내심의 한계다."

창에 마력을 담아 휘둘러서 좀비를 튕겨낸 다음 난 온 힘을 다해 뛰었다.

아무런 부상 없이 벗어나진 못했다.

그래도 블로드 스승님과 했던 단련이 더 아팠고 훨씬 무서웠다.

검을 휘두르고 창으로 공격을 막으며 조금씩 적의 수를 줄인다.

이게 보스방인가.

이게 현실이었다면 공포로 무릎이 떨려서 그대로 아웃당했을 거다.

기사단을 존중하라는 의미로 치유사한테 이 유사 미궁을 탐색하라는 명령을 내리는 건가?

그래서 그란하르트 씨도 루미나 씨한테 따르는 건가? 뭐어 지금은 눈앞의 일에 집중을 하자.

진두 불능으로 산주뇌시 않게끔 보스방 내부를 이리저리 달린다.

어떻게든 클리어해서 호화 경품을 받아낸다.

그 일념 하나로 끊임없이 몸을 움직인다.

바람을 힘으로 바꿔 눈앞의 적에 집중하며 양손의 무기를 계속 휘둘렀다.

얼마나 시간이 흘렀는지 모르겠다.

마물들의 공격을 받아 여기저기 상처가 생기긴 했지만 그래도 뛰어난 방어구 덕분에 경상에 그쳤다.

쓰러뜨려도 쓰러뜨려도 마치 계속 솟아나듯이 마물들의 수가 줄어드는 기색이 없다.

하지만 쓰러뜨렸다는 사실을 기록이라도 한 것처럼 검붉은 마석이 바닥을 어지러이 수놓았다.

그래서 난 필사적으로 달리고 포위당하지 않도록 마물들을 쓰러뜨려 공간을 만들고 달리는 것을 반복했다.

분명 스승님과의 특훈이 없었다면 이 정도로 힘을 낼 수 없었으리라.

그 과정을 한동안 계속하니 얼마 지나지 않아 주위에 있는 언데드들이 모두 소멸했다.

"하아, 하아, 하아. 다 쓰러뜨렸다."

보스방의 바닥 전체를 마석으로 도배했다.

난 그 광경을 보면서도 움직이지 못했다. 서 있기만 해도 빡셀 정도로 몸이 피폐해진 상태였기 때문이다.

힐을 시전할 수 있었다면 체력을 회복할 수 있었겠지만 힐을 쓰면 마력이 고갈될 것 같다.

이미 체력도 마력도 한계에 이르렀다.

지금 블로드 스승님이 "달려라!"라고 명령을 하신다면…… 뭐어 달리긴 하겠지만 분명 조금 달리다가 앞으로 쓰러지겠지.

그런 상태였다.

"블로드 스승님한테 단련을 받아서 정말 다행이네. 그보다 귀찮지만 일단 이 마석들을 챙겨야지. 여길 나가면 회복 마법을 걸……?!"

불길한 예감에 난 앞으로 뛰며 몸을 회전시켰다.

그러자 쿠우우우우웅 하는 소리와 함께 무시무시한 무언가가 내가 있던 자리에 떨어졌다.

지금까지 느낀 적이 없는 엄청난 살기를 감지한 난 천장을 쳐다봤다.

"어이 어이, 아까 그게 보스전 아니었냐? 그 만큼 경품이 호화롭다는 건가? 치유사 길드 본부도 의외로 쩨쩨한 거 아니냐? 아니면 내가 단순히 약한 건가?"

나타난 건 새하얀 법의(法衣)를 입고 엄청난 마력을 지닌 듯한 지팡이를 든 언데드였다.

그리고 그 마물의 머리엔 왕관이 씌워져 있었다.

순간 노 라이프 킹인줄 알았지만 그런 녀석이 이렇게 얕은 계층에 있을 리가 없다고 판단한 난 관찰을 통해 답을 이끌어냈다.

"어째서 와이트*? 판타지의 정석이라고 하면 레이스 같은 몹들이잖아! 물론 레이스도 싫지만."

---

* 판타지 소설이나 게임에 등장하는 언데드. 시체에 악령이 빙의한 좀비의 일종이며 산자를 죽이고 자신과 같은 와이트로 만듦으로써 동족을 늘린다고 한다

그 말이 거슬렸는지 어땠는지는 모르겠지만 다음 순간 지팡이에 단숨에 마력이 모이고 증폭됐다고 느낀 것과 동시에 와이트가 검은 빛을 쏘았다.

검은 빛의 속도는 지금까지 경험했던 적과는 명백하게 차원이다…… 아니, 너무 달랐다.

예상을 뛰어넘은 속도에 난 완전히 피하지 못했고 그 탓에 검은 빛이 오른쪽 허벅지를 조금 스쳤다.

그렇다…… 스쳤을 뿐인데 살이 타는 듯한 통증이 온몸을 타고 흘렀다.

"큭. 【주여 나의 마력을 양식으로 그를 치유하소서. 힐.】빌어먹을 왜 내 마법은 발동하지 않는 거냐고. 이쪽의 마법만 봉인하는 건 너무 비겁한 거 아니냐."

마력이 바닥날 거라는 생각은 했지만 그래도 힐로 통증을 없애고 싶었다.

하지만 내 마법은 발동하지 않았다.

"보스방을 클리어해서 호화 경품을 받을 때까지 죽을까 보냐."

내 정신은 이미 혼란에 빠진 상태였다.

덕분에 샐러리맨 시절의 상여금과 보스방 클리어로 얻을 경품을 한데 섞어서 인식하는 꼴이었다.

암(闇)속성 마법을 쏘려는 와이트를 향해서 창에 마력을 담아 온힘을 다해 던졌다.

그러자 와이트는 마법을 중단하고 크게 물러났다. 근처에 다가가기만 해도 싫은데다 무섭다라고 말하는 것처럼 보였다.

그 모습을 본 순간, 난 대담한 도박에 나서기로 했다.

07 보스전 결착과 교황님과의 교섭

성은의 로브 아래에서 어깨에 멘 마법의 가방에 손을 넣어 성은궁과 화살통을 꺼냈다.

"각오하라고."

난 활을 겨누며 적을 응시했다.

"부오오오오."

우는 듯한 소리를 내며 위협을 하는 와이트를 보며 활을 겨눈 채로 화살에 마력을 담았다.

조바심이 났는지 마법을 영창하려는 와이트를 향해 난 화살을 날렸다.

날아간 화살은 표적인 와이트의 로브를 스치고는 왼쪽으로 빠져나가고 말았다.

궁술을 연마하지 않았던 자신을 원망하고 싶은 기분을 느끼며 다음 화살을 화살통에서 꺼내 바로 두 발째를 장전했다.

"교고오고오오오."

몸에 맞지 않았음에도 불구하고 와이트는 마법을 캔슬하고 분노로 울부짖었다.

마법을 방해받아서 화가 난 것인지 아니면 법의에 화살이 닿은 게 불쾌한 것인지 혹은 둘 다 맞는 것인지 와이트의 살기가 짙어진 것 같다.

"빨랑 다음 마법을 영창하라고."

난 도발을 하며 마력과 체력의 회복을 꾀했다.

블로드류(流)를 배우길 잘했다.

스승님 정말로 감사합니다. 급료가 들어오면 뭔가 쏘겠습니다.

그런 생각을 하며 두 발째 화살을 날렸다.

하지만 이번에도 화살은 와이트의 옆을 아슬아슬하게 스쳐 지나갔다.

이어서 다음 화살을 장전하자 겁을 먹은 것인지 와이트는 공격을 하지 않고 위협만 할 뿐이었다.

그렇지만 이쪽도 극한 상태가 이어지는 중이다. 화살이 차례로 빗나가는 바람에 짜증이 나기 시작했다.

"다른 데에서 보면 이런 순간에 잠재 능력 같은 걸 각성하던데 말이지."

짧은 시간 내라면 전력으로 움직일 수 있을 만큼 체력이 회복됐다고 감각적으로 깨달았다. 난 열세 발째 화살을 날리는 것과 동시에 행동에 나서기로 했다.

아직도 대치 상태가 이어지는 중이다.

전에 카틀레아 씨가 '무기를 휘두르면서 마법을 영창하는 건 불가능하다'라고 한 까닭은 마법을 쓰기 위해선 명확한 이미지와 집중력이 필요하기 때문이다.

언데드한테도 같은 현상이 적용되는지는 확실하지 않지만 지금은 그 힌트에 의지하는 것 외에 다른 방법이 떠오르지 않는다.

현재 와이트는 나에 대한 적대심이 한계에 다다랐다는 생각이

들 정도로 엄청난 살기를 내뿜고 있다.

저 녀석이 나이가 든 노인이었다면 이마 근처의 혈관이 뚝 끊어졌어도 이상하지 않으리라.

그 정도의 형상이었다.

"그렇게 화가 나서 이마에 혈관을 세우고는 고생하시네요. 인간은 15분 이상 화를 낼 경우에 화를 낼 건덕지가 없으면 지쳐서 화를 내지 못한다던데. 아아, 당신은 마물이었죠."

이런 식으로 통할지도 모를 도발을 반복하고 심호흡을 하며 간격을 잰다.

머릿속에서 몇 번이고 시뮬레이션을 한 뒤에 타이밍을 재기 위해 화살을 날린다.

그리고 일곱 발째 화살을 날린 순간 난 와이트를 향해 온 힘을 다해 달렸다.

와이트는 로브가 더러워지는 것이 싫은 것인지 크게 거리를 두고 화살을 피하려 했다.

그 순간을 놓치지 않은 난 와이트를 향해 남은 세 개의 활을 연속으로 날렸다. 그러자 마법은 그대로 발동을 멈췄고 지팡이에 모였던 마력은 도로 흩어졌다.

마법의 가방에서 블로드 스승님한테 받은 검을 꺼낸 난 남은 마력을 최대한 담아서 와이트를 향해 도약한 다음 검을 내리쳤다.

왕관에서부터 수직으로 말이다. 두 쪽으로 갈라져 떨어졌으니 와이트도 소멸했을 것이다 ⋯⋯보통은.

하지만 그건 와이트가 특별한 고위 언데드가 아닐 경우의 얘기다.

그렇다면 이런 식으로 뒤를 보이는 내(산자)의 목숨을 빼앗으려고 마법을 날릴 거다…….

"감촉은 있었어. 하지만 여길 만든 녀석은 아마 귀축일 테니까 쉽게 끝나지 않을 거라는 것 정도는 이미 예상했다고."

바로 몸을 돌린 난 마침 근처에 떨어져 있던 단창을 주워 마력을 담은 다음 와이트를 향해 온 힘을 다해 던졌다.

놀랍게도 두 쪽으로 갈라졌던 와이트의 몸이 원래대로 돌아가 있었다.

단창이 몸통을 관통하는 것과 동시에 빠르게 접근한 난 박힌 단창에 힘을 줘서 안쪽으로 쑤셔 넣었다. 그리고 이번에는 부활하지 않기를 빌며 왼손에 들었던 검을 양손으로 잡아서 목을 벴다.

"구갸갸갸아아아아아아악."

날아간 머리가 비명을 지르더니 연기처럼 사라졌다.

법의와 지팡이와 목걸이는 그대로 남았으며 와이트가 있던 자리에는 지금까지 언데드를 잡으며 봤던 것보다 몇 배는 더 크고 짙은 마석이 놓여있었다.

"좋았어~, 야앗. 이번에는 제발 돼라. 【주여 나의 마력을 양식으로 그를 치유하소서. 힐.】"

힐을 영창하자 여느 때처럼 창백한 빛이 날 감쌌다.

"이런 구조는 게임이나 이세계의 환각 미궁이나 별 차이가 없네."

조금 휴식을 취한 난 정화 마법으로 몸을 깨끗이 하고 만약을 대비해 리커버리도 시전했다.

"이걸로 상태 이상은 걱정할 필요가 없겠지. 그럼……."

상처는 미들 힐로 치료하고 근육의 염증이나 피로감은 자연 치유력에 맡기기로 했다.

"블로드 스승님을 만나서 강해지지 않았다면…… 생각하기 싫은걸."

무거운 몸을 억지로 움직여 방 전체에 굴러다니는 마석을 회수하고 와이트가 남긴 법의나 목걸이 등은 혹시 모르니 정화 마법으로 정화했다.

바닥에 있던 모든 물건을 회수한 순간 갑자기 고고고고오오 하고 땅이 울리더니 아래 계층으로 내려가는 입구가 새롭게 나타났다.

"역시 여기서 끝이 아닌 건가…… 이제 더 이상 못 먹겠습니다."

난 그 자리에서 새로 출현한 계단을 한동안 바라봤다.

"잠깐."

'열려라'라고 빌며 열고 들어온 문을 당기자 끼이이이이 하고 문이 열렸다.

아무리 그래도 미궁에서 귀환하는 도구나 마법은 익히지 못했기에 순간 식겁했다.

하지만 이걸로 확실히 돌아갈 수 있게 됐다.

"지금부턴 어떻게 할까. 물체 X가 4통, 블로드 스승님한테 받은 검, 아주머니의 도시락이 들어있는 도시락통…… 뭐어 이건 이것대로 버릴 수 없고. 다 필요한 거란 말이지. 일단 클리어 보수 세 가지는 꼭 가져가야 하니까……."

성은의 검, 창, 활과 화살통 중에 한 가지만 마법의 가방에 넣을 수 있다.

"아, 휴대해도 딱히 문제는 없잖아? 안심했더니 배가 고픈걸. 도시락이나 먹자."

평소대로 오라 코트와 퓨리피케이션을 시전한 다음 아주머니의 도시락에 입맛을 다시고 맛있게 먹었다.

마지막으로 물체 X를 마시며 식사를 마쳤다.

아, 들어가기 전에 마신다는 걸 깜빡했다…….

그 와중에 피로가 몰려와서 오늘의 탐색은 이쯤에서 마무리하고 언데드 미궁(가칭)을 나서기로 했다.

미궁에서 나오니 매점 카운터에 카틀레아 씨가 있었다.

"아, 카틀레아 씨, 안녕하세요."

"어머, 이 시간에 돌아오다니 드문 일이네."

격전을 치르긴 했지만 평소보다 몇 시간은 빨리 귀환했으니 그런 말을 들어도 이상하진 않나.

"예. 오늘은 좀 고전해서 대미지를 입었으니까요."

"익숙하지 않으면 그런 때도 있으니까 무리는 하지 마렴."

"정말~ 자만심에 빠졌던 자신한테 한 방 먹이고 싶은 기분이에요."

쓴웃음을 지으며 난 마석 회수용 배낭을 꺼냈다

"그럼 오늘은 양이 적으려나?"

"평소보다 많을지도 몰라요. 그리고 포인트 정산이 끝나면 봐 주셨으면 하는 물건이 있는데요."

"……그건 조금 궁금하네. 그럼 배낭을 이쪽에 올려줘."

쿵 하고 올려놓은 배낭 안에는 와이트의 마석을 맨 위로 오도록 넣어두었다.

"이, 이 양은 뭐니?"

"아아. 10계층에 보스방이 있잖아요? 거기에 들어갔더니 언데드가 막 몰려오는데다 마법도 쓸 수 없는 구역이라 엄청 당황했다니까요."

"보스? 그보다 지금 10계층이라고 했니?"

"예. 어떻게든 쓰러뜨리긴 했지만요. 그런데 그 후에 이번엔 공중에서 마법을 날리는 왕관을 쓴 와이트가 나와서 정말로 죽는(게임 오버) 줄 알았어요."

참고로 모험자 길드에다 와이트가 지니고 있던 지팡이나 목걸이의 감정을 부탁해볼까 라는 생각도 해봤지만 애초에 이게 누구의 물건인지도 몰랐기에 카틀레아 씨에게 물어보기로 했다.

"……어째서 그런 무모한 짓을 한 거야?"

어라? 평소의 온화한 오라는 어디로? 게다가 왠지 무서운데요?

"무모한 짓을 할 생각은 없었어요. 단지 그런 놈이 있을 거라고는 생각도 못했고 마법을 쓰지 못하는 방이라고 알려주는 사람도 없어서 들어가게 된 거죠."

"……미리 설명을 듣지 않았니?"

이건 조르드 씨의 설명이 부족했다는 걸로 해두자.

실제로 그렇기도 하고.

"예. 이제 배속된 지 11일째고 미궁을 탐색하는 게 퇴마사의 일이죠?"

"그러……네. 얘, 이 뒤에 시간 좀 되니?"

"예. 오늘은 지쳐서 방으로 돌아갈 일만 남았거든요."

"그럼 잠깐 함께 들리고 싶은 곳이 있어. 어울려 줄래?"

"예. 그럼요."

거절할 수 있는 분위기도 아니고.

"그럼 오늘의 포인트 말인데 전부 합쳐서 10만 8910포인트야."

"에? 저기, 자릿수가 좀 이상한 거 같은데요……."

"아니, 계산은 정확해."

"그런가요."

그 녀석은 역시 보스였구나.

"그런데 보여주고 싶은 게 있다고 하지 않았니?"

"아아. 전 감정을 할 수가 없는지라, 쓰러뜨린 와이트가 사라지면서 남긴 장비인데요. 일단 정화를 걸긴 했는데……."

내가 카드를 돌려받고 고개를 올리자 카틀레아 씨의 얼굴이 바로 앞에 있었다.

"보여줘!!"

가까워! 그런데 미인이 진지한 얼굴로 다가오니까 엄청 무섭네.

"그, 그럼 일단 이 법의랑. 목걸이에 이 지팡이가 마지막이에요."

카틀레아 씨는 물건들을 하나씩 손으로 유심히 살피더니 이내 카운터에 다시 올려놨다.

"……그것들을 가방에 넣고 바로 따라오렴."

다음 순간, 어느 샌가 카운터를 넘어 엘리베이터로 향하는 카틀레아 씨의 모습이 보였다.

"빨리!!"

"예."

상황을 이해하지 못한 난 그저 카틀레아 씨의 뒤를 쫓아갔다.

이 시점에서 그녀가 단순히 매점에서 일하는 누나가 아니라는 사실은 명백했다.

"어라, 카틀레아 양이랑 루시엘 군이잖아. 어딜 그렇게 급히 가는 거야?"

도중에 만난 조르드 씨가 우리에게 말을 걸었다.

"조르드 씨, 지금은 서두르는 중이에요."

하지만 카틀레아 씨는 그의 말을 일축(一蹴)했다.

"실례했습니다."

조금 창백한 얼굴이 된 조르드 씨가 길을 터주었다.

"죄송합니다. 저도 뭐가 뭔지 얼떨떨한 상태라."

그 말만을 남기고 카틀레아 씨의 뒤를 쫓았다.

바쁘게 발걸음을 옮기면서도 난 내심 불안한 마음을 감출 수 없었다.

조금 전부터 나와는 평생 인연이 없을 거라고 생각했던 관계자 외 출입금지 구역에 휙휙 들어가고 있었기 때문이다.

신관 기사, 성기사 구역을 지나 사제 구역 위에 위치한 사교 구역, 그보다 위에 위치한 대사교 구역을 넘어 또 엘리베이터에 몸을 실었다.

분명 이건 평소엔 탈 수 없고 타서도 안 되는 그런 부류의 시설일 것이다.

　이렇게 이동하는 동안 카틀레아 씨는 한 번도 입을 열지 않았다.

　몇 번이고 카틀레아 씨한테 말을 걸 기회를 엿봤지만 도저히 그럴 분위기가 아니었다.

　그저 목적지를 향해 계속 걷다가 다시 엘리베이터를 타고 내린 장소는 교황의 방이라고 적힌 방의 앞이었다.

　카틀레아 씨가 교황의 방이라고 적힌 문을 노크했다.

　"교황님, 카틀레아입니다. 시급한 용건으로 배알을 청하고자……."

　그러자 말이 끝나기도 전에 "허락하마. 들어오거라"라는 목소리가 들렸다.

　"날 따라오렴. 내가 하는 것처럼 예를 갖추도록 해."

　"예."

　카틀레아 씨가 문을 여니 시녀들로 보이는 여성들이 눈에 들어왔다.

　그 여성들은 카틀레아 씨한테는 눈길을 주지 않고 함께 들어온 나를 향해 당혹감과 의심이 어린 시선을 보냈다.

　방은 이야기에 자주 등장하는 알현의 방 같은 구조로 되어 있었으며 이쪽에선 교황님의 모습을 직접 보지 못하게끔 앞에 가림막을 둔 모양이었다.

　가시방석에 앉은 듯한 기분을 느끼며 카틀레아 씨와 함께 나아간 다음 계단 앞에서 카틀레아 씨가 무릎을 꿇었기에 나도 그녀를 따랐다.

"카틀레아여 잘 와줬다. 함께 온 자는 모르겠다만 무슨 용건으로 왔느냐?"

놀랍게도 목소리의 주인은 젊었으며 게다가 여성이었다.

하지만 평범한 사람과는 다르게 어딘가 신비로운 분위기를 자아내는 목소리였다.

"옙. 이 자는 얼마 전에 퇴마사의 소임을 인계받은 새로운 퇴마사입니다. 소임을 맡은 뒤로는 미궁에 들어가 경이로운 수의 언데드를 쓰러뜨리고 있습니다."

"호오. 하나 그것만은 아닐 테지?"

"옙. 오늘 10계층의 터주 방에서 와이트와 전투를 벌였는데 모르는 사이에 터주 방에 마법 봉인이 걸려 있었다고 합니다."

"그게 정말인가?!"

"옙. 그리고 훌륭하게도 그 와이트가 지니고 있던 장비를 가지고 돌아왔습니다. 감정한 결과 거짓 보고가 아니었기에 이곳으로 가져 왔습니다."

평소의 카틀레아 씨가 아닌걸.

게다가 감정 스킬을 터득하셨을 줄이야.

"흠…… 직답(直答)을 허락하마. 그대, 이름은?"

"루시엘이라고 합니다."

"그럼 루시엘이여. 가져온 도구를 내다오."

"예. 일단 저주가 걸려있을 가능성을 고려해 정화 마법을 걸었습니다. 그 점은 모쪼록 양해를 해주시길."

"음."

곁에 온 시녀에게 법의와 목걸이 그리고 지팡이를 건넸다.

"……설마 했다만 역시 맞는가. 확실히 이 법의는 12년 전에 행방이 묘연해진 오자나리오의 법의가 틀림없다. 거기에 정령의 목걸이와 마란(魔亂)의 지팡이구나. 잘 가져왔다."

역시 귀중한 아이템인 모양이다.

"정령의 목걸이는 마법을 시전할 때 소비되는 마력을 반으로 줄이는 효과를 지니고 있다. 그리고 마란의 지팡이는 자신의 마력을 확산시킴으로써 좁은 장소라면 타인의 마력을 어지럽혀 사용할 수 없게 만들지. 거기에 그렇게 확산시킨 마력을 모아 마법을 시전하는 것도 가능한 강력한 지팡이다."

치트 장비구만.

"이걸 매입하고 싶구나."

이건 절대로 거절하면 안 되는 건이겠지.

그야 카틀레아 씨한테서 거절하면 용서치 않겠다는 오라가 막 나오고 있는걸.

이건 어쩔 수 없겠지…… 그래도 제안 정도는 해도 괜찮겠지?

딱히 신하가 된 것도 아니고.

여기서부턴 전세에서 다진 영업 연기로 교섭을 걸어볼까.

"분명 남다른 사연이 어린 물건이겠지요. 거기다 성능까지 뛰어나니 값어치를 따지는 것은 무리가 아닐까 싶습니다. 그러니 말씀대로 양도해드리겠습니다."

"음. 수고가 많았다."

"교황님을 위한 일이니. 다만 무례를 무릅쓰고 이쪽에서도 드리고 싶은 청이 있습니다."

"음. 들어보마."

"실은 제가 지닌 마법의 가방이 용량이 적은 터라 미궁 탐색에 있어서 큰 곤란을 겪고 있습니다. 가능하면 물건을 많이 넣을 수 있는 마법의 가방을 준비해주실 수 없는지요?"

"그거면 되겠느냐? 걱정하지 말거라. 마법의 가방이 아닌 마법 주머니를 주마. 마법 주머니의 내부는 이공간이라 넣은 물체의 시간이 멈춘다. 게다가 뭐가 들어있는지도 알 수 있으며 용량은 이 방의 크기만큼 들어간다고 생각하면 되느니라."

······아무래도 교황님은 통이 크신 것 같다.

"그런 귀중한 물건을 받아도 되겠습니까?"

교황의 방은 어림잡아도 15평*은 돼 보였다.

아니면 교황님은 마법 주머니를 만드실 수 있는 걸까? 그렇지 않은 이상 보통은 이런 교섭에 응하지 않으리라.

"괜찮으니라. 본녀에겐 이편이 더 좋다. 이후에도 미궁에서 뭔가를 발견하면 카틀레아와 함께 오너라. 그러면 상을 내리마. 마법 주머니는 카틀레아한테 전해둘 터이니 내일에라도 찾아가면 된다. 정말로 수고가 많았다, 루시엘."

"예."

그 뒤에 나와 카틀레아 씨는 머리를 숙이고 방을 나섰다.

"루시엘 군, 넌 제법 베짱이 두둑하구나."

---

* 약 49.58㎡

교황의 방을 나서자마자 카틀레아 씨가 질렸다는 어조로 말을 걸었다.

"에? 그런가요? 이래 뵈도 꽤 긴장했었는데요."

"그러니? 보통 교황님께 헌상하는 물건에 대가를 요구하는 사람은 없거든."

"……좀 뻔뻔했던 걸까요?"

"후후후. 난 괜찮다고 생각해. 마법 주머니를 내릴 만큼은 맘에 드신 모양이니까 안심하렴."

그렇게 말은 들었지만 카틀레아 씨의 말과 표정이 일치하지 않는지라 전혀 안심을 할 수가 없습니다만.

그 뒤에 내가 길을 아는 곳까지 동행한 다음 이것저것 핑계를 대서 헤어지기로 했다.

"혹시 카틀레아 씨는 교황님의 심복인지도 모르겠네."

그런 말을 중얼거리는 사이에 첫 보스전을 이겨냈다는 감동은 이미 사라진 뒤였다.

그래도 마법 주머니라는 편리한 아이템을 획득했으니 잘 된 거겠지.

08 성기사단과의 훈련

'스테이터스 오픈'이라고 외치자 눈앞에 홀로그램 윈도우가 나타났다.

╼┼ **STATUS** ▬▬▬▬▬▬▬▬▬▬▬▬▬▬▬▬▬▬▬ **OPEN** ┼╾

이름 : 루시엘

직업 : 치유사 Ⅴ(5)

나이 : 17

레벨 : 1

HP(생명치) : 450   MP(마력치) : 180

STR(근력) : 73   VIT(내구력) : 111   DEX(손재주) : 76

AGI(민첩성) : 73   INT(지력, 이해력) : 108   MGI(마력) : 107

RMG(마력 내성) : 100   SP(스킬, 스테이터스 포인트) : 0

마법속성 : 성(聖)

【스킬】

『숙련도 감정』Ⅰ 『호운(豪運)』Ⅰ 『체술』Ⅴ(5)

『마력 조작』Ⅶ(7) 『마력 제어』Ⅶ 『성속성 마법』Ⅶ

『명상』Ⅴ 『집중』Ⅶ 『생명력 회복』Ⅳ(4) 『마력 회복』Ⅵ

『체력 회복』Ⅴ 『투척』Ⅳ 『해체』Ⅱ 『위기 감지』Ⅳ 『보행술』Ⅳ

『병렬 사고』Ⅱ 『검술』Ⅱ 『방패술』Ⅰ 『창술』Ⅱ 『궁술』Ⅰ

『영창 생략』 IV 『영창 파기』 I

『HP 상승률 증가』 VI(6) 『MP 상승률 증가』 VI
『STR 상승률 증가』 VI 『VIT 상승률 증가』 VI
『DEX 상승률 증가』 VI 『AGI 상승률 증가』 VI
『INT 상승률 증가』 VI 『MGI 상승률 증가』 VI
『RMG 상승률 증가』 VI

『독 내성』 VI 『마비 내성』 VI 『석화 내성』 VI 『수면 내성』 VI
『매료 내성』 II 『저주 내성』 VI 『허약 내성』 VI
『마력 봉인 내성』 VI 『질병 내성』 VI 『타격 내성』 II
『환혹 내성』 I 『정신 내성』 I

【칭호】
운명을 바꾼 자(모든 스테이터스 +10)
운명신의 가호(SP 획득량 증가)

모험자 길드 E랭크   치유사 길드 A랭크

╾┼ STATUS ▰▰▰▰▰▰▰▰▰▰▰▰▰▰▰▰ OPEN ┼╼

"역시 레벨 1이가. 혹시 난 성장을 못하는 체질인, 어라? 전체적으로 스테이터스가 올랐네."

……그것도 제법 많이 오른 것 같다.

미궁 탐색을 시작한지 이제 열흘이 지났을 뿐인데 스테이터스의 모든 항목이 1.5배나 뛰어오르다니 아무리 생각해도 이상한걸.

그리고 환혹 내성을 습득한 것을 보니 역시 그 미궁은 환각으로 이루어진 것이리라.

어제는 방으로 돌아가서 홀로 긴 시간 동안 반성회를 가졌는데 상담할 상대가 없으니 풀이 죽을 뿐이었다.

자신이 자만에 빠져서 얼마나 어리석었는지 반성해야 할 점을 양피지에 적어봤는데 그 결과, 1장으론 부족했기에 더 풀이 죽었던 게 기억에 남는다.

반성한 점을 몇 가지 들자면 보스전에 임한다는 걸 알면서도 방어 능력을 올려주는 배리어 계열의 마법을 쓰지 않았다는 것과 마법을 사용할 수 없다는 사실에 혼란에 빠진 나머지 검이나 창을 둔기처럼 다뤘다는 점이다.

검은 벽이나 바닥 등 단단한 곳에 휘두르는 바람에 날 끝의 이가 다 빠졌으며 창은 여기저기가 일그러지고 휜 상태였다.

이 사실을 들키면 분명 블로드 스승님의 불호령이 떨어지고 주마등을 보게 될 것이다.

그리고 그루가 씨가 알면 물체 X를 통째로 한 번에 마시게 하리라…….

피해망상으로 들릴지도 모르겠지만 실제로 몇 번인가 그런 경험을 한 이후로 그 사람들한테 거역할 수 없다는 인식이 몸에 배고 말았다.

뭐어 가끔 지나치다 싶을 때가 있긴 하지만 평소엔 좋은 사람들이다.

이대로 미궁 답파를 노린다면 조만간 성기사나 신관 기사 분들께 훈련에 끼워달라고 부탁이나 해볼까.

마침 그때 배에서 꼬르륵~ 하는 소리가 울렸다.

"오늘의 아침 단련은 여기까지 할까. 아~ 배고프다."

아침 단련을 마친 난 식당으로 향했다.

"루시엘."

식당으로 향하는 도중에 루시 씨의 목소리가 들려서 뒤를 돌아보니 루시 씨와 루미나 씨, 그리고 모르는 여자애가 한 명 있었다.

모르는 여자애는 이쪽 세계에선 비슷한 또래로 보였기에 먼저 인사를 하기로 했다.

"루미나 님, 루시 씨. 안녕하세요. 그리고 처음 뵙겠습니다, 퇴마사를 맡고 있는 루시엘이라고 합니다."

"안녕, 루시엘 군."

"안녕."

"안녕하세요. 전 루미나 님의 부대에 배속된 쿠이나라고 해요."

"안녕하세요. 쿠이나 양. 여러분도 아침을 드시러 오셨나요?"

아침부터 루미나 씨 일행과 만나다니 좋은 징조인걸.

"그래. 우리는 항상 아침 훈련을 마치고 아침을 먹으러 오거든."

"그렇군요. 제가 평소보다 조금 늦게 나와서 뵐 수 있었네요."

"후후, 기뻐 보이는구나. 그건 그렇고 이곳에 온지 겨우 11일째인데 갑작스럽게 전과를 올렸다고 들었다. 게다가 치유사의 몸으로 무술 스킬을 터득했다고?"

"아~ 그 얘기 인가요…… 그 일 때문에 어제부터 계속 반성을 하는 중입니다만."

"흠. 괜찮다면 얘기를 들어보지. 함께 식사를 하지 않겠나?"

아무래도 정말로 오늘은 아침부터 호운 선생님이 일을 하시는 모양이다.

"예. 물론이죠."

식사를 하면서 퇴마사가 된 이후에 경험한 일과 어제의 추태에 대해 전부터 털어놓았다.

"……너는 대체 뭘 하는 거냐?"

그렇게 말한 루미나 씨가 질렸다는 시선으로 날 바라봤다.

"혹시 너 죽고 싶은 거니?"

루시 씨한테는 경멸하는 시선을 받았다.

"바보네요. 운이 좋았을 뿐이에요. 보통 사람이면 죽고도 남았다고요."

초면인데도 불구하고 쿠이나 양은 담담하게 독설을 내뱉었다.

"모처럼 무지에서 벗어났다고 생각했건만 이번엔 무모한 행동을 벌일 줄이야…… 목숨을 소중히 하지 않는 자는 싫다."

"……어제는 방으로 돌아간 뒤에 반나절 동안 혼자서 쭉 반성을 했다고요. 그러니까 이쯤에서 멈춰주세요. 이미 정신적으로 너덜너덜한 상태니까요."

경멸하는 시선을 받으면 자리를 박차고 도망치고 싶어서 견딜 수가 없다.

이걸 상으로 받아들이는 감성은 내겐 없다고.

"그래서 넌 앞으로 어떻게 할 생각이야? 그대로 있다간 언젠가 죽을 걸?"

조금 거친 말투이긴 해도 루시 씨는 날 걱정하고 있으리라.

"예, 그렇겠죠. 본심을 말하자면 강해지기 위해 멜라토니 마을로 돌아가서 수행을 하고 싶은데요."

물론 허가가 날 일은 없겠지만.

"원칙상 치유사는 사령이 내려오지 한 본부로부터 이동할 수 없어요."

쿠이나 양은 박식한걸.

그런 생각을 하고 있자니 맞은편 자리에 앉아있던 루미나 씨의 시선이 신경 쓰여 그녀와 얼굴을 마주 봤다.

그러자 불온한 미소를 지으며 그녀가 입을 열었다.

"……단련을 하고 싶다면 내 제안이 도움이 될지도 모르겠구나."

"에? 정말인가요?"

순간 긴장을 했지만 막상 들어보니 매우 유익한 얘기였다.

"그래. 치유사한테는 버거울지도 모르겠다만 성기사들과 훈련을 받을 수 있도록 편의를 봐줄 순 있다. 개별 지도는 따로 없지만 말이지."

"……딤색에 지장이 가시 않는 선이라면 이쏙에서 부탁을 드리고 싶었던지라 감사히 받아들이겠습니다."

"그런가. 성기사의 훈련은 꽤 힘들다고?"

"그건 바라는 바입니다. 강해지기 위해서 최선을 다해 임하겠습니다."

"단단히 각오를 하고 오는 게 좋을걸. 그럼 주에 한 번, 불의 날에 집중적으로 훈련을 실시하는 걸로 하지."

"네. 잘 부탁드립니다."

이렇게 해서 루미나 씨의 성기사단에서 훈련을 받게 됐다.

그 뒤에는 평소대로 언데드 미궁(가칭)으로 향했다.

오늘부터 20계층을 목표로 다시 탐색을 시작한다.

경험으로 미루어 보건대 분명 보스방 전까지는 고전할 일이 없으리라.

그래도 탐색에는 시간이 걸리니 20계층의 보스와 싸우기 전까지 어제 저지른 실수를 교훈으로 삼아 자만했던 마음을 바로잡으려고 한다…… 미래에 받게 될 호화 상품을 위해서.

기분을 정리하고 미궁에 들어가기 전에 매점에 들렀지만 카틀레아 씨는 자리에 없었다.

"마법 주머니를 획득하는 건 일단 보류인가. 뭐어 어쩔 수 없지."

매점을 뒤로 한 난 언데드 미궁(가칭)에 입장해 탐색을 개시했다.

걸으면서 정화 마법을 날린다.

하지만 어제와는 달리 그저 마법을 날리는 데에서 그치지 않고 영창을 할 때 정화하는 이미지를 명확하게 떠올리면서 마법을 날리기로 했다.

그러자 마법을 맞은 마물들이 전보다 말끔하게 소멸하는 것처럼 보였다.

"잘못된 판단은 아니겠지. 그건 그렇고 점점 긴장이 되는데. 그 방에 들어가면 또 와이트가 나오는 걸까?"

난 보스방 앞에서 결계 마법인 에어리어 배리어를 시전해 물리 방어력과 마법 방어력을 올렸다.

그리고 보스방의 문을 열고 방의 중심을 향해 걸어가자 어제와 마찬가지로 문이 닫혔다.

"역시 수가 많은걸. 마법이 발동되기를."

내가 기도를 올리며 정화 마법을 시전하자 마물들 중 대부분이 한 번에 소멸했다.

"……약하잖아?!"

그 뒤에 보스방의 전투는 세 번의 정화 마법과 약간의 공격을 가함으로써 1분 만에 끝나고 말았다. 아무래도 보스는 부활하지 않는 모양이다.

그리고 고오오오옹 하는 소리와 함께 아래로 이어지는 계단이 출현했다.

어제는 미처 확인을 하지 못했지만 아래로 이어지는 계단에도 문이 있는 것 같다.

어쩌면 한 번 계단을 내려가면 문이 닫히는 구조일지도 모른다.

그건 그렇고 매번 여길 지나갈 때마다 이 소리를 들어야 하나? 그런 생각을 하며 계단을 내려갔다.

그리고 아니나 다를까 계단을 내려가니 문이 닫혔으며 이쪽에서 문을 열면 보스방에 있는 마물들이 부활한다는 사실을 확인했다.

"이걸 만든 인간은 분명 성격이 더럽겠지."

그런 말을 중얼거리며 조금 휴식을 취한 뒤에 11계층의 탐색에 나섰다.

이 언데드 미궁(가칭)은 10계층까지는 벽면이 흰색을 띠고 있었다.

하지만 이 계층부터는 벽면의 색이 붉은색이었다.

이걸로 자신이 현재 어느 계층이 있는지 10계층 단위로 판별할 수 있겠지만 자칫하면 다른 계층으로 전송되는 함정이 존재할 가능성도 있으려나?

그런 생각을 하며 창으로 좀비를 찌르고 회수하는 것과 동시에 검으로 꿰뚫는다.

"역시 체술도 구사하는 편이 좋으려나. 그건 그렇고 딱히 좀비가 강해졌다는 생각이 들지 않는 게 마음에 걸리네."

아니, 좀비의 움직임이 조금 빨라진 것 같은 기분도 들지만 큰 차이는 없는 것 같다.

마석을 줍고 지도를 그리며 나아가다 보니 지금까지 탐색했던 계층과 비교해 조금 더 넓어졌다는 사실을 깨달았다.

단 출현하는 마물의 수는 그대로였으며 그 외에 다른 차이점은 없는 모양이다.

냉정하게 분석을 할 수 있는 건 어제 그만한 일을 겪었기 때문이리라.

11계층을 탐색하며 다 둘러봤을 쯤에 배에서 소리가 울렸다.

시간을 확인하니 마침 점심시간이었기에 계단에서 점심을 먹기로 했다.

만약을 대비해 물체 X를 담은 통을 꺼내두자.

"이게 있으니까 정말로 도시락을 먹는 동안에도 마물이 다가오지 않는구만. 왜 이걸 모험자들한테 통 단위로 배급하지 않는 걸까? 조금 의심스러운걸."

그 뒤에 평범하게 점심 식사를 마친 다음 12계층까지 탐색을 끝냈으므로 오늘은 여기서 마무리를 짓기로 했다.

"아, 루시엘 군 어서 와. 우선은 포인트부터 정산할까."

미궁에서 나오자 카틀레아 씨가 기다리고 있었으므로 마석을 넣은 배낭을 꺼냈다.

"그럼 부탁드릴게요."

위험한데. 어제 봤던 카틀레아 씨의 인상이 너무 강렬했던 나머지 조금 긴장을 하고 말았다.

"잡아먹지 않을 테니까 그렇게 무서워하지 않아도 돼. 자. 오늘은 12,219포인트네."

꽤 벌었는걸. 상대하는 적이 딱히 달라진 것 같진 않지만 조금은 차이가 있었던 걸까?

"죄송해요. 어제 봤던 카틀레아 씨의 늠름한 모습이 기억에 남아서 긴장을 하게 되네요. 혹시 전에는 성기사나 신관 기사 혹은 교황님 식속의… 같은 걸."

"후후후. 여성에 대해서 깊이 파고 들려고 하면 안돼. 여성은 비밀을 좋아하는 존재니까. 파고드는 사람에겐 분명 재앙이 닥치겠지."

아, 망했다. 이 사람은 분명 평범한 인간이 아니겠지.

"그렇네요. 이 세상에는 알지 않아도 되는 것들이 잔뜩 있으니까요. 하하하."

"후후후. 아, 맞다. 자. 이게 마법 주머니야."

"오오!! 응? 어디에나 있을 법한 평범한 주머니로 보이는데요?"

"여기에 마력을 주입해봐."

들은 대로 건네받은 마법 주머니에 마력을 불어넣었다.

"오오오. 색이 변했네."

갈색의 가죽 주머니가 푸르스름한 가죽 주머니로 변했다.

"이걸로 루시엘 군 전용의 가죽 주머니가 된 거야. 그럼 사용법을 설명할게. 수납 조건은 루시엘 군을 중심으로 반경 1미터 이내에 있는 물건일 것. 물건을 수납할 때에는 그 물건에 접촉한 상태에서 루시엘 군이 속으로 수납이라고 떠올리면 들어갈 거야. 꺼낼 때에는 꺼내고 싶은 물건을 상상하면서 잡고 싶다고 떠올리면 돼. 여러모로 응용이 가능한 모양이니까 나머진 스스로 시험해봐."

"감사합니다."

난 주머니를 만지며 사용법을 떠올렸다. 어라? 뭔가가 느껴지는데…… 이건 책인가?

"혹시 이 안에 책이 몇 권 들어 있나요?"

"정답. 앞으로도 열심히 하라는 의미에서 현존하는 모든 마법서를 세트로 증정하라는 교황님의 말씀이 있었거든."

교황님이 내리시는 포상 종합 세트인가.

"그럼 저기에 진열된 마법서도?"

"그래. 맞아."

요즘 호운 선생님이 너무 쩌는 것 같은데.

이 정도면 적립한 포인트로 한 번에 질러도 괜찮지 않을까?

"저기, 그럼 성은의 검 네 자루에 단창 네 자루, 그리고 활이랑 화살 통(20개 들입)을 5세트씩 주세요. 그 외에 포션류도 몇 개 구입하고 싶은데요."

"미궁 탐색에 너무 몰두하면 안돼."

여기서 카틀레아 씨랑 대화를 나누는 편이 더 수명이 줄어들 것 같은데요.

물론 그런 말을 입 밖으로 낼 리도 만무해 평소의 카틀레아 씨로 돌아오기를 믿으며 감사 인사를 전하고 방으로 돌아왔다.

방에 돌아온 난 교황님한테 받은 마법서를 읽고서 자신의 힘으로 삼기 위해 마법 훈련을 하며 시간을 보냈다.

그 다음날엔 순조롭게 15계층까지 탐색을 마쳤다.

그리고 눈 깜작할 사이에 루미나 씨가 이끄는 성기사단과의 훈련일이 찾아왔다.

09 발키리 성기사단과 이른 아침의 훈련

이른 아침, 물체 X를 마시고 한창 마력 조작을 단련하던 도중에 노크 소리가 들렸다.

"예, 누구신가요?"

"안녕하세요. 전 루미나 님이 이끄시는 발키리 성기사단에 소속된 리프네아라고 합니다. 이제 곧 아침 훈련이 시작되므로 모시러 왔습니다."

"감사합니다. 바로 가겠습니다."

말을 전하고 물체 X의 악취를 없애기 위해 정화 마법을 자신에게 건 다음 문을 열었다.

정화 마법이 만능이라는 사실은 마법서에도 적혀있지만 양치질이나 온수 비데보다 효과가 뛰어나며 입 냄새나 볼일을 보고 난 뒤에 종이를 쓸 필요도 없이 말끔히 처리해주는 초(超) 만능 마법인 것이다.

문을 열고 눈앞……에서 아래로 시선을 내리니 푹신한 느낌이 드는 금발 곱슬머리에 둥근 눈의 귀여운 용모와 조금 투박한 갑옷이 묘하게 어울리는 여성이 있었다.

"처음 뵙겠습니다, 루시엘이라고 합니다. 수고를 끼쳐서 죄송하네요."

"아뇨. 발키리 성기사단에 소속된 리프네아입니다. 루미나 님이 내리신 명령인 데다 평범한 치유사는 성기사의 훈련장에 입장하는 게 금지되어 있으니까요. 그럼 가죠."

말투는 늠름한데 어쩐지 훈훈하다는 느낌이 계속 든다.

뭐라고 할까 자신을 늠름하게 보이게끔 무리를 하는 것처럼 보인다.

웃음을 견디며 리프네아 양과 함께 성기사의 훈련장으로 이동했다.

"꽤 넓네."

내부는 400미터 길이의 트랙이 들어갈 만큼 규모가 있는 편이었다.

"저희 부대의 훈련장은 작은 편이에요."

리프네아 양이 대답을 했다.

"에? ……헤에~ 그런가요?"

그렇다는 건 다른 훈련장도 몇 군데 더 보유하고 있다는 건가.

"왔나. 리프네아 수고했다. 루시엘 군, 이쪽으로 와라."

훈련장에 도착하자 루미나 씨가 말을 걸었다.

시선을 돌리니 이미 대열이 갖춰진 상태였으며 리프네아 양도 빠른 걸음으로 대열에 합류했다.

그건 그렇고 성기사단이라고 해서 인원수가 꽤 될 거라 생각했는데 루미나 씨를 포함해도 11명밖에 없다.

세나가 보누늘 아직 젊다.

"저기, 여긴 여성으로만 이루어진 부대인가요?"

"그래. 뭔가 불만이라도 있니?"

루미나 씨뿐만 아니라 다른 성기사들도 의중을 떠보는 듯한 시선을 내게 보냈다.

내 본심을 털어놓자면 그저 여성을 공격하고 싶지 않을 뿐이다.

스승님이 상대라면 사양하지 않고 덤빌 수 있지만 여성의 경우엔 흉터라도 지면 큰일이다.

"저기 여러분의 실력이 저보다 몇 수 위라는 건 알고 있습니다. 하지만 여성을 향해 공격을 하는 건 정신적으로 괴롭다고 할까요……."

"그렇군. 역시 넌 무지하구나. 미안하지만 훈련 시간은 한정되어 있다. 지금은 신속하게 자기소개를 해다오."

무지라는 단어 하나로 넘어가고 말았다.

그만큼 강하다는 건가? 아니면…….

"아, 예. 죄송합니다. 여러분 처음 뵙겠습니다. 직업은 치유사고 현재는 퇴마사 일을 맡고 있는 루시엘이라고 합니다. 자신을 단련하고 싶은지라 이번에 루미나 님께 무리한 부탁을 드려 성기사단의 훈련에 참가하게 됐습니다. 방해가 될지도 모르지만 잘 부탁드립니다."

"제군, 그는 모험자 길드에서 2년간 상주하며 전투 훈련을 받았던 별난 치유사다. 회복 마법을 쓸 수 있다는 모양이니 봐주지 말고 단련을 시켜다오. 각자 자기소개는 한가한 시간에 해줬으면 한다. 이상."

"""옙."""

"그럼 평소대로 준비 운동을 한 뒤에 1대1, 1대2, 2대3으로 팀을 이루어 전투 훈련을 실시한다. 그럼 가자."

말을 마친 루미나 씨가 선두로 달리고 뒤를 이어 다른 성기사들도 달리기 시작했다.

아무래도 처음엔 런닝을 하는 모양이다.

"멍하니 있지 말고 따라오렴."

굳어있던 내게 루시 씨가 말을 걸어준 덕분에 뭘 해야 하는지 겨우 이해했다.

"처음엔 조금 달리는 것뿐이에요."

그 뒤에 보충 설명을 하듯이 쿠이나 양도 내게 말을 걸었다.

"알겠습니다."

대답을 한 난 대열의 끄트머리에 붙어서 달리기 시작했다.

모험자 길드에서도 2년간 하루도 거르지 않고 아침과 저녁에 온 힘을 다해 달렸다.

그래서 솔직히 달리는 것 하나는 자신이 있었다.

어쩌면 여유롭게 완주할지도 모르겠는걸…… 그렇게 생각했다.

하지만 현실은 그렇게 만만하지 않은 모양이다.

"느리다고. 아무리 치유사라고 하지만 더 진지하게 달려라."

루미나 씨한테 한 바퀴를 추월당한 뒤에 다른 성기사 분들한테도 한 바퀴를 추월당하고 말았다.

당연한 소리지만 이쪽은 온 힘을 다해 달리고 있다.

숨도 한계까지 차오른 상태다.

그럼에도 그녀들의 입장에선 정말로 가벼운 런닝에 불과하다는 현실이 그곳에 있었다.

이 세계에서 신체 능력을 좌우하는 스테이터스의 차이는 틀림없이 존재하며 거기엔 넘을 수 없는 벽이 있다는 사실을 뼈저리게 느끼는 결과를 맞이한 것이다.

그건 마치 성기사단의 사람들한테 블로드 스승님과의 특훈이 무의미하다는 말을 들은 듯한 기분이었다.

그래도 확실히 신체 능력이 높으면 생존율도 높은 게 사실이니까 말이지…… 그래도 이대로 직업이나 레벨의 차이로 넘을 수 없는 벽이 있다는 사실은 절대로 인정할 수 없다.

여성만 있는 부대라고 얕봤던 자신에게 채찍질을 가하며 일단은 발키리 성기사단의 훈련에 필사적으로 따라가기로 결심했다.

그 뒤에 30분 정도 더 달린 끝에 굴욕적으로 여덟 바퀴나 추월 당하며 런닝을 마쳤다.

"그럼 조를 이루어서 전투 훈련을 시작해다오. 루시엘 군, 네 실력을 알고 싶으니 쓰는 무기를 꺼내서 날 죽일 기세로 덤비도록."

"보통은 날이 없는 무기를 쓰지 않나요?"

"흠. 맞지 않을 테니 안심해라. 그래…… 만약 날 맞춘다면 뭐든 네 요구를 한 가지 들어주마."

그렇게 말하며 루미나 씨는 싱긋 미소를 지었다.

지금 루미나 씨는 무기도 방패도 들지 않은 상태다.

분명 날 바보 취급하는 게 아니라 그만큼 실력에서 차이가 난다는 것이리라.

하지만……

"스테이터스의 차이가 곧 전투에 있어 절대적인 우위로 이어지는 건 아니라는 사실을 지금부터 증명하겠습니다."

난 루미나 씨를 상대로 현재 미궁에서 사용하는 스타일인 이창도류로 승부를 걸어보기로 했다.

"하아아아앗, 흐읍, 으랴아."

왼손에 든 창으로 찌르고 그 기세를 이용해 회전하며 검을 휘두른다.

그 뒤에 피할 것을 예상하고 발차기를 넣었다.

하지만——.

"빈틈투성이라고?"

그 말을 들은 순간, 시야가 흔들리더니 어느 샌가 하늘을 보고 있었다.

그건 마치 블로드 스승님한테 몸을 잡혀서 날아간 듯한 감각이었다.

"그 전투 스타일은 미궁에서 익힌 거겠지?"

"맞습니다."

"쌍검 기술도 터득하지 않은 채로 그런 무모한 짓을 벌일 줄이야. 자세를 바로잡고 다시 한 번 와라. 단 이번엔 네가 모험자 길드에서 배운 방식으로 덤비거라."

"예."

자세를 바로잡고 미궁에 다니게 된 이후로 방에 방치했던 방패를 오랜만에 장비하고 블로드 스승님한테 배운 대로 움직인다.

그때 내 머릿속에 블로드 스승님과 했던 훈련의 나날들이 떠올랐다.

＊

　"루시엘 알겠냐, 네가 사람한테 습격을 당했다고 가정했을 때, 대부분의 상대는 너보다 강할 거다."

　"하하하. 그렇겠죠."

　"그래. 만약 상대가 한 명이라고 해도 싸우지 않고 넘어갈 수 있다면야 더할 나위 없겠다만 이 세상은 그렇게 만만하지 않으니 언제 그런 일이 벌어질지 모른다."

　"예."

　"하지만 네겐 평범한 전투직엔 없는 장점이 있다."

　"회복 마법을 말씀하시는 건가요?"

　"그래. 이제는 움직이는 못하는 상태에서도 마법을 쓸 수 있지?"

　"뭐어 그렇죠. 1년 반 동안 같은 훈련을 반복해서 했으니까요."

　"강자와 싸울 경우에는 보통은 진다. 그러니 함정을 깔아라."

　"함정이요?"

　"그래. 영창을 하면서 일부러 큰 틈을 만들어 거길 노리도록 유도해라."

　"……왠지 불길한 예감이 드는 데요?"

　"보통은 거기서 상대의 공격을 역이용해서 반격기를 걸지만 까놓고 말해 네겐 그걸 해낼 만한 기술이 없는 데다 실력 차가 너무

크면 오히려 반격을 당할 거다."

"현실은 냉혹한 법이네요. 그런데 아까부터 불길한 예감만 드는 데요?"

"일부러 공격을 받아낸 다음 회복 마법으로 몸을 회복시키면서 상대를 공격해라. 그 외엔 방법이 떠오르지 않는군."

"몸을 내던지는 공격은 자칫하면 대참사로 이어지지 않나요?"

"안심해라. 그걸 마스터할 수 있도록 남은 반년 동안 철저하게 굴려주마."

"사, 사람 살려~."

"죽고 싶지 않지?"

"아아, 분명 여기서 내 인생은 막을 내리겠지."

"일단 급소는 위험하니까 처음엔 팔이나 다리를 노리마."

"에? 나중에는 급소도 공격하신다는 말로 들리는 데요?"

"자아 자세를 잡아라."

"……저기 블로드 스승님? 대답을 해주세요. 블로드 스승님."

"그럼 간다."

"갸아아아아아아아아악."

*

"……투시엘 군, 어째서 우는 거지? 조금 전엔 나름 부드럽게 던졌는데 아팠나?"

아, 스승님과의 특훈을 떠올렸더니 눈물이 나온 모양이다.

"아뇨, 잠시 수행(지옥)의 나날이 떠올라서요."

"그런가. 수행을 떠올리고 눈물을 흘리다니 어지간한(멋진) 나날이었나 보군."

"예. 그럼 갑니다."

난 어택 배리어를 시전하고 검과 방패를 들어 자세를 잡았다.

"언제든지 오도록."

자세를 낮추고 상대의 품으로 깊숙이 접근한다.

기본을 충실하게 지키고 스텝이나 몸의 축이 흔들리지 않도록 의식하면서 공격을 하는 것이 내 전법이다.

정석대로의 공격이라 그런지 아니면 단순한 실력 부족인지 공격이 맞을 기미가 전혀 보이지 않는다.

빈손인 루미나 씨는 내가 인식할 수 있는 데까지 속도를 늦추고 내가 회피하면서 생긴 빈틈에 공격을 넣는다.

그 공격을 어떻게든 방패로 방어하고 검을 휘둘러 공격을 하는 과정이 계속 반복됐다.

이대로 아무것도 하지 않으면 의미가 없다.

어차피 이대로 끝날 바에야 과감한 시도를 통해 조언을 얻는 편이 났다고 판단한 난 각오를 다지고 몸을 내던지는 특공을 감행하기로 했다.

"하아아압"하는 기합과 함께 칼을 왼쪽에서 오른쪽으로 크게 휘두르며 공격을 쉽게 유도하게끔 몸의 중심을 확 내보였다.

이렇게 빈틈을 만드는 요령만큼은 블로드 스승님께 칭찬을 받았다.

'루시엘은 기술이 없으니까 의도해서 빈틈을 만든 것처럼 보이지 않았다' 라며.

예상대로 빈틈을 타고 주먹이 박혔다.

【성스러운 치유의 손이여, 만물의 근원인 대지의 숨결이여, 바라노니 마력을 양식으로 천사의 숨결을 내리시어 치유하소서. 하이 힐.】

자신의 몸이 빛나는 것과 동시에 난 조금 전 오른쪽으로 휘두른 검을 온 힘을 다해 왼쪽으로 내리쳤다.

결론부터 말하자면 공격은 실패로 끝났다.

인식할 수 있는 속도로 움직이던 루미나 씨의 모습이 시야에서 흔적도 없이 사라진 것이다.

그리고 "훌륭하군!"이라는 목소리가 귓가에 들리자 내 의식은 어둠 속으로 가라앉았다.

"……렴. 일……렴. 그만 일어나렴."

다음 순간, 오른쪽 뺨에 통증이 느껴졌다.

"아야야야야."

내가 눈을 뜨며 몸을 일으키니 곁에 루시 씨와 쿠이나 양이 있었다.

"어라? 여긴 훈련장?"

"그래. 아침 훈련이 끝났으니까 식당으로 가자꾸나."

"널 봐달라고 루미나 님께서 부탁을 하셨거든"

아무래도 이미 아침 훈련이 끝난 모양이다.

"아~ 기절당한 건가. 두 분도 기다려 주셔서 감사합니다."

정신을 차린 난 얼얼한 오른쪽 뺨에 힐을 시전한 다음 자리에서 일어났다.

"그건 그렇고 설마 기절을 시키실 줄이야. 루시엘도 제법인걸."

"나도 깜짝 놀랐어. 설마 루미나 님이 치유사를 인정하실 줄은 몰랐으니까."

두 사람의 말에 난 고개를 갸웃했다.

"그보다 오후에도 훈련이 이어지니까 빨리 아침을 먹으러 가자."

"저희가 마지막이니까 서두르죠."

"아, 예."

두 사람의 재촉을 받은 난 식당으로 향했다.

이렇게 해서 아침 훈련이 끝났다.

10 인정하기 싫은 그 별명

식당에 도착한 순서대로 식사를 받아간다. 난 거기서 작은 위화감을 느끼며 평소대로 아주머니께 말을 걸었다.

"안녕하세요. 오늘은 조금 격렬하게 움직였으니까 평소보다 조금 더 담아주세요. 그리고 오늘은 도시락을 챙겨주시지 않아도 돼요."

"어머, 안녕 루시엘 군. 평소보다 더 많이 먹어도 괜찮니?"

"예. 그만큼 먹지 않으면 점심까지 못 버틸 거 같아서요."

마치 운동부에 소속된 듯한 대화를 나눈 다음 곱빼기로 담긴 식사를 받아 두 사람이 있는 자리로 향했다.

"기다리셨죠?"

"평소에도 생각하는 거지만 루시엘은 그렇게 먹고도 괜찮니?"

루시 씨가 내 식사량을 보며 물었다.

"예. 2년 전에는 마른 체격이었는데 멜라토니의 모험자 길드에서 훈련을 봐준 스승님이 '먹는 것이 강해지기 위한 첫걸음이다'라고 말씀하셨거든요. 지금도 그렇지만 죽기 싫다는 일념 하나로 계속 먹다보니 어느 샌가 이렇게 됐네요."

"나도 묻고 싶은 게 있어. 왜 급사랑 그런 식으로 친밀하게 대화를 나누는 거야? 딱히 친한 관계도 아닌데 이상하다고 생각해."

"네? 그야 높은 분 앞에선 예의를 갖춰야 하겠지만 그 밖의 분들이라고 해서 딱히 깔볼 필요는 없잖아요? 게다가 전 이름에 님을 붙여서 불릴 만큼 잘난 인간도 아니고요."

""이게 루미나 님이 말씀하셨던 무지.""

두 사람이 합창을 하듯이 같은 말을 입에 담았다.

목소리가 겹치는 순간을 직접 보니 굉장한걸.

"넌 부제 겸 퇴마사라고?"

"그렇죠."

"부제라도 퇴마사의 계급은 사제 이하, 그래도 각 기사단의 대장급에 버금가는 권한과 급료가 주어져."

"헤에~. 그래서 급료가 그렇게 높았던 건가."

"뭘 태평한 소리를 하는 거야. 조만간 네 태도를 탐탁치 않게 여기는 사람이 나올 거야."

"음~. 그때는 미궁에서 일을 열심히 해서 교황님께 애원이라도 하죠."

""하아~.""

두 사람이 성대하게 한숨을 내쉬었다.

뭐어 정말로 골치 아픈 일에 휘말릴 때엔 교황님께서 기뻐하시는 결과를 내면 어떻게든 해주시겠지.

그보다 아무래도 발키리 성기사단도 계급 제도에 구애를 받는 모양이다.

루미나 씨한테서는 그런 느낌을 별로 받지 않았지만 이 세계의 교육 과정 중에 그런 걸 가르치는 수업이 따로 있는 걸까?

두 사람과 여러 얘기를 나누며 식사를 마친 난 물체 X를 마시기 위해 일단 방으로 돌아갔다.

그 뒤에 관계자 외에 출입금지라고 적힌 구역 앞에서 날 기다리던 루시 씨와 쿠이나 양에게 늦어서 미안하다고 사과를 하며 고개를 숙인 다음 훈련장으로 향했다.

"그럼 아침에 이어서 훈련을 실시하겠다. 이번 훈련은 루시엘 군도 있으니 요인 경호 임무로 하지. 시간 내에 습격 팀이 요인 공격에 성공하면 습격자의 승리, 시간이 다하면 방어 팀의 승리다. 질문은 있나?"

"예."

난 손을 들었다.

"듣지."

"어차피 전 맞추지도 못할 테니 공격은 하지 않겠습니다만 그 대신 마법을 사용해도 될까요?"

"그렇군. 우리들이 경호를 맡는 과정에서 조우할 가능성이 있는 현장이군. 허가하마."

"감사합니다."

루미나 씨는 조금 생각에 잠기더니 이내 허가를 내줬다.

이걸로 내게 공격이 맞아도 아플 걱정은 없다.

"그럼 일단 방어 팀과 습격 팀의 수를 5대5로 맞추겠다. 내가 심판을 볼 테니 제지하기 전까지 훈련을 계속 하도록. 방어 팀은 루시엘 군을 요인이라 생각하고 경호하도록."

"""예."""

이렇게 해서 훈련장의 끝에서 중앙을 향해 걷는 심플한 상황에 맞춘 훈련을 하게 됐다.

이 세계의 요인 경호도 상대가 말을 걸지 않는 한 경호원이 요인에게 말을 거는 일은 없다.

물론 긴급 사태를 제외하고 말이다.

이번에 방어 팀은 루시 씨, 쿠이나 양, 오늘 아침에 마중을 온 리프네아 양, 그리고 포니테일이 늠름한 분위기를 내는 마일라 씨와 노출도가 높은 갑옷을 입고 쫙쫙 갈라진 복근을 지닌 사란 씨가 맡게 됐다.

초대면인 분들과 조금 인사를 나눴는데 마일라 씨는 그다지 말수가 없는 여자 무사 같은 사람이라 아직 잘 모르겠다.

사란 씨는 아저씨 같은 발언을 하지만 마음은 순진한 소녀 같은 타입이라고 멋대로 믿고 있다.

이 5명한테 경호를 받으며 걷고 있으니 습격이 시작됐다. 아니, 정확하게는 이미 습격을 받는 중이었다.

언제 활을 쏜 것인지 화살이 내 머리 옆을 스쳐 지나간 것이다.

난 호위 중 한 사람의 유도로 몸을 엎드린 탓에 무슨 일이 벌어지는지 알 수 없는 상태였다.

만약을 대비해 에어리어 배리어를 시전하는 게 고작이었다.

그 뒤로 내가 웅크리고 앉아있는 동안에 어느 샌가 습격 팀이 접근했는지 검이 서로 부딪히며 격렬한 소리가 울렸다.

"저쪽으로 이동하겠습니다."

그 목소리에 따라 머리를 숙인 상태에서 누구의 호위를 받는지도 모른 채로 일단 벽에 도착하는 데에는 성공했다.

내 방어는 루시 씨가 담당했으며 다른 사람들은 추격에 나선 모양이었다.

내가 상황을 확인한 것과 동시에 "거기까지"라는 맑은 목소리가 들리자 전투가 종료됐다.

그리고 대열을 다시 맞춘 뒤에 루미나 씨의 평가가 이어졌다.

"일단 방어 팀 제군, 축하한다. 습격 팀 제군은 좀 아쉬웠군. 그럼 이번 훈련에서 반성할 점이다만……."

루미나 씨가 말한 반성할 점을 요약하면 이렇게 된다.

습격 팀이 반성할 점
· 습격 팀 5명이 인원이 부족한 방어 팀 4명을 상대로 쓰러뜨리지 못한 점.
· 전원이 접근전을 펼친 점.
· 처음 단계에서만 내게 공격을 하거나 공격을 시도한 점.

방어 팀이 반성할 점
· 화살이 날아오고 나서야 습격임을 인식한 점.
· 사전에 상의를 통해 안전한 루트를 정하지 않은 점.

"루시엘 군이 느낀 감상은?"

"바람을 가르는 소리도 없이 어느 샌가 화살이 스쳐 지나가서 깜짝 놀랐습니다. 그리고 습격자가 몇 명인지 어째서 공격을 하는지 상황 파악을 전혀 할 수가 없었네요. 그래서 훈련 내내 계속 불안했습니다."

"그렇군. 앞으로의 훈련에 참고하도록 하지. 그럼 의견을 말하고 싶은 자는 손을…… 그럼 엘리자베스가 말해 보도록."

습격 팀에 속해 있던 금발 롤머리의 엘리자베스 씨가 손을 올렸다.

"확실히 이번에 습격 팀이 패배한 원인은 조금 전에 루미나 님이 말씀하신 대로예요. 하지만 최대의 패인은 그쪽에 있는 분이 계셨기 때문이와요."

엘리자베스 씨는 그렇게 말하며 날 손가락으로 가리켰다.

마찬가지로 습격 팀의 다른 4명도 고개를 끄덕였다.

그리고 루미나 씨 역시 미소를 지으며 고개를 끄덕였다.

"정답이다. 상식적으로 생각하면 성기사가 된지 아직 5년이 채 되지 않은 루시 일행이 너희를 이긴다는 건 있을 수 없는 일이지. 말해두지만 루시엘 군은 17세에 이미 직접인 치유사의 레벨이 Ⅴ(5)인 괴짜다. 게다가 성속성 마법의 레벨은 Ⅶ(7)이라는 모양이더군."

어떻게 내 개인 정보를 알고 있는 거지?

설마 루미나 씨도 카틀레아 씨처럼 감정 스킬을 지니고 있는 걸까?

"그런…… 아무리 재능이 넘치는 치유사라고 해도 그런 일은 불가능해요."

엘리자베스 씨가 목소리를 높이자 방어 팀을 포함해 모두가 고개를 끄덕였다.

"그렇게 흥분하지 마라 엘리자베스. 처음에 말하지 않았나? 루시엘 군은 괴짜라고."

루미나 씨는 자신만만한 태도로 단언했다.

내게 오는 정신적인 대미지를 염두에 두지 않은 듯한 말투였다.

"괴짜라니, 아무리 루미나 님이라고 해도 너무하신 거 아닌가요?"

"호오. 치유사 길드에서 등록을 마치고 열흘 뒤에 치유원이 아닌 모험자 길드에서 세 끼의 식사와 잠자리 그리고 전투 훈련을 대가로 치유 마법을 무상으로 제공했다는 보고를 들었다만 그건 거짓 보고였나?"

역시 개인 정보가 줄줄 새고 있었다.

"……아뇨, 사실이긴 합니다만 죽고 싶지 않아서 온 힘을 다해 생존율을 높이려고 필사적으로 노력했을 뿐입니다."

"아침부터 밤까지 얻어맞고도 계속 훈련을 받는 그 모습에 주위 사람들이 별명을 붙였다고 들었다."

어째서 그런 눈부신 미소를 지으시는 건가요 루미나 씨!!

그 미소를 보면 뭐든 용서하고 싶은 기분이 들지만 지금은 불길한 예감만 든다.

"루시엘 군. 진성 M 치유사, 좀비 치유사, 치유사계의 진성 M 좀비 등의 이명을 지닌 인물이 괴짜가 아니라면 뭐지?"

"죄송합니다. 하지만 필사적으로 살다보니 그런 별명이 붙었을 뿐입니다. 어떻게 봐주실 수 없을까요?"

난 곧장 무릎을 꿇으며 고개를 조아렸다.

"뭐어 M은 둘째치고 좀비처럼 일사불란하게 전투 훈련을 소화하면서 매일 모험자 뿐만 아니라 주민을 상대로 무상, 정확하게는 은화 1닢으로 치료 활동을 이어왔다는 것이 정확한 정보인 모양이다만."

사실을 알면서도 날 놀릴 목적으로 농락하다니.

이 정도면 정신 연령은 나보다 높은 게 아닐까? 아니면 육체에 맞춰서 내 정신 연령이 퇴보한 걸지도 모른다.

하지만 내 정보를 들은 발키리 성기사단의 멤버들은 당혹스러운 눈치였다.

"어떻게 그런."

"치유사의 평판은 어디서든 최악이네요."

그런 목소리가 들렸다.

"당황하는 것도 무리는 아니지만 앞으로 루시엘 군의 실력은 이미 베테랑의 영역에 도달했다는 것을 염두에 두고 행동하도록."

날 깎아내리는 건지 아니면 치켜세우는 건지 모를 애매한 상태로 요인 경호 훈련은 공수를 교체하고 인원수를 바꿔가며 점심까지 이어졌다.

"좋아, 거기까지. 각자 점심 식사를 마치면 숲에서 하는 연습에 대비해다오. 그리고 준비가 되는 대로 이곳으로 다시 집합할 수 있도록."

""예.""

해산하는 듯한 뉘앙스였지만 난 발키리 성기사단의 사람들과 함께 식사를 하면서 멜라토니의 모험자 길드에서 보냈던 생활에 대해 대원들이 꼬치꼬치 캐묻는 바람에 정신적으로 지쳤다.

멜라토니를 떠난 지 얼마 지나지 않았지만 스승님이나 나나엘라 양을 포함한 다른 사람들은 잘 지내고 있으려나.

그런데 너무 소란을 피워서 그런가 왠지 모르게 주위에 계신 분들의 시선에서 살기가 배어나오는 것 같은데. 기척 감지 스킬의 숙련도가 팍팍 오를 것 같다.

뭐어 모험자도 아니고 시비가 붙을 일은 없으리라…… 없을 거라 믿고 싶다.

그렇게 점심 식사를 무사히 마쳤다.

"자아 제군, 지금부터 교외 지역의 숲이나 황야를 돌며 마물 퇴치에 나선다. 각자 말을 준비해서 집합해다오."

발키리 성기사단의 모두가 합창을 하듯이 대답을 하는 가운데 나 혼자만 "네?"라고 의문형으로 답하는 바람에 이쪽으로 시선이 집중됐다.

"뭔가 모르는 점이라도 있나?"

"예. 모르는 점이랄까 지금까지 말을 타본 적이 없습니다."

"……아무리 그래도 그선 예상을 못했구나."

그 시선은 넌 무지했었지 라는 말을 하시기 전에 지으시는 표정이죠? 다른 분들도 똑같은 표정을 짓고 있다.

그건 그렇고 전원이 말을 탄 경험이 있다니 성기사단의 횡포가 따로 없다.

　"어쩔 수 없지. 루시엘 군은 마구간을 관리하는 자들한테 말을 타는 법을 물어서 연습을 해다오. 연습을 하러 밖으로 나가면 주위의 눈도 있으니 말이다."

　"죄송합니다."

　"아니. 이쪽도 그럴 경우를 생각해두지 않았으니 말이다. 그럼 이 훈련장에서 승마 훈련을 하거라. 우리도 연습이 끝나면 이곳으로 돌아올 테니."

　"알겠습니다. 조심해서 다녀오세요."

　"그렇지. 마구간으로 안내하마. 그럼 각자 이동."

　그 뒤에 마구간에 도착한 다음 책임자를 소개받았다.

　"루시엘 군, 그가 이곳의 책임자인 얀바스다. 얀바스, 그가 얼마 전부터 새롭게 퇴마사로 부임한 루시엘 군이다."

　"처음 뵙겠습니다 루시엘이라고 합니다. 말에 타거나 만진 경험이 없으므로 지도를 해주십사 이렇게 찾아왔습니다. 잘 부탁드립니다."

　"루시엘 님, 그런…… 송구하니 머리를 올려주십시오. 전 얀바스라고 합니다. 일단 이 마구간의 관리를 맡고 있습니다."

　얀바스 씨는 어디에나 있을 법한 50대 정도의 아저씨였다.

　스승님이나 다른 분들과 비교하면 연배가 꽤 있어 보였는데 분명 스승님 같은 분들이 이상한 것이리라.

"그럼 얀바스, 루시엘 군을 부탁하마."

"알겠습니다."

"루시엘 군, 열심히 하거라."

그 말을 남긴 루미나 씨는 밖에 세워둔 말에 올라타고는 시원하게 바람을 가르며 떠났다.

"크으 멋있네. 그럼 얀바스 씨, 부탁드립니다."

"예."

이렇게 해서 난 태어나서 처음으로 말에 타게 됐다.

11 첫 승마, 불안하다면 일단 단련부터

나와 얀바스 씨는 털이 검은 말 한 필과 함께 주인이 떠난 발키리 성기사단의 훈련장으로 돌아왔다.

"그런데 얀바스 씨가 자리를 비우셔도 괜찮나요?"

"예. 제가 관리하는 마구간의 말들은 발키리 성기사단의 대원 분들이 타시는 말들과 요인(要人)들을 맞이할 때 마차를 끄는 말들이 전부인지라 마구간이 거의 비어있는 지금이라면 괜찮습니다."

"그런가요. 그럼 이 말을 소개해주시겠어요?"

"예. 이 말의 이름은 포레 누와르*라고 합니다."

그런 이름의 케이크가 있었던 거 같은데…… 분명 검은 숲이라는 의미였던가.

말은 머리가 좋으니까 제대로 인사를 해두는 편이 좋겠지.

"포레 누와르, 전 루시엘이라고 해요. 말을 타는 건 이번이 처음이니까 잘 부탁드려요."

그렇게 말하며 난 고개를 숙였다.

그러자 "루시엘 님, 뭘 하고 계신 겁니까!"라는 목소리에 깜짝 놀라고 말았다.

"에? 말은 머리가 좋으니까 사람의 말을 알아들을 수 있죠?"

"그건 맞습니다만 말 앞에서 갑자기 고개를 숙이는 건 '절 하인

---

* 초콜릿 시트에 체리와 생크림으로 속을 채우고 그 위를 초콜릿 조각 등으로 장식한 케이크

으로 삼아주세요' 라고 말하는 것과 다름없습니다."

"……정말인가요?"

"예, 정말입니다. 이 아이는 특히 머리가 좋으니 괜찮을 거라 생각합니다만 앞으론 주의를 해주셨으면 합니다."

"죄송합니다. 잘 부탁드립니다."

이렇게 첫걸음부터 실수를 저지른 난 얀바스 씨의 말씀을 꼭 지키겠다고 다짐하며 지도를 받기 시작했다.

"우선은 말의 정면에 선 다음 거기서부터 천천히 옆으로 이동하십시오. 그리고 말을 걸면서 부드럽게 쓰다듬으시면 됩니다. 갑자기 타면 말도 놀라니까요."

난 들은 대로 정면에서 옆으로 이동한 다음 옆구리를 쓰다듬었다.

"따듯하네요."

"예. 사람보다 체온이 높으니까요. 안장을 달고 있긴 하지만 제대로 등을 눌러서 탄다는 신호를 보내십시오."

난 꾸욱 하고 말의 등을 눌렀다. 별다른 반응은 없었다.

"됐습니다. 싫어하지 않는 걸 보아하니 괜찮겠지요. 타 보십시오."

"에, 갑자기 올라타도 괜찮나요?"

"방금 준비를 갖추지 않았습니까?"

"알겠습니다."

난 지면을 박차며 안장에 올라탔다.

등자가 없는 탓에 조금 뛰어서 올라타긴 했지만 문제없이 안장에 탈 수 있었다.

"예, 좋습니다. 그럼 자세를 잡아보도록 하죠. 발을 벌린 상태로 등을 세워 수직이 되게끔 의식하면서 그대로 유지하십시오."

지도하는 얀바스 씨의 목소리가 연이어서 들렸다.

"아, 예. 저기 얀바스 씨, 꽤 높은 것 같은데요?"

생각보다 시선이 높아서 무섭다.

"누구나 처음 탈 때는 그리 느끼는 법이니 괜찮습니다. 조만간 익숙해질 겁니다."

"그런데 등자는 없나요?"

"등자가 뭡니까?"

"발을 두는 곳이라고 할까 발판을 만드는 도구인데요."

"음~. 들어본 적이 없군요. 어느 지역의 명산품(名産品)인가요?"

"아~ 아뇨, 예전에 그런 얘기를 들은 적이 있어서 여쭤봤어요. 괜찮습니다."

등자가 없으니 긴 여행이 되면 피곤하겠지.

내 전용으로 쓸 등자를 몰래 만들어 둘까.

"도움을 드리지 못해서 죄송합니다. 그럼 말을 타고 한 번 달려보시죠. 양쪽 무릎으로 말의 몸을 조이듯이 모아서 중심이 흐트러지지 않도록 하십시오. 중심이 흐트러지면 말도 타는 사람도 무리가 가니까요."

그 순간, 전세에서의 일이 떠올랐다.

취미로 몰던 바이크에 타듯이 니그립*을 의식하면서 자세를 유지했다.

그래도 이 높이는 무서운걸.

게다가 가랑이 근처가 조금 썰렁하다.

"고삐를 휘두르면 달리라는 신호, 당기면 멈추라는 신호입니다. 커브를 돌 때는 도는 방향으로 서서히 당겨주시면 됩니다."

"알겠습니다."

내가 가볍게 고삐를 휘두르자 포레 누와르도 가볍게 달리기 시작했다.

"좋습니다. 그 페이스로 이 훈련장을 한 바퀴 돌고 오시죠."

"다녀오겠습니다."

다그닥, 다그닥, 다그닥, 다그닥 하는 소리와 함께 포레 누와르가 경쾌한 리듬으로 달린다.

그렇게 달리다 보니 순식간에 훈련장의 끄트머리에 도착한 관계로 고삐를 쥔 오른손을 조금씩 당겨서 커브를 돌 방향으로 유도를 하니 그대로 따라줬다.

"고마워."

감사를 전하고 다시 끄트머리까지 달려서 반대편 끄트머리에 다다른 다음 돌아서 얀바스 씨가 서있는 곳 앞에서 양손으로 천천히 고삐를 당기니 걸음을 멈췄다.

"훌륭한 솜씨였습니다. 처음 타신다고는 믿기지 않을 정도군요."

"아뇨, 포레 누와르가 똑똑한 거죠. 그건 그렇고 오랫동안 타면

---

* 양쪽 무릎으로 연료 탱크를 조이는 요령으로 취하는 오토바이의 기본 승차 자세

엉덩이랑 무릎이 엄청 아플 거 같네요."

"아프고말고요. 엉덩이는 살이 까지고 무릎의 경우엔 평소에 사용하지 않는 근육을 쓰니까요. 뭐어 치유사 님이시라면 괜찮은 거 아닙니까?"

난 쓴웃음을 지었다.

"조금 더 달리고 와도 괜찮나요?"

"물론이죠. 포레 누와르도 만족하지 못했을 테니까요. 그래도 무리하게 속도를 올리지는 말아주시길."

"예. 알고 있습니다."

말이 달리기엔 좁은 훈련장이다. 그러니 전속력으로 달리는 무모한 짓은 하지 않을 거고 할 생각도 없다.

그 뒤로 중간에 휴식을 취하며 말을 타고 있으니 어느새 시간이 제법 흘렀는지 발키리 성기사단이 돌아왔다.

"초심자치곤 꽤 폼이 갖춰졌는걸."

루미나 씨의 목소리 들은 난 포레 누와르를 멈춰 세웠다.

"그런가요? 그 말씀은 기쁘지만 이 애가 똑똑하거든요. 난폭한 말이었다면 등에 올라탄 순간에 내동댕이쳐질 자신이 있습니다."

"쿡쿡쿡. 이상한 자신감을 가졌구나. 뭐어 됐다, 오늘의 훈련은 이걸로 끝이다. 다음 주에도 또 훈련에 참가하겠다면 기다리마."

"아, 예. 폐가 되지 않는다면 다음에도 잘 부탁드립니다."

이렇게 해서 발키리 성기사단의 훈련과 첫 승마를 마쳤다.

난 분위기를 파악할 줄 아는 남자……에 든다고 생각한다.

그런고로 저녁 식사를 함께 하자는 성기사단 대원 분들의 권유를 거절하기로 했다.

뭐어 그건 구실이고 오늘은 아침부터 훈련다운 훈련을 하지 못했기에 단련을 하고 싶어서 그랬던 것이다.

일단 숙련도 감정을 해보니 기승 스킬의 숙련도가 오른 상태였다.

하지만 그 이외의 항목은 조금도 오르지 않았다.

마치 누군가가 오늘 했던 훈련이 내겐 의미가 없었다고 비판을 하듯이.

이 정도로 심각할 줄은 몰랐다. 솔직한 심정을 말하자면 엄청 불안하다.

어쩌면 이게 평범한 생활인 걸까?

순간 그런 생각이 들었지만 역시 할 일은 제대로 하기로 했다.

블로드 스승님은 숫자에 사로잡히지 말라고 하셨지만 그 이전에 최선을 다했다는 감각이 없는지라 역시 스스로 납득을 하고 싶다.

이대론 발키리 성기사단급의 실력자한테 습격을 당하면 죽을 테고 노력을 하지 않아 불안을 느낀다면 역시 노력을 하는 게 맞으리라.

그렇게 생각한 난 미궁 10계층의 보스방으로 향한 다음 만족할 때까지 언데드를 상대로 전투를 벌였다.

그리고 다음날부터 미궁 탐색을 재개했다.

지금까지 탐색한 바로는 한 자릿수 계층에선 6계층부터 함정이 출현했고 11계층부터 15계층 사이엔 함정이 없었다.

경험으로 미루어 보면 역시 16계층부터 함정이 나타나겠지.

탐색 중에 함정과 조우할 때를 대비해 성속성 마법인 오라 코트와 에어리어 배리어를 시전했다.

함정을 찾는 김에 지도를 작성하면서 마물들을 처리한다.

"마법의 가방이나 마석 회수용 배낭을 쓰지 않았을 뿐인데 이렇게 탐색이 편해질 줄이야. 교황님께 감사를 드려야겠는걸.

마법 주머니는 손으로 만진 물건 외에 발로 밟은 물건도 수납할 수 있다는 사실이 판명됐다.

그런 까닭에 일부러 줍는 동작을 취할 필요가 없어져 탐색 시간 단축에 큰 도움이 됐다.

이런 물건이 지구에 있다면 다들 마술사가 될 수 있겠지.

그런 진부한 생각을 하던 중에 함정이라고 티를 팍팍 내듯이 다른 곳보다 위로 솟은 바닥을 발견했다.

경계를 하면서 밟아봤더니 삐이이이이 라는 경보음이 울리며 사방에서 마물들이 몰려왔다.

"그렇군. 이런 함정도 있구만."

고개를 끄덕인 난 한 방향에 정화 마법을 시전해 포위망을 무너뜨린 다음 그쪽으로 도망쳤다.

그리고 뒤따라 온 마물들한테는 정화 마법을 쓰지 않고 방패로 공격을 막으며 검에 마력을 담아 한 마리씩 쓰러뜨렸다.

오늘 아침에 식당에서 엘리자베스 씨와 만났는데 루미나 씨의 전언을 빌어 내게 맞는 전법을 알려줬다.

'지도도 없이 제대로 하지 못하는 동작을 취하면 이상한 버릇이 드니 그만두는 편이 좋다'

그런 충고도 받았다.

그리고 엘리자베스 씨와 리프네아 양이 쌍검을 구사하는 관계로 그녀들한테 가르침을 받게 됐다.

그 전까지는 블로드 스승님한테 배운 전투 스타일로 싸우기로 했다.

'루미나 님이 내리신 명령인 걸요. 그래도 이건 빚으로 달아둘 테니 그런 줄 아시와요'

엘리자베스 씨한테 진 빚에 이자가 붙지 않기를 빈 건 말할 필요도 없으리라.

자세를 잡고 제대로 베니 언데드들이 그 자리에서 소멸했다.

이 마물들이 조잡하게 만들어진 것인지 아니면 이게 다음 보스전의 포석인지 여러 생각이 교차한다.

그런 생각을 하다 보니 어느덧 16계층의 지도가 완성됐다.

"한숨 돌리기에 딱 좋은 타이밍이네 점심이나 먹을까."

도시락을 비운 다음 여느 때처럼 물체 X를 꺼냈는데 문득 의문이 떠올랐다.

물체 X는 어느 수준의 마물까지 물릴 수 있을까? 실험을 한 사람이 있으려나?

그런 생각을 하며 17계층까지 무사히 탐색을 끝낸 시점에서 오늘의 탐색을 마무리하기로 했다.

오늘은 함정을 경계하면서 탐색을 한지라 평소보다 시간을 많이 잡아먹었다. 이대로 돌아가면 전투 훈련이 부족할 것 같은 느낌이 들어 10계층의 보스방을 드나들며 세 번 연속으로 마물들을 전멸시킨 뒤에 지상으로 귀환했다.

다음날엔 18계층과 19계층을 탐색하고 돌아왔으며 그 다음날엔 20계층까지 탐색을 끝냈다.

"여기가 보스방인가. 전에는 느끼지 못했지만 굉장히 불길한 느낌이 드는걸."

이대로 보스방으로 직행한다는 선택지도 생각해봤지만 신중에 신중을 기하기로 했다.

이 미궁을 잘 아는 사람에게 상담을 하기로 결정을 내리고 오늘의 탐색을 마쳤다.

언데드 미궁(가칭)을 탈출한 난 매점에서 자리를 지키던 카틀레아 씨에게 말을 걸었다.

"터주 방이라고 하던가요? 20계층에도 그게 있던데 거기선 뭐가 나오나요?"

"모르겠어. 난 미궁에 들어간 적이 없으니까. 어쩌면 저번 때처럼 미궁에서 목숨을 잃은 치유사 길드의 관계자가 나타날지도 몰라."

카틀레이 씨의 표정에서 깊은 슬픔이 느껴졌다.

하지만 이건 연기겠지. 실제로 통증은 있지만 레벨은 안 오르니까. 언데드를 쓰러뜨리기만 해도 레벨이 오른다는 건 책에도 실려 있는 사실이다.

30대의 미인에 요염함도 갖춘 데다 연기까지 잘하니 다른 세계에서 태어났다면 카틀레아 씨는 여배우로도 충분히 먹고 살 수 있었겠지.

"그렇군요. 귀중한 의견을 주셔서 감사합니다. 챙겨 가면 좋을 법한 물건이 있을까요?"

"간다고 하면 말릴 순 없겠지. 그래도 그만두는 편이 좋아. 어떤 함정이 있을지도 모르잖니."

"바로 가진 않을 거예요. 좀 더 기초를 갈고 닦은 다음에 갈 생각이라."

"그래. 미궁에만 한한 사항은 아니지만 체력이나 마력을 회복시키는 포션은 필수야. 그리고 다른 미궁을 탐색한 사람들의 얘기를 종합해보면 식사를 가져가는 편이 살아남을 확률이 높다고 해."

그렇군. 확실히 포션은 구비하는 편이 좋겠지.

전에 마법을 쓰지 못했던 경험이 있으니까 게다가 도시락을 지니고 있으면 귀환을 서두를 필요도 없고.

마법 주머니는 그런 조건들을 충족시키기 위해 고안된 공략 아이템일지도 모르겠는걸.

이게 미궁을 답파하는 큰 힌트로 될 것 같은데.

"그럼 회복력이 높은 포션류를 주세요."

포션을 대량으로 사서 쟁여두고 내일부터 20일간 10계층의 보스방을 드나들며 수행을 하기로 결심했다.

도중에 휴식을 취하면서 정화 마법을 시전하고 원래의 전투 스타일로 검술을 구사해 마물들을 쓰러뜨리며 전투를 이어갔다.

　일대 다수의 상황이 벌어져도 당황하지 않도록 정신을 단련하는 것이 이 수행의 목적이다.

　그리고 20계층 공략을 앞두고 발키리 성기사단과 함께 하는 두 번째 훈련일이 다가왔다.

12 루시엘, 발키리 성기사단에 임시로 입단하다?

평소보다 빨리 일어나 여느 때처럼 마력 훈련을 한 뒤에 내가 생각하는 쌍검술의 이상적인 이미지를 떠올렸다.

오늘은 엘리자베스 씨와 리프네아 양한테 쌍검술을 배우기로 한 날이기 때문이다.

내가 생각하는 쌍검술은 공격의 수를 늘려 상대를 농락하며 쓰러뜨리는 기술이다.

물론 일격 필살과는 거리가 멀지만 그래도 시간을 벌어야 할 때는 유용하게 써먹을 수 있을 것 같다.

사람에 따라 해석은 다르겠지만 내가 생각하는 이미지는 그렇다.

옛날에 한 번 대검이라 불리는 그레이트 소드를 한손으로 들려고 했다가 들지 못한 현장을 그루가 씨한테 들켜서 '일단 마셔라'라는 말과 함께 에일 대신 물체 X를 들이킨 적이 있었다.

생각해 보니 그 이후로 그루가 씨가 희석되지 않은 원액을 내오셨지.

그런 생각을 하고 있으니 세 번의 노크 소리가 방에 울렸다.

"예. 누구신가요?"

"전 발키리 성기사단 소속의 엘리자베스예요. 루시엘 씨를 모시러 왔사와요."

"바로 가겠습니다."

오늘은 엘리자베스 씨가 마중을 온 건가.

그런데 저런 말투를 쓰는 걸 보면 역시 엘리자베스 씨는 귀족인 걸까?

그런 생각을 하며 따라놓은 물체 X를 깨끗하게 비우고 자신의 입가에 정화 마법을 시전한 뒤에 문고리를 돌렸다.

"안녕하세요. 엘리자베스 씨. 방까지 마중을 와주셔서 감사합니다."

"신경 쓰지 않으셔도 된답니다. 오늘은 그 몸에 쌍검을 다루는 법을 철저히 새겨드릴 테니 각오하세요."

"……화가 많이 나신 거 같은데 뭔가 언짢은 일이라도?"

"기분 탓이와요. 가죠."

"알겠습니다."

그 이상은 추궁하지 말라는 오라가 나오고 있었기에 발키리 성기사의 훈련장으로 걸음을 옮겼다.

저번 주와 마찬가지로 이미 반듯하게 대열이 갖춰져 있었다.

아무래도 이번에도 내가 오는 걸 기다리고 있던 모양이다.

"안녕, 루시엘 군. 엘리자베스도 수고했다."

가볍게 목례를 한 엘리자베스 씨가 먼저 대열로 돌아갔다.

"안녕하세요. 오늘도 잘 부탁드립니다."

인사를 하고서 대열에 서려는데 루미나 씨가 날 불러 세웠다.

"참, 루시엘 군, 이걸 가져가도록."

뒤를 돌아보니 루미나 씨가 이쪽을 향해 손을 뻗은 채로 한 장의 카드를 내밀고 있었다. 그녀가 건넨 카드를 바로 받았다.

"저기, 이건?"

"그건 발키리 성기사단의 관계자임을 증명하는 물건이다. 안심하고 지녀다오. 그걸 지니고 있으면 성기사 외 출입금지 구역에 있어도 벌칙을 받는 일은 없을 거다."

"아뇨, 그게 아니라 임시 입단이라고는 하지만 어째서 남자인 제 앞으로 발키리 성기사단의 대원증이 나온 건가요?"

아무리 봐도 재앙의 씨앗으로만 보이는데요.

"어느 인물한테 이 건으로 상담을 했더니 재밌을 것 같다는 식으로 얘기가 진행돼서 위에서 허가가 났다. 그게 다다."

"그게 다라니……."

루미나 씨의 상담을 받아준 상대는 누구일까?

"남자니까 세세한 건 넘어가도록. 그러다간 나중에 머리가 벗겨질 거라고? 좋아, 그럼 준비운동부터 시작하지."

쿡쿡쿡 하는 기품이 느껴지는 웃음소리가 신경이 쓰여 다시 돌아보니 달리기 시작한 루미나 씨를 쫓아서 다른 대원들도 뒤를 따르고 있었다.

그건 그렇고 머리가 벗겨진다니 루미나 씨한테 한 방 먹은 기분이다.

이렇게 놀림을 당하는 건 분명 내 실력이 부족해서 그런 것이리라.

언젠가는 만회할 수 있도록 지금은 필사적으로 따라잡는 것만 생각하자.

"석연치 않긴 하다만."

난 온 힘을 다해 다른 이들의 뒤를 쫓았다.

"하아 하아 하아."

숨을 크게 내쉬고 들이마시며 호흡을 가다듬는다.

"저번 주보다 빨라졌는걸."

"그래도 일곱 바퀴나 차이가 나는걸요."

일주일 만에 겨우 한 바퀴가 단축됐다. 큰 성과지만 아직 갈 길이 멀다.

"치유사치곤 꽤 빠른 편이라고 생각한다만?"

"왜 의문형으로 답하시는 건가요?"

혹시 다른 치유사가 훈련에 참가한 적이 있었던 걸까?

"글세. 제군, 오늘은 엘리자베스와 리프네아를 제외한 인원으로 페어를 짜서 일대일 훈련을 한 뒤에 그 상대와 다시 팀을 맺어 다른 팀들과 돌아가면서 훈련에 임해다오."

"""예."""

"엘리자베스와 리프네아는 우선 서로 쌍검으로 모의전을 펼친 뒤에 루시엘 군과 모의전을 하도록. 단 베기와 급소 공격은 금지다."

아무래도 진검으로 대련을 하는 모양이다.

조금 과하다고 생각하지만 흉터가 지지 않도록 하이 힐이나 준비해둘까.

"""예."""

"그럼 흩어져서 훈련을 시작해라."

이렇게 헤시 난 발키리 성기사단의 대원들이 펼치는 모의전을 처음으로 관람하게 됐다.

자세를 낮춘 리프네아 양이 매끄러운 움직임으로 엘리자베스 씨한테 접근하더니 왼편에서 상대를 통과하듯이 오른손에 든 검으로 다리를 노렸다.

엘리자베스 씨는 당황하지 않고 마찬가지로 오른손에 든 검으로 받아내며 오른발을 축으로 삼아 회전하며 왼손에 든 검으로 등을 노린다.

리프네아 양도 마치 그 공격을 예측했다는 듯이 몸을 띄운 상태에서 뒤로 돌며 검을 받아내고 그 기세를 이용해 엘리자베스 씨와 거리를 벌렸다.

눈을 깜빡이는 것조차 허락하지 않는 속도로 연격을 펼치지만 상대도 연격으로 대응한다. 압도적인 속도로 압박을 가해도 상대 역시 같은 움직임으로 응수하기에 좀처럼 승부가 나질 않았다.

춤과 같은 공방이 이어지던 중에 쌍검의 공격을 한쪽 검으로 받아낸 엘리자베스 씨가 왼손에 든 검을 목 부근에서 멈추는 것으로 결착이 났다.

리프네아 양의 공격이 한 곳으로 모인 게 결정적인 패인(敗因)이라는 사실은 아무도 부정할 수 없으리라.

그건 둘째 치고 두 사람의 움직임을 눈으로 따라잡을 수 있었다는 것이 내겐 큰 수확이었다.

그 감각을 잠시 만끽하고 있자니 루미나 씨가 미소를 지으며 물었다.

"대련을 본 감상은?"

"두 사람 모두 상대가 대응하기 어려운 지점에 빠르고 정확하게 공격을 넣는 데다 몇 가지 패턴을 미리 예상해 몇 수 앞을 읽으며 움직인다는 느낌을 받았습니다."

"쌍검에 대해선 어떻게 생각하지?"

"그렇네요. 생각보다 빈틈이 많아 보였습니다. 게다가 무리하게 연격을 넣으면 행동에 제약을 받기도 하고요. 추가로 말씀을 드리면 도중에 공격을 멈추어선 안 되고 상대가 내 공격을 멈추는 것도 허용해선 안 된다는 식의 이론이 존재하는 것 같더군요."

"음. 제대로 봤구나. 그밖에도 페인트를 거는 데에는 용이하지만 쌍검을 다룰 때는 몸의 중심이 흔들리니 결정적인 공격을 넣기 힘든 게 흠이다. 자아 단점을 확인했으니 다음은 루시엘 군의 차례다."

"예. 해보겠습니다."

이렇게 해서 우선은 리프네아 양과 대련을 하게 됐다.

시작을 알리는 신호와 함께 마법을 시전해 물리 방어력을 올린 난 방패를 앞으로 내밀어 공격에 대비했다.

상, 중, 하단과 좌우에서 오는 연격 세례에 머리를 집어넣은 거북이 꼴이 됐지만 어떻게든 견뎌냈다.

밖에서 보던 때와는 다르게 공격 속도가 너무 빠른 탓에 블로드 스승님과의 대련이 떠오른다. 하지만 스승님만큼 빠른 건 아닌 데다 압박감도 덜하기에 참을 수 있었다.

몇 번이고 공격을 빈아내면서 상대의 버릇이나 빈틈을 찾는다.

그리고 빈틈이 많아지는 공격에 맞춰서 방패로 밀어낸 다음 상대의 반응을 살폈다.

이 타이밍이라면 한 방 먹일 수 있을지도 모르겠는걸.

그렇게 생각하며 상대의 공격에 실린 스피드를 방패로 막아 세워 기세를 죽인 순간에 검을 내리쳤다.

하지만 다음 순간, 턱에 충격을 느끼고 하늘이 보이는가 싶더니 다리에 힘이 빠지며 땅에 무릎을 꿇고 말았다.

"괜찮나?"

"예. 의식은 또렷합니다. 그보다 마지막에 어떻게 된 거죠? 이겼다고 생각한 순간에 이런 꼴이 돼서 설명을 해주셨으면 합니다만."

"루시엘 군이 리프네아의 공격을 훌륭하게 방어하고 검을 내리친 순간에 리프네아가 뒤로 공중제비를 도는 요령으로 몸을 회전시키면서 루시엘 군의 턱을 찬 거다. 그리고 넌 턱을 맞은 충격으로 머리가 울린 탓에 일어서지 못하게 된 거지."

"그렇군요."

일단 납득은 할 수 있었다.

그래도 뇌에 충격을 가하는 건 좀…… 난 머리에 힐을 시전했다.

그러자 다리에 힘이 돌아왔기에 다시 한 번 대련을 부탁했다.

하지만 이번 상대는 리프네아 양이 아니라 엘리자베스 씨였다.

리프네아 양의 공격 스타일이 연격이었다면 엘리자베스 씨는 카운터와 변칙적인 검술이 특징이었다.

내 공격을 한 손으로 흘리거나 양손으로 받아내며 빈틈이 나면 발차기를 넣는 등 다채로운 공격을 구사하는 터라 이쪽도 함부로 공격에 나설 수가 없다.

몇 번인가 공격을 하는 척을 하면서 빈틈을 노린 다음 체격 차로 밀어붙일 요량으로 방패 째로 돌진했다.

그러자 "그건 악수(惡手)예요"라는 엘리자베스 씨의 목소리와 함께 눈앞에 있었을 터인 엘리자베스 씨가 사라졌고 다음 순간에 그녀의 발에 걸려 넘어지고 말았다.

그리고 등에 검이 천천히 닿는 감각이 느껴졌다. 이걸로 두 번째 대련이 끝났다.

"저기, 지금 건 뭔가요? 어째서 엘리자베스 씨가 갑자기 사라진 거죠?"

"엘리자베스의 마법이다. 엘리자베스, 스스로 설명을 하도록."

"예. 실은 전 화(火)속성과 수(水)속성을 모두 지닌 더블이랍니다. 그 속성을 활용해서 환영을 만들었죠. 간격에서 조금 앞에 환영을 두고 빈틈이 생긴 순간을 노렸사와요."

마법을 쓴다는 사실을 들키지 않은 데다 반대되는 속성을 혼합한 마법을 구사할 줄이야…….

아무래도 이곳에 있는 성기사단은 내가 생각한 것 이상으로 수준이나 숙련도가 높고 전법도 세련된 모양이다.

"한 수 배웠습니다."

난 솔직하게 머리를 숙이며 앞으로도 지도를 부탁드렸다.

그 뒤에 우리들은 서로 상대를 바꿔가면서 대련을 하고 대련이 끝날 때마다 루미나 씨의 조언을 듣는 것을 반복하면서 아침 훈련을 마쳤다.

아침 식사 뒤엔 발키리 성기사단 대원끼리 5대5로 전투 훈련을 실시했는데 난 루미나 씨와 훈련을 관전하며 전황을 분석했다.

"루시엘 군이 지휘를 할 일은 없겠지만 자신이었다면 아군을 움직일지 생각하면서 사고를 기르거나 상대의 약점을 파악하는 데에는 도움이 될지도 모르겠구나."

"뭐어 그런 기회가 찾아오지 않기를 빌겠습니다."

그렇게 발키리 성기사단과 하는 훈련을 순조롭게 소화하다 보니 외부에서 하는 연습 시간이 다가와 다시 말을 타게 됐다.

그런데——.

"죄송합니다. 포레 누와르는 지금 컨디션이 좋지 않으므로 다른 말을 준비하도록 하겠습니다."

얀바스 씨의 한마디로 인해 연습에 참가한다는 계획은 좌절되고 말았다.

그가 데리고 온 건 포레 누와르보다 큰 몸집에 갈색 털을 지닌 말이었다.

"……크네요."

"예. 이 녀석은 포레 누와르에 비해 조금 성질이 사나운 편이지만 연습에서 마물과 조우해도 겁을 먹는 일은 없을 겁니다."

"강해보이는 걸요."

난 전에 배운 대로 타는 신호를 보낸 다음 안장에 올라탔다.

하지만 다음 순간에 갑자기 양쪽 뒷다리를 쳐든 말에 미처 반응을 하지 못하고 말에서 떨어지는 바람에 충격이 고스란히 등으로 전해졌다.

"아얏."

"루시엘 님! 괜찮으십니까?!"

"예, 괜찮긴 하네요."

그 후에 몇 번 더 시도를 해봤지만 같은 일이 반복됐고 보다 못한 얀바스 씨가 새로 준비해준 두 마리의 말도 마찬가지로 등에 타자마자 날 내동댕이쳤다.

포기하고 싶지 않은 마음에 몇 번 더 도전을 했지만 결국 타지 못했다.

물론 이런 상태인 내가 다음 연습에 참가할 수 있을 리도 만무해 발키리 성기사단이 돌아올 때까지 몇 십번이나 땅에 떨어지기를 반복해 몸 전체에서 비명을 질렀다.

그래도 말한테 얕보일 거라는 생각에 오기를 발휘해 회복 마법은 쓰지 않았다.

온몸이 상처투성이가 된 나를 보며 내 어깨에 손을 올린 루미나 씨는 "당분간은 승마 훈련을 해야겠구나"라고 중얼거렸다.

이렇게 해서 발키리 성기사단과 함께 한 두 번째 훈련이 끝났다.

그 후에 미궁에 들어간 난 몸을 움직여서 땀을 흘리며 기분을 전환했다.

잠에서 깬 다음 평소대로 스트레칭을 한다.

통증은 없네.

난 안노하며 아침 준비를 시작했다.

아침 식사를 마친 뒤에 아주머니한테 도시락을 받고 그대로 미궁으로 향했다.

10계층의 보스방에서 나오는 스켈톤과 고스트를 정화 마법으로 쓰러뜨리고 검술만으로도 좀비들을 압도할 수 있게 됐다.

그래서 오늘은 새로운 시도를 해보기로 했다.

마법 주머니 안에는 최근에 포인트로 얻은 성은제 단검 세 개가 들어있는데 꺼낼 때에 왼손에라고 떠올리니 정말로 왼손에 나타났다.

다른 무기나 물건도 마찬가지지만 꺼낼 때 거의 타임랙이 없으며 궁지에 몰리거나 비행형 마물을 상대할 경우엔 투척 무기로 큰 효과를 발휘하리라.

뭐어 지금은 잘 다룰 자신이 없기에 훈련이 필요하겠지만…….

어느 정도 훈련을 한 뒤에 보스방에서 도시락을 먹는데 도무지 마물이 나올 기미가 보이지 않는다.

그리고 머릿속에 있던 의문 하나가 내 입에서 흘러나왔다.

"여기서 나가지 않으면 어떻게 되는 걸까?"

그 의문을 해소하기 위해 보스방에서 지내보기로 했다.

마냥 기다리기만 하는 것도 뭐하니 마법 훈련을 하거나 검이나 창을 휘두르며 시간을 보낸 건 애교 수준이리라.

하지만 아무리 시간이 흘러도 마물은 나타나지 않았다.

"이런 구조인가? 성은의 로브도 있고 만약을 대비해 오라 코트를 시전하면 계속 머무를 수 있다는 건가?"

난 10계층 보스방에서 3일을 더 머물며 새로운 전투 스타일을 확립하는 데에 매진했다.

발리키 성기사단과의 훈련을 하루 남겨두고 드디어 20계층의 보스에 도전하기로 결심했다.

그리고 지금은 20계층의 보스방 앞에서 마지막 준비를 하는 중이다.

"무기 ok, 방어구 ok, 회복 아이템 ok, 에어리어 배리어 ok, 기력 상승을 위한 물체 X 섭취 ok."

준비를 모두 마치고 20계층 클리어에 나선다.

10계층의 보스방에서 계속 싸우며 언데드의 움직임도 숙지했다.

"하느님, 부처님, 선조님, 힘을 빌려주세요. 그리고 이번에는 마법을 쓸 수 있도록 모쪼록 잘 부탁드립니다."

마지막으로 기도를 올리고 20계층 보스방의 문을 열었다.

10계층과 마찬가지로 철문이 녹슨 듯한 소리가 나더니 어두침침한 분위기가 감도는 내부가 보였다.

"완전히 여기에 보스가 있어요 라는 느낌인걸. 요즘 게임 속에 등장하는 보스방은 대부분 밝으니까 깜빡했네."

방의 중앙까지 걸어가니 전의 보스방과 마찬가지로 들어온 문이 닫혔다.

그리고 방이 밝아지자 흉흉한 장비를 착용한 스켈톤 기사 2체와 와이트 1체가 시야에 들어왔다.

지금까지 봤던 세 일반 스켈톤이라면 이 녀석들은 사령기사라는 느낌이다.

불길한 예감이 든다.

난 바로 정화 마법을 시전했다.

"【성스러운 치유의 손이여, 만물의 근원인 대지의 숨결이여, 바라건대 나와 내 곁에 있는 이들의 앞을 막아서는 부정한 존재를 본디 있어야 할 곳으로 인도하소서. 퓨리피케이션.】"

정화 마법은 3체의 마물을 집어 삼키더니 이내 사라졌다······는 일은 일어나지 않았다.

"그렇겠죠~."

""""구교교구고오.""""

그래도 소리를 지르며 괴로워한다는 건 알 수 있었다.

하지만 유감스럽게도 쓰러뜨리기엔 역부족인 모양이다.

난 다시 한 번 정화 마법을 시전했다.

그러자 이번엔 상관없다는 듯이 방패를 앞으로 내밀며 사령기사들이 돌격을 감행했다.

지금까지 상대했던 적들과 비교하면 명백히 빠르다.

그래도 냉정하게 대처하니 돌격하는 사령기사의 움직임을 제대로 포착할 수 있었다.

정화 마법이 명중하자 돌진하는 스피드는 느려졌지만 움직임 자체는 멈추지 않았다.

난 검과 방패를 들고 자세를 잡으며 돌진하는 사령기사 2체의 공격을 피했다.

그러자 연계 공격이었는지 피한 곳으로 검붉은 화염의 창이 동시에 세 개나 날아왔다.

아무래도 이게 이번 보스의 공격인 모양이다.

정말이지 짜증나는 연계 공격이다.

나무아미타불.

난 날아오는 창 중에 하나를 방패로 막으려 했다.

그 순간, 공격을 받은 방패가 순식간에 녹는 이미지가 머릿속을 스쳤기에 재빠르게 사령기사를 향해 방패를 던지고 마법 주머니에서 새로운 방패를 꺼냈다.

예상대로 검붉은 화염의 창이 방패에 박힌 직후에 순식간에 방패가 녹아내렸다.

난 그 광경을 곁눈질로 보며 몸을 돌려 정화 마법을 뒤에 시전했다.

대략 3미터 지점 앞까지 접근했던 사령기사들한테 세 발째 정화 마법이 명중했다.

이번엔 지근거리에서 맞춘 게 유효했던 것인지 아니면 세 발째라서 그런 것인지 사령기사들의 움직임이 멈췄다.

움직이려면 지금 뿐이야.

그렇게 생각한 난 방패를 들지 않고 멍하니 서있는 사령기사 중한 녀석한테 접근해 마력을 담은 검으로 베었다.

하지만 벤 직후에 손에 꺼림칙한 느낌이 남아서 바로 검을 버리고 성은제 단검을 꺼냈다. 꺼낸 단검에 마력을 담아 다른 사령기사의 이마에 투척했다.

이게 이야기였다면 여기서 마무리가 됐으리라.

하지만 현실이나 마물은 그리 만만하지 않은 법이다.

깡 하는 소리와 함께 사령기사가 방패로 단검을 튕겨낸 것이다.

난 남은 마물들을 어떻게 쓰러뜨릴지 생각하며 일단 거리를 두기로 했다.

한 놈은 쓰러뜨렸다.

하지만 그 탓에 사령기사는 와이트를 호위하듯이 방어 태세에 나섰고 뒤에 있는 와이트는 검붉은 화염의 창을 쏴댔다.

이 녀석들의 조합은 생각한 것 이상으로 강했다.

문제는 내 방패론 저 검은 마법을 완전히 방어하지 못한다는 점이다.

방금 전 불길한 예감에 버렸던 방패는 공격을 받은 뒤부터 지금까지 타오르며 녹아내리는 중이다.

섣불리 막으면 내 팔까지 녹아버릴 위험성이 있다.

그래서 와이트의 마법을 경계하고 있는데 어느 샌가 거리를 좁힌 사령기사가 날 베러 덤벼들었다.

어떻게든 검으로 막긴 했지만 조금 눌린 탓에 오른쪽 어깨를 베이고 말았다.

이대로는 언젠가 당하겠는걸.

"그럼 갈 수밖에 없겠지."

와이트가 화염 마법을 날린다. 난 조금 전과는 다르게 공격을 정면에서 막지 않고 방패로 흘리는 것과 동시에 그대로 방패를 내던졌다. 어떻게든 사령기사 앞까지 도달한 다음 근거리에서 정화 마법을 시전했다.

"〔성스러운 치유의 손이여, 만물의 근원인 대지의 숨결이여, 바라건대 나와 내 곁에 있는 이들의 앞을 막아서는 부정한 존재를 본디 있어야 할 곳으로 인도하소서. 퓨리피케이션.]"

하지만 사령기사는 마법을 맞은 상태에서도 멈추지 않고 검을 내리쳤다.

어떻게든 옆으로 뛰어서 사령기사의 참격을 피하고 성은제 단검을 꺼냈다. 급박한 상황을 벗어나기 위해 단검에 마력을 담아 사령기사한테 투척을 하니 거리가 가까워서 그런지 훌륭하게 미간에 박혔다.

"좋았어!!"

회심의 투척이 성공해 자화자찬을 하고 싶었지만 그건 남은 와이트를 쓰러뜨린 뒤로 미루자.

바로 사령기사한테서 시선을 돌리려던 순간, 사령기사의 눈에 붉은 빛이 깃들더니 뒤룩 하고 움직여 이쪽을 향했다.

"우랴아아아아아."

이건 좀 무서웠다. 난 공포를 얼버무리듯이 소리를 질러 기합을 넣으며 신속하게 마법 주머니에서 성은의 검을 꺼내 단숨에 접근한 다음 검으로 목을 날렸다.

만, 쓸데없는 선물을 덤으로 받고 말았다.

벤 순간에 바로 죽은 게 아니었는지 오른쪽 어깨에 제대로 참격을 먹은 것이다.

불행 중 다행이었던 건 팔이 잘려나가지 않았다는 점이리라.

"크으으으윽."

오른쪽 어깨가 타들어가는 듯한 고통에 바로 하이 힐을 썼지만 통증은 채 가시지 않고 남았다.

이게 환각통이라는 건가…… 아니, 혹시? 어깨에 바로 정화 마법을 시전하자 통증이 점차 사라졌다.

이마에서 구슬땀이 떨어진다.

"하아, 하아, 혹시 이게 저주인가? 환각인데 장난이 아니잖아. 스승님과의 훈련이 없었다면 진짜 통증이라고 느꼈겠지. 이게 진짜 통증이었으면 진작에 기절했다고. 어쨌든 남은 건 너 하나다! 각오하라고."

난 매직 배리어와 오라 코트를 시전하며 와이트를 쓰러뜨리는 데에 집중했다.

이 상황에 조바심이 났는지 다섯 개의 창을 날리려는 와이트의 모습이 보였다. 지금까지 본 것 중에 가장 많은 숫자다.

난 단검을 꺼내 투척한 다음 세 번째 방패를 든 채로 돌격하기로 했다.

단검은 빗나갔지만 와이트와의 거리는 얼마 남지 않은 상태였다.

그러자 와이트가 당황했는지 다섯 개의 검붉은 창을 하나로 모아 이쪽으로 날렸다.

그 순간, 난 와이트가 날린 검붉은 창을 향해 방패를 던졌다.

내가 던진 방패는 공중에서 마법을 맞고 날아갔지만 그 덕분에 난 피해를 입지 않았으며 와이트의 코앞까지 접근할 수 있었다.

난 와이트가 더 이상 마법을 쓰지 못하도록 정화 마법으로 견제하며 신속하게 접근했다.

하지만 다음 순간, 와이트가 자신을 향해 마법을 영창하자 와이트의 몸이 검은 빛에 둘러싸였다.

분명 매직 배리어와 비슷한 효과를 내는 마법이리라.

"……물리 공격으로 쓰러뜨리지 못한다면 마법으로 쓰러뜨려라, 마법으로 쓰러뜨리지 못한다면 물리 공격으로 쓰러뜨려라."

그런 말을 중얼거린 난 기세 좋게 품으로 파고 들었다.

하지만 와이트는 막바지에 창이 아닌 검붉은 화살을 날리는 마법을 시전했다.

난 순간적으로 에어리어 힐을 시전했다.

상대가 언데드이기에 가능한 전법이었다.

그러자 일부가 아닌 전체를 범위로 삼는 에어리어 힐을 쓸 줄은 몰랐는지 와이트는 신음을 흘리며 완전히 멈췄다.

마법 주머니에서 성은의 창을 꺼내 몸통을 꿰뚫은 다음 이어서 스승님한테 받은 검을 꺼냈다. 검에 마력을 담으며 그 자리에서 몸을 돌린 기세를 실어서 와이트의 목을 벴다.

와이트의 목이 땅에 떨어지자 그대로 소멸했다.

"하아~ 끝났다. 전에 나왔던 와이트랑 공격 패턴이 달라서 성가셨네. 그래도 전에 나왔던 녀석이 더 강했던 거 같은데……. 뭐어 같이 나온 사령기사는 강했으니까."

난 와이트가 남긴 큰 마석과 그보다 작은 두 개의 마석을 주었다.

와이트의 마석은 둘째치고 사령기사가 남긴 진한 색의 마석은 지금까지 언데드한테서 얻은 마석들보다 컸다.

게다가 무기나 방어구, 그리고 액세서리와 로브를 남긴 점은

10계층의 보스방과 똑같았다.

만약을 대비해 정화를 한 뒤에 마법 주머니에 넣었다.

아마 귀중한 물건이겠지. 뭐어 어차피 교황님께 헌상해야 되겠지만.

그리고 모든 물건을 회수한 순간, 고고고고오오 하는 소리와 함께 땅이 울리고 문이 나타나더니 문이 열리며 이번에도 아래로 이어지는 계단이 나타났다.

"그렇겠지. 대체 몇 계층까지 있는 걸까? 이 이상 더 나오면 솔직히 힘든데. 일단 도시락부터 먹고 생각하자."

피폐해진 난 천천히 도시락을 먹은 다음 명상을 통해 체력과 마력을 회복하기로 했다.

그리고 어느 정도 회복을 한 뒤에 방침을 정했다.

"21계층을 한 번 둘러보고 이 방에 다시 출현하는 사령기사와 싸운 다음에 돌아갈까. 좋아, 그렇게 하자."

그리고 21계층에 내려간 순간 난 깨달았다.

여기서부턴 난이도가 차원이 다르다는 사실을.

우선 좀비가 평범하게 걸어 다니는 구울로 바뀌었는데 날 보기가 무섭게 달려들었다.

정화 마법을 날리니 녹아내리듯이 소멸하긴 했지만 솔직히 너무 무섭다.

좀비가 2배의 속도로 움직이는 듯한 느낌이라 좀비의 움직임에 익숙한 나로선 자칫하면 대참사로 이어질 것 같았다.

얼마 지나지 않아 주황색 벽을 확인한 난 계단을 통해 보스방으로 돌아간 다음 1체만 출현한 사령기사를 쓰러뜨리고 마음을 가다듬었다.

"이번엔 아이템을 안 떨구네. 게다가 정화 마법 한 방에 소멸했고……."

뭐어 이번에도 부상을 입긴 했지만 언젠가는 마법에 의지하지 않고 이겨주마.

그렇게 마음속으로 맹세를 한 난 마석이 된 사령기사에게 선언을 하고 미궁을 나섰다.

내가 치유사 길드를 운영하는 교회 본부에 온지도 어느덧 한 달이 되어가고 있었다.

13 교황님과의 두 번째 교섭(거래)

미궁에서 나온 난 여느 때처럼 카틀레아 씨한테 마석의 매수를
부탁했다.

"매수를 부탁드립니다."

"그래~. 최근에 루시엘 군이 열심히 해준 덕분에 빚이 많이 줄
었네."

"빚이요?"

"후훗. 그건 비밀이……?! 루시엘 군, 혹시 20계층의 터주 방
에 갔었니?"

커다란 마석을 보자 미소를 짓던 카틀레아 씨한테서 훈훈한 분
위기가 사라졌다.

"예. 20계층의 터주 방에 다녀왔습니다. 거기서 와이트랑 기사
처럼 갑옷을 착용한 해골기사 2체와 전투를 벌였죠."

"그럼 먼저 포인트를 정산해야겠네. 전부 합쳐서 215,342포인
트야. 제법 벌었구나."

"감사합니다. 이걸로 또 여러 가지 상품을 살 수 있겠네요."

"기쁜 말을 해주는걸."

"그럼 오늘은 몸이 좀 피곤해서 이만 실례하겠습니다."

"후후후. 재밌는 농담이지만 난 그런 농담을 별로 좋아하지 않
거든."

"……하, 하하하. 그러시군요."

"그렇단다. 그럼 가볼까?"

예상대로 난 카틀레아 씨의 손에 이끌려 교황님의 방까지 연행됐다.

"카틀레아, 그리고 확실히 루시엘이라고 했었지. 잘 와줬다. 하여 이번 용건은 무엇이냐?"

"옙. 퇴마사 공이 이번에도 공략에 성공해 오늘은 20계층의 터주 방에서 와이트와 해골기사를 상대로 전투를 벌여 승리했기에 보고를 드리러 왔습니다."

"호오. 루시엘, 20계층까지 도달하다니 공략은 순조로운 모양이구나."

"예."

"그대는 의외로 강하구나."

흥미가 있다는 듯한 목소리였다.

"당치도 않습니다. 고전하기도 했고 이번에도 운이 좋았을 뿐입니다. 전에 내려주신 이 마법 주머니가 없었다면 분명 큰 부상을…… 자칫하면 죽음에 이르렀을 겁니다. 그러니 이번 공적은 교황님의 은혜로 여기고 있습니다."

"그렇군. 즉 본녀도 조금은 도움이 됐다는 게로군."

"예. 교황님의 조력을 얻은 것이 이번 일을 완수하는 데에 큰 역할을 했다는 사실은 틀림없습니다."

"쿡쿡쿡. 단기간에 이만한 공을 세운 것을 정말로 본녀의 덕으로 여겨 그리 답할 줄이야 재밌는 녀석이로고."

"감사합니다."

교황의 방에 들어가기 전에 카틀레아 씨가 주제넘은 발언은 삼가라고 미리 못을 박아두었다.

그래서 이번엔 자신이 느낀 바를 솔직하게 고하기로 했다.

"흠. 그럼 이번에 가져온 것을 본녀한테 보여다오."

"옙. 이번에 출현한 와이트는 화(火)와 성(聖)을 겸비한 더블 속성의 마법을 구사했습니다. 거기에 종사처럼 와이트를 지키는 해골기사가 2체…… 마치 사령이 빙의한 것처럼 보였기에 여기선 사령기사라고 하겠습니다만 무척 강했습니다. 그리고 이게 회수한 물건입니다."

와이트가 남긴 법의와 두 개의 팔찌에 사령기사가 남긴 검과 방패, 그리고 갑옷을 차례로 놓았다.

시녀들이 와서 물건들을 가져갈 때 카틀레아 씨가 조금 동요한 것처럼 보인 건 기분 탓일까?

교황님은 하나씩 손으로 집어 유심히 살피더니 드디어 입을 여셨다.

"이것도, 역시…… 루시엘, 수고가 많았다. 지금까지 그대가 쓰러뜨린 와이트가 남긴 물건은 전 사교(司敎)나 대사제(大司祭)가 생전에 소지했던 것들이다. 10계층과 20계층의 와이트 모두 옛날에 행방불명이 된 이후로 10년은 지난 자들이다."

"그럼 그들이 미궁에서 죽은 뒤에 사자(死者)가 되어 교회 본부를 상대로 적의를 드러냈다는 말씀인지요?"

"루시엘 군, 말은 가려서 하도록 해."

카틀레아 씨한테서 비난의 소리가 날아왔다.

"흠. 정확하게는 성 슈를 공화국과 성 슈를 교회 본부 그리고 치유사 길드 전체가 모두 포함된 것이라 봐야겠지."

"그건……."

"그래, 지하가 미궁으로 변한지 벌써 50년 이상의 세월이 흘렀다. 어째서 미궁이 생긴 것인지는 아무도 모른다. 지금에 와선 떠올리기 힘들 정도로 예전엔 이곳도 활기가 넘쳤지. 수많은 신관 기사와 성기사들이 절차탁마(切磋琢磨)하며 머물렀으니."

확실히 내 방은 2인실이지만 지금은 나 혼자서 사용하고 있다. 그런 사연이 있었던 건가.

이렇게 현실과 허구로 구성된 정보를 섞어서 제공함으로써 공략 의욕을 고취시키고 미궁 공략에 필요한 아이템을 제공하는 건가.

그건 그렇고 교황님의 말씀은 본인이 최소한 50년은 살았다고 선언하신 거나 다름없다.

하지만 그렇다고 하기엔 목소리가 젊다. 뭐어 모습을 볼 수 없으니 정확한 나이는 알 수 없지만.

"그러던 중에 교회 본부가 돌연 미궁으로 변모한 탓에 많은 자들이 미궁을 봉인하기 위해 온 힘을 다했다. 그 덕에 지금까지 마물들이 지상으로 올라오는 사태는 어떻게든 피하는 중이니라."

"……미궁을 봉인할 수 있습니까?"

"가능하다. 본래는 미궁을 답파하면 된다는 모양이다만 지금까지도 답파하지 못했으니. 그 외의 방법을 찾아 부정한 기운을 쫓는 마법도 써봤다만 완전히 봉인할 순 없었느니라."

"그건 최악의 사태군요."

"음, 미궁을 끝까지 답파하면 독기를 내뿜는 미궁의 핵을 파괴할 수 있다는 구나. 그렇게 하면 미궁의 활동이 멈추고 그 상태에서 봉인을 하면 부정한 기운이 서서히 사라지면서 미궁이 소멸한다고 전해 들었다."

"미궁의 소멸 말입니까?"

"음. 교회 본부에 미궁이 있어선 곤란하다. 전에도 말했다만 미궁은 마력이 쌓이는 장소에 독기와 사람들의 욕망이 한데 모여 탄생한다고 하더구나. 교회 본부에 그런 미궁이 있어선 안 된다는 건 그대도 이해하겠지?"

"예. 확실히 그렇군요."

하지만 내 입장에서 말하자면 미궁이 출현한 현상이 이치에 맞지 않는다고만 보긴 힘들다. 무심코 그런 생각이 든다.

돈을 버는 것이 나쁘다는 게 아니다. 하지만 사람을 속이고 곤경에 빠뜨리는 조직의 본부에 미궁이 생겼다면 그건 우연이 아니라 필연이라고 생각한다.

악덕 치유원이나 치유사를 방치하고 그로 인한 문제들을 살필 생각이 없다. 오히려 조장(助長)하는 것처럼 보일 정도다.

"얘기를 돌리면 미궁이 출현한 당시에 바로 미궁을 소멸시키자는 의견이 모여 정예였던 신관기사나 성기사들이 탐색에 나섰다."

정예라고 할 정도니까 루미나 씨급의 전력이 모였다면 단숨에 공략이 진행됐으리라.

"탐색은 빠른 페이스로 진행됐다. 하루에 5~7계층을 공략했으니. 하지만 지독한 냄새와 독기 때문에 탐색 속도가 조금씩 떨어졌다."

전 괜찮은데요? 지금 내가 괴짜라는 걸 돌려 말하는 건가? 그래도 정예가 그 정도밖에 나아가지 못했다고 하면 다른 문제가 있었던 걸지도 모른다.

권력 싸움이라던가. 어쨌든 실제로 교회 본부에 사람이 없다는 건 식당을 보기만 해도 알 수 있으니…….

"그럼에도 교회의 정예인 신관기사들과 성기사들은 교회를 위해서 나아갔다. 하지만 짙어지는 독기로 인해 병으로 쓰러지고 거기에 강해지는 마물들…… 개중엔 정신 마법을 쓰는 마물의 마법에 걸려 동료들을 공격하는 사태까지……."

언데드면서 그런 계열의 마법을 쓴다고 하면 혹시 레이스인가? 어쩌면 레이스보다 강력한 언데드일지도. 그런 놈들이 나오면 아무래도 빡세겠지.

"무리한 공략 탓에 다수의 희생자가 나왔다. 그 결과, 미궁에서 마물이 나오지 못하도록 미궁의 입구를 봉쇄했느니라. 하지만 어느 날 미궁에서 좀비가 올라왔다는 보고가 올라와 건물을 증축하는 공사를 시작했지."

"혹시 지금 신체 능력이 낮은 치유사들이 퇴마사를 하는 이유는."

"요 근래 수십 년간 신관기사나 성기사의 직업을 지닌 이들이 좀처럼 태어나지 않은데다 태어나도 교회에 소속되지 않는 자들이 많다. 지금 인원은 당시의 2할. 터놓고 말하자면 미궁으로 돌릴 인재가 없느니라."

"그래서 치유사도 쓸 수 있는 정화 마법으로 마물들을 솎아 내는 작업을 시키는 겁니까?"

"그렇다. 지금은 미궁에서 좀비가 나오지 못하도록 하는 것이 최우선 사항이니라."

어라? 이 말은 공략에만 신경을 쓰지 말고 가끔은 얕은 계층도 돌라고 힌트를 주시는 건가? 혹시 좋은 무기나 아이템을 드롭할 확률이 올라가나?

"그렇군요. 이전의 공략은 어디까지 진행됐는지요? 그리고 알고 계신다면 좋겠습니다만 미궁의 깊이는 얼마나 됩니까? 가능한 정보를 얻고 싶습니다."

"당시의 얘기론 40계층의 터주를 쓰러뜨렸다는 데까진 보고가 올라왔다고 하더구나. 하지만 그 싸움에서 두 명의 지휘관이 사망해 공략을 단념했다는 모양이니라."

"참고로 여쭤겠습니다만 현역 성기사와 비교하면 그분들의 실력은 어느 정도인지요?"

"강했지. 지금에 비하면 전쟁이나 전투가 격렬했던 시절이니. 그런 시대를 지탱했던 정예들이었느니라……."

"그렇군요."

대화의 흐름으로 유추하면 40계층에서 나오는 녀석은 까딱하면 스승님 클래스. 터무니없는 데에도 정도가 있다.

"실례를 무릅쓰고 드리는 말씀입니다만 미궁을 없애기 위해 모험자들에게 맹약을 걸고 미궁 공략을 맡기는 것도 가능하지 않았는지요?"

"음. 그런 얘기는 당시에도 올라왔다만 모험자들은 미궁에 들어가지 못했다. 이건 나중에 밝혀진 사실이다만 광(光)이나 성속성 마법에 적성이 있는 자, 또는 신관, 무녀, 용사, 성기사, 신관기사, 용기사의 직업을 지닌 이들만이 출입할 수 있는 구조였느니라."

"저~, 용사 파티는 답파에 실패했는지요?"

"음. 그들이 들어가고 얼마 지나지 않아 타이밍 나쁘게도 마족의 침공이 시작돼 미궁 공략을 할 때가 아니었느니라. 그리고 용사는 마족을 쓰러뜨린 시점에서 힘을 잃어 제대로 싸울 수 없었다는 모양이다."

……나쁜 방향으로 맞아 떨어지는 것도 정도가 있잖아. 그런 빈약한 설정으로 용사는 무슨.

게다가 마왕이 아니라 마족이라니…….

"그렇군요…… 그런데 와이트로 발견된 분들은 어째서 십여 년 전에 미궁에 들어가셨던 걸까요?"

"실력은 있었다. 장비를 보면 알겠지만 씀씀이가 헤픈 데다 욕망이 강한 자들이었느니라. 아마 일확천금을 거머쥐기 위해 미궁에 들어간 것이겠지. 뭐어 자신들이 쓴 금액을 회수하는 게 목적이었던 걸지도 모르겠구나."

"그렇군요."

제 꾀에 넘어가서 와이트가 됐다는 건가.

그건 그렇고 정말로 설정인 걸까? 역시 사실도 포함됐다는 느낌이 마구 드는데.

"흠. 미궁에 대해 본녀가 아는 건 그 정도이니라. 헌데 조금 전에 고전했다고 들었다만 인원을 늘리면 앞으로도 공략이 가능하겠느냐?"

"예. 단…… 저처럼 악취에 견딜 수 있는 데다 매료나 환각 등에 저항할 수 있도록 정신 내성도 높은 사람이라는 조건이 붙습니다만."

"……무리는 하지 않아도 되느니라. 이대로 혼자서 조금씩 공략을 하는 건 가능하겠느냐?"

"예. 조금씩 진행한다면 가능하다고 생각합니다."

"흠. 원하는 물건이나 공략에 필요한 물건은 없느냐?"

설마 교황님께서 먼저 포상을 내려주실 줄은 몰랐다.

"감히 말씀을 드리자면 언데드를 상대하는 데에 특화된 무기와 방어구, 혹은 앞으로 생존에 도움이 되는 아이템이 필요할지도 모릅니다."

"알겠다. 적당한 물건을 골라 준비를 시키마."

"감사합니다. 그리고 미궁에 대한 겁니다만 정말로 언데드 이외의 마물이 나왔다는 보고는 없었는지요?"

이게 현 시점에서 유일한 문제였다.

만약 정화 마법이 통하지 않는다면 아래 계층에서 더 이상 공략을 진행할 수 없을 테니.

"아니, 그런 보고는 없었느니라. 뭔가 신경이 쓰이는 점이라도 있느냐?"

교황님의 목소리에서 불안이 느껴졌다.

일단 확인해보고 싶었을 뿐이지 다른 의도는 없었다.

"아뇨, 이번에 나온 사령기사나 와이트는 정화 마법으로 소멸하지 않았기에 앞으로 언데드 이외의 마물이 나온다면 근본적으로 공략을 계속하기 힘들다는 생각에……."

"흠. 옛날엔 사제들도 레벨이 높았으니 쓰러뜨렸을 테지."

그렇겠죠. 내 경우엔 직업이랑 성속성 마법의 레벨은 높아도 레벨 자체는 1에 불과하니까.

"그랬을지도 모르겠군요. 공략에 있어 큰 기대는 접어주셨으면 합니다."

"알겠다. 그럼 미안하지만 공략을 계속해다오. 그렇지. 치유사 랭크가 Ⅵ(6) 이상이 되면 직업 승격이 가능하니 말을 해다오. 루시엘 그대라면 시간을 내마."

"승격 말입니까?"

그런 정보는 하느님한테서 받은 지식 중엔 없었다.

"음. 본래 직업 레벨이라 함은 오랜 세월을 들여 승화시키는 법이다. 그리고 직업 레벨이 Ⅵ 이상이 되면 승격이 가능하지. 최고 레벨인 Ⅹ(10)에 도달하면 선택할 수 있는 직업의 종류도 변한다만 이제껏 본녀는 그 정도로 레벨을 올린 뒤에 승격한 자를 보지 못했느니라."

그 말은 혹시 직업을 승화시키라는 건가?

"직업 레벨이 Ⅵ 이상이 되면 몇 번이고 승격이 가능합니까?"

"그건 불가능하다. 고대 문헌에 그와 비슷한 기록이 있긴 하다만. 게다가 직업 승격은 왕(王), 황(皇), 무녀(巫女)가 붙은 직업을 지닌 자들만 가능하니라."

"감사합니다. 그와 관련해서 다중 직업자라는 개념이 있다고 들었습니다만 그것과는 별개인지요?"

이 세계에 오기 전에 그 공간에서 유심히 본 항목이다.

"다중 직업자는 불행하게도 두 가지 직업을 지닌 자를 말하는 게다. 직업 레벨을 올리기 힘든 데다 성장이 더디다고 알려져 있지."

그럼 그 길을 선택하지 않은 게 정답이었나? 아니면 노력에 따라 달라질 가능성이 있는 건가…….

"그런 연구는 진행되지 않았는지요?"

"음. 그게 존재 자체가 드무니 말이지. 다중 직업을 지닌 이들은 신이 시련을 내린 자들이라는 것이 세간의 인식이니라."

"그렇군요."

"뭐어 얘기는 이상이다. 오늘은 수고가 많았구나. 조만간 공략에 도움이 되는 물건을 카틀레아한테 맡기마. 카틀레아는 남거라. 누가 루시엘을 배웅해다오."

"예. 그럼 제가."

대답을 한 시녀 분의 배웅을 받게 됐다.

"오늘도 바쁘신 와중에 귀중한 시간을 내주셔서 감사합니다."

"음. 앞으로도 그대의 활약을 기대하마."

"옙."

이렇게 해서 교황님과의 두 번째 알현이 끝났다.

14 새로운 별명 '성변(聖變)'를 얻다

교황님을 모시는 시녀 분의 안내를 받아 길을 아는 곳까지 배웅을 받은 뒤에 식당으로 향했다.

저녁을 먹기엔 조금 이른 시간이라 생각했지만 사람이 제법 있는 것 같다.

사람들을 따라 줄의 맨 끝에 선 다음 오늘은 지친 만큼 저녁을 곱빼기로 받자는 생각을 하던 중이었다.

그런데 뒤에서 나를 부르는 목소리가 들렸다.

"루시엘 군, 식사를 받으면 저쪽 자리로 와다오."

목소리의 주인이 누구인지는 뒤를 돌아보기 전부터 금방 알아차렸다.

"루미나 님, 수고가 많으시네요. 물론 가겠습니다."

난 뒤를 돌아보며 인사를 한 다음 짧게 답했다.

"음."

역시 그 광경을 보던 사람들은 달갑지 않은 눈치인지 시비가 붙진 않았지만 그 대신 끈적한 시선을 받게 됐다.

이러니저러니 해도 루미나 씨나 발키리 성기사단은 인기가 있는 모양인걸.

그래도 그런 시선을 계속 받으면 기가 죽는다.

"안녕하세요. 오늘도 곱빼기, 아니 고봉으로 담아주세요. 아, 그리고 오늘 도시락도 맛있었어요."

"어머 루시엘 군, 고맙구나. 고봉으로 말이지?"

그 말과 함께 받은 식사는 못해도 앞사람이 받은 양의 5배는 됐던지라 내게 모였던 시선들이 내가 받은 식사에 집중됐다.

그래도 더 많은 시선을 받을 것 같아서 신속하게 루미나 씨 일행들이 있는 곳으로 이동했다.

"여러분이 다 같이 계시다니 드문 일이네요."

"아아. 실은 일마시아 제국과 루브르크 왕국, 그리고 성 슈를 공화국의 국경선이 맞닿아 있는 지대에서 분쟁이 일어나서 말이지. 어쩔 수 없이 우리들 발키리 성기사단과 신관기사단이 함께 주변을 순찰하게 됐다."

"그 말씀은?"

"음. 미안하지만 내일부터 한동안 훈련은 중지다. 물론 발키리 성기사단의 훈련장에서 마술(馬術)…… 승마 연습을 해도 상관없으니 알아 두거라."

지금 고쳐서 말씀하셨죠? 명백하게 말에 태워서 뭘 시키겠다는 의미로 들리는데…….

루미나 씨의 이런 부분은 타고난 걸지도 모르겠지만 항상 충격을 받는다.

뭐어 본인한테는 말하지 않겠지만.

"알겠습니다. 여러분이 강하다는 건 알고 있지만 다치지 않도록 조심하세요."

"뭐어 우리가 떠나서 고생하는 건 루시엘 군이라고 생각하는데."

마르르카 씨가 불안한 말을 꺼냈다.

"…………?"

"맞다. 니, 우리랑 종종 같이 있으이께 딴 사람들한테 미움 받지 않나?"

가네트 씨가 추격타를 먹였다.

그건 아마 교회 본부의 홍일점인 성기사단과 사이좋게 지내는 게 원인이리라.

"뭐어 확실히……."

난 교회 본부에 온 뒤로 조르드 씨와 그란하르트 씨, 그리고 얀바스 씨랑 제외한 남성과 대화를 나눈 적이 없다.

왠지 모르게 따돌림을 당하는 느낌이다.

"언제나 살기 투성이." 베아리체 씨, 그건 좀 무서워요.

"임종(臨終)." 캐시 씨는 너무 나갔고요.

"그 정도까진 아니에요. 게다가 실력 행사로 나올 사람도 없어 보이고."

""""하아~.""""

에? 어째서 다들 그렇게 깊은 한숨을?

"좀 더 기척을 감지할 수 있도록 특훈을 하시는 걸 추천합니다."

리프네아 양이 충고를 해줬다.

"……뭐어 그 편이 루시엘 씨답사와요."

엘리자베스 씨가 둔감(?)한 내 편을 들어준 건가?

"죽으면 명복을 빌어 드릴게요."

헤에? 쿠이나 씨, 제 죽음은 이미 확정된 건가요?

"원수는 갚아주마."

마일라 씨, 농담으로 들리지 않는데요. 어라? 혹시 정말로 위험한 상황인가? 그럼 원수를 갚아주시기 전에 호위를 맡아주시면 안 될까요?

"루시엘, 열심히 도망치는 거야."

루시 씨가 파이팅 포즈를 취했다.

"어디로 도망치면 되나요?"

"음~, 미궁에 있으면 쫓아오지 못할 테니 도망칠 장소로 괜찮지 않을까?"

루시 씨, 그러면 평소랑 다를 바가 없는데요.

"너희들, 무책임한 말은 그쯤 해둬라."

"그럼 루미나 님께서 도움이 될 만한 조언을 해주세요."

아, 시선을 피했다.

"맞아. 루시엘도 불ㅇ이 달려있으니까 자기 불ㅇ 정도는 지킬 수 있겠지."

사란 씨의 아저씨 같은 발언이 작렬했다. 그런데 지금 ㅇ알을 목숨이라는 의미로 쓰신 건가요?

"사란 양, 당신의 방은 그렇게 소녀틱한데 어째서 항상 주점의 아저씨들 같은 말투를 쓰시는 건가요?"

"시, 시끄러. 아가씨 같은 말투를 쓰는 주제에 맨날 방도 더러운 데다 성격도 칠칠치 못한 엘리자베스한테 그런 말을 듣긴 싫거든."

"이런 공공연한 자리에서 소녀의 비밀을 발설하다니…… 각오하세요."

"자자 두 사람 모두 진정해. 자폭하고 있잖아."

그 뒤에 내가 있다는 사실을 알아차린 두 사람은 얼굴을 붉히며 자리에 앉더니 서로를 노려봤다.

옛말에 긁어 부스럼을 만들지 말라고 했다. 난 무시하기로 마음을 먹었다.

"뭐어 일이 그렇게 됐다만 돌아왔을 때 나약한 상태면 문답무용으로 단련을 시킬 테니 정진하도록."

"예. 빠른 귀환을 빌며 기다리겠습니다."

난 아무런 해결이 되지 않은 문제를 안은 채로 루미나 씨와 다른 분들의 조언을 새긴 가슴 위에 손을 대고 어떻게든 말을 쥐어짜냈다.

그 뒤에 담소를 나누며 식사를 한 다음 해산했다.

해산 뒤에 바로 아주머니가 계신 곳으로 향한 난 조금 전에 들은 조언대로 대량의 식사 준비해달라고 부탁을 드렸다.

실제로 발키리 성기사단이 자리를 비운다면 미궁에 틀어박히는 편이 안심하고 지낼 수 있을 거라 생각했기 때문이다.

난 식당에서 볼일을 끝낸 다음 방으로 돌아가기 전에 얼마 남지 않은 물체 X를 확보하기 위해 모험자 길드로 발걸음을 옮겼다.

"안녕하세요."

모험자 길드에 들어서니 다들 엄청난 얼굴로 시선을 보냈다.

역시 이 성은의 로브를 입은 게 문제인가.

시비가 붙지 않도록 난 길드 마스터가 있는 식당을 향해 일직선으로 나아갔다.

식당에 들어선 순간, 단숨에 시선이 이쪽으로 집중됐다.

난 카운터에 있는 길드 마스터에게 바로 다가갔다.

"안녕하세요."

"……정말로 그걸 마시고 있는 모양이군. 그보다 어째서 그 복장으로 온 게냐?"

"옷이 좀 촌스럽죠? 그래도 의무적으로 입어야 한다고 해서…… 아, 그래서 말인데요 가능하면 식사를 대량으로 준비해주시고 물체 X도 통으로 추가해주세요."

길드 마스터의 얼굴이 경악으로 물들었다.

"……진심이냐?"

"물론이죠. 아, 이번에 조금 멀리 나갈 일이 있거든요 그러니 7통 추가해서 10통을 부탁드립니다."

"……알았다. 그건 맡겨다오. 그런데 진성 M 좀비 치유사인 네게 부탁…… 아니, 의뢰가 있다만 들어주겠나?"

어째선지 길드 마스터가 이쪽의 속내를 캐듯이 물었다.

"……어떤 의뢰인지요?"

"멜라토니 마을에서 하던 활동을 해줬으면 한다."

"유감이지만 그건 힘듭니다. 지금은 교회 본부에서 일을 하는 몸인지라 모험자 길드에서 사는 건 무리입니다."

"……치료 활동도 말이냐?"

왠지 길드 마스터의 얼굴이 어두워졌는데 이 부탁을 거절하면 출입금지를 먹는 게 아닐까? 그래도 모험자의 신분으로 의뢰를 받는 거라면 괜찮겠지.

"저기, 그렇게 어두운 표정을 지으시면 엄청 신경이 쓰이는데 요……. 그리고 일단은 저도 모험자이니 의뢰를 신청하시면 편의 를 봐드릴 순 있습니다만."

이 정도 선이 타협점이리라.

솔직히 이 성도에선 모험자들과 연이 없는 거나 다름없다.

그래도 내가 이 세계에서 신세를 진 사람들은 모험자 길드의 모 험자들이다.

돌고 돌아서 곤경에 처한 모험자에게 도움의 손길을 내밂으로 써 조금이나마 스승님이나 다른 분들에게 은혜를 갚을 수 있다면 나쁘지 않다.

그리고 보니 오늘은 꽤 조용한걸. 그런 생각을 하고 있자니 부 상자처럼 보이는 사람이 지하 훈련장으로 이송되는 게 보였다.

"정말인가! 그럼 일단은 그걸 가져올 테니 기다려다오. 그리고 요리는 지금 먹을 게냐?"

"아~ 물체 X만 먼저 받겠습니다. 지금 가진 통에도 보충을 하 고 싶거든요."

"알았다."

길드 마스터는 그 말을 남기고 카운터 뒤편으로 사라졌다.

저번에 봤던 분과는 다른 웨이트리스를 불렀다.

"주문이신가요?"

"아, 아뇨, 실은 보름 정도 전 쯤에 모험자 길드를 방문하고 다시 온 건데요 살기 어린 시선을 받아서 곤란한 참이었거든요. 무슨 일이라도 있었나요?"

"최근에 고위 마물이 나타나는 바람에 모험자들이 꽤 고전하는 모양이에요."

어라? 분명 이 성도를 포함해서 성 슈를 공화국에선 그렇게 강한 마물이 나오지 않는다고 들었던 거 같은데…….

"그렇군요. 그래서 길드 마스터의 얼굴이 어두운 건가요?"

"예. 길드 마스터에게 있어 모험자들은 가족 같은 존재니까요. 부상자가 많으면 저렇게 어두워지는 것도 당연한 일이죠."

어째서 일까…… 이 웨이트리스 양의 눈에 웃음기가 전혀 없다.

오히려 살기를 띠는 것 같은데요.

"치유원은 나서지 않았나요?"

어지간히 심한 부상이 아니라면 바로 치료를 받고 나을 수 있을 텐데?

"다들, 부상이 심해서, 금화 몇십 닢이라는 금액을 낼 여력이 없어요. 아니면 모험자들 따윈 노예가 되면 그만, 그렇게 말씀하시는 건가요?"

갑작스럽게 터진 큰 소리에 난 혼란에 빠지고 말았다.

설마 처음 만난 사람한테 이렇게 원한 어린 시선을 받을 줄이야. 대체 치유사라는 직업은 얼마나 미움을 받는 거냐.

그건 그렇고 이 정도로 화를 내다니, 그렇게 실례가 되는 말을 했나? 게다가 치료의 연관어가 금화랑 노예라니 이 성 슈를 공화국엔 노예 제도는 없을 텐데.

아니면 이 성도에서도 보타쿠리가 저지른 만행 같은 일들이 일어나고 있다는 건가? 아, 일단 부정을 해야지.

"제가 언제 그런 말을 했나요?"

"밀리냐! 그만 두거라."

그때 길드 마스터가 와줬다.

물체 X가 든 통도 함께 가져온 모양이다.

일처리가 꽤 빠르다.

"하지만 길드 마스터, 이 사람이 치유원에 의지하라고……."

그러니까 저한테는 그 원망하거나 깔보는 듯한 오싹한 시선은 포상이 아니라고요.

"여러모로 설명하는 게 귀찮구나. 미안하지만 의뢰를 받아주겠나?"

"전 비쌉니다. 조건은 한 명당 은화 1닢, 거기다 교회에 소속된 교황님, 발키리 성기사단, 그리고 제가 곤경에 처하면 가능한 힘을 빌려줄 것. 추가로 저의 이상한 별명을 고칠 것. 이걸로 의뢰를 받아들이죠."

이미 내 별명이 정착된 모양이지만 이걸 계기로 좀 더 멋진 별명이 생겼으면 좋겠는걸.

그루가 씨도 요리곰이라는 별명을 얻었을 때 "난 곰 수인이 아니라 늑대 수인이다"라며 폭발해 부동(不動)이라는 새로운 별명을 얻었다는 모양이다.

"좋다. 그럼 계약 완료라는 의미에서 이 벌잔을 받거라. 이걸로 마셔서 기합을 넣은 다음 치료를 해다오. 부상자는 지하 훈련장에 모으마."

쿵 하고 놓인 맥주잔에 담긴 물체 X를 보며 무슨 모임에 늦어서 벌잔을 받아야 하는지는 모르겠지만 저녁을 먹은 다음 이걸 마시지 않았다는 게 떠올라 마시기 시작했다.

"꿀꺽, 꿀꺽, 꿀꺽, 꿀꺽, 푸하아~. 그럼 부상자가 있는 곳으로 가볼까요. 아, 일단 저기에 있는 통은 위험하니 받아두겠습니다."

길드 마스터가 미리 준비해준 7통을 추가로 받아 전부 10통의 내용물을 확인한 뒤에 마법 주머니에 넣었다.

"그건 설마……. 아니, 따라 오거라."

마법 주머니를 보고 놀란 걸까? 교회의 하얀 로브를 걸쳤으니 또 시비가 붙을지도 모르겠는걸. 난 그런 생각을 하며 지하 훈련장으로 향했다.

그곳은 마치 야전병원을 방불케 했다.

그리고 지하에 들어서는 날 보자 사람들이 살기를 뿜기 시작했다.

아니, 사람들이 살기를 품는 대상은 내가 아니라 이 하얀 로브일지도 모른다.

그래서 자잘한 일로 폭동이 일어나는 거다.

"뭘 하러 온 거냐. 이 돈의 망자가."

"피도 눈물도 없는 네놈들 따윈 남김없이 지옥에 떨어져라."

"꺼져라~."

"죽여라."

음. 흉흉한걸. 이만한 인원의 모험자들한테 협박을 당하면 무서워서 지릴 것만 같다.

멜라토니의 모험자 길드에선 나나엘라 양이나 모니카 양이라는 치유의 존재이자 전우가 있었기에 힘을 낼 수 있었다.

게다가 이러니저러니 해도 다들 상냥하게 대해줬다.

이런 길드에서 생활하는 건 아무래도 무리이리라.

벌써부터 돌아가고 싶다.

그런 생각을 하고 있으니 길드 마스터가 큰소리로 일갈했다.

"조용히 해라, 바보 놈들아!!"

단숨에 훈련장이 조용해졌다.

"이 녀석은, 아니, 이 분은 그 멜라토니의 도시 전설로 알려져 있는 진성 M 좀비 치유사님이다. 지금부터 한 명당 은화 1닢으로 치료를 해주신다고 하니 불만이 있다면 네놈들이 꺼지도록."

아니 아니, 그 소개는 절 디스하시는 거 아닌가요? 그런 생각을 하고 있자니 여기저기서 목소리가 들리기 시작했다.

"좀비 치유사?"

"에, 꽤 미남인데 진성 M이야?"

"진성 M 좀비 치유사는 그냥 도시 전설이 아니었던 건가."

"은화 1닢이라니 이야기에 나오는 현자님 같잖아."

"어이, 정신 차려, 저 분이 소문의 좀비님이라면 아직 살 수 있을지도 모른다고."

"힘내, 좀비 님, 빨리 치료해줘."

좀비와 진성 M 좀비를 연호하는 목소리가 훈련장에 울렸다.

전혀 기쁘지 않다. 젠장, 저 길드 마스터는 내 별명을 좀비로 만들 셈인가.

아니, 잠깐. 여기선 첫인상이 중요하다. 난 기합을 넣고 입을 열었다.

"전 다른 치유원의 일을 뺏을 생각은 없습니다. 오늘은 우연히 물체 X를 받으러 온 것뿐입니다. 그러니 매번 치료를 해드릴 순 없는 데다 다른 치유원의 치료비가 비싸다고 폭동이나 충돌을 일으키는 행동은 자제해주세요."

난 주위에 있는 사람들이 이해했는지 확인했다.

"치료비는 한 명당 은화 1닢. 교회에 소속된 교황님, 발키리 성기사단, 그리고 제가 곤경에 처하면 가능한 힘을 빌려줄 것. 조금은 댈 만한 별명으로 고칠 것. 좀비나 진성 M은 댈 수 없으니 금지입니다. 이해하셨다면 바로 치료를 시작하겠습니다. 아, 중상자를 한곳으로 모아주세요."

내 말을 들은 모험자들이 힘을 합쳐 곧바로 부상의 정도에 따라 환자들을 옮기고 모았다.

그 사이에 자신의 숙련도를 확인하기로 했다.

그러자 앞으로 반년은 걸릴 거라 생각했던 성속성 마법의 레벨 Ⅷ(8) 달성이 이미 끝난 상태였다.

어쩌면 난 이 세계에서 치유를 관장하는 신의 도움을 받고 있는 게 아닐까? 그런 생각을 하며 회복 마법을 시전했다.

"【성스러운 치유의 손이여, 만물의 근원인 대지의 숨결이여, 바라노니 마력을 양식으로 천사의 숨결을 내리시어 만물에 깃든 모

든 자들을 치유하소서. 에어리어 하이 힐.]"

영창을 마친 순간, 마력이 몽땅 빠져나갔지만 마력 제어를 유지하며 '나아라'라고 강하게 빌었다.

그러자 창백한 빛이 내 반경 3미터 이내에 있던 자들을 뒤덮더니 그에 호응하듯이 몸이 빛나며 시간이 되돌아가듯이 상처가 아물기 시작했다.

어떤 원리인지는 모르겠지만 뼈가 부러져 휘었던 팔도 점차 회복됐다.

5초 정도 지나자 빛은 가라앉았고 모험자들의 부상은 완치된 것처럼 보였다.

"후우~. 그럼 다음 환자들을."

"아, 그래. 어이 다음 녀석들이다 서둘러라."

어째선지 길드 마스터의 태도가 딱딱해진 게 신경이 쓰이긴 하지만 우선은 치료에 전념하기로 했다.

중상자를 치료한 이후에는 몇 번 정도 휴식을 취할 수 있었기에 두 번째 에어리어 하이 힐로 모든 환자의 부상을 치료했다.

그밖에도 중독 증상을 보이는 환자도 있었기에 이 참에 서비스로 치료를 해줬다.

단 유감스럽게도 상처는 치료가 가능하지만 찌부러진 눈알이나 절단된 부위는 고칠 수 없다.

그럼에도 열심히 치료에 임하는 내게 불만을 토로하거나 따지러 몰려오는 환자들은 한 명도 없었다.

치료가 끝나 조용한 곳에선 남몰래 내 별명을 정하는 토의가 한참 열리는 중이었다.

"진성 M 좀비는 사용하면 안된다고 했지?"

"싫다고 했으니까 말이지."

"그래도 그걸 빼면 현자 같은 걸 붙여야 하잖아? 그는 치유사라고?"

"어떻게 할까. 이길 수 없다는 걸 알면서 싸운다는 건 전투를 좋아하는 거겠지?"

"그럼 전투광 치유사는 어떨까?"

"어감이 좋지 않은걸. 그럼 싼 가격으로 사람들을 도와주니까 염가 치유사는 어때?"

"그랬다간 분명 치유사 길드를 적으로 돌릴걸."

"진성 M 좀비가 확 와닿으니까 바꾸는 게 어려운걸."

"그럼 훌륭한 사람이니까 성인(聖人)님?"

"아직 젊으니까 그건 너무 딱딱한데."

"그럼 저걸 마실 정도니까 괴짜(變人) 치유사는 어때?"

"진성 M이랑 별반 차이 없잖냐."

"그럼 성인 같으면서도 괴짜이기도 하니까 성변(聖變)의 치유사는 어떨까?"

""""그거다!""""

"그래도 역시 진성 M 좀비라는 호칭이 가장 와 닿는걸."

""""확실히.""""

모든 치료를 마친난 '진성 M'과 '좀비'를 연호하는 사람들의 목소리를 들으며 이마에 푸른 힘줄이 솟은 채로 치료비를 받게 됐다.

다만 마력이 고갈되기 직전이었던지라 내일 아침에 대량의 식사를 먹으러 올 것을 미리 고한 다음 치유사 길드로 돌아가기로 했다.

물체 X를 단숨에 들이키자 이번엔 '성변'이라고 연호를 들으며 모험자 길드를 나서게 됐다.

이렇게 해서 새로운 별명이 추가된 난 모험자들의 네이밍 센스를 얕봤던 것을 눈물로 후회하며 모험자들에게 불만을 제기할 수 있도록 열심히 단련에 임할 것을 밤하늘에 뜬 보름달에 맹세했다.

3장 미궁 공략과 알고 싶지 않았던 진실

01 치트 장비로 배가 빵빵

모험자 길드에서 작은 소동을 일어난 다음날, 성도에선 기사단의 대규모 원정식이 열렸다.

많은 민중들이 모여 엄청난 환성으로 기사단을 배웅했다.

발키리 성기사단과 신관기사단의 대원들은 그들의 열광적인 기세에 크게 놀란 것처럼 보였는데 성원 중에 "좀비님과 같은 활약을"이나 "진성 M 님과 같은 활약을" "성변님 같은 활약을" 등의 소리를 듣고 뭔가를 알아차린 모양이다.

그 광경을 바라보고 있는데 말 위에 탄 루미나 씨 일행이 날 발견했는지 짓궂은 웃음을 짓더니 성도 슈를을 떠나 여행에 나섰다.

"별명으로 부르지 말라고 그렇게나 당부를 했는데. 뭐어 어쩔 수 없나."

성도를 떠나는 사람들을 배웅한 난 먼저 몇 군데의 식당을 돈 다음 마지막으로 모험자 길드에 들려 식사를 회수했다.

그리고 교회 본부의 식당에서 대량의 도시락을 받아 언데드 미궁(가칭)으로 향했다.

입구 앞에 도착하니 웬일로 카틀레아 씨가 있었는데 그녀는 매점 카운터 앞에서 책을 읽는 중이었다.

"아, 루시엘 군, 안녕. 오늘은 늦었네."

"예. 신세를 진 발키리 성기사단 분들을 배웅하고 왔거든요."

"그렇구나. 그럼 지금부터 미궁에 들어가겠네? 오늘도 비슷한 시간에 돌아올 예정이니?"

"아뇨, 좀 더 오랫동안 머물 생각이에요. 어째선지 교회 본부에 계신 분들의 눈 밖에 난 모양이라."

"그런 위험한 행동은 허가할 수 없어."

"그런 말씀을 하셔도 어차피 방에는 잠을 자러 갈 뿐이고 식사도 마법 주머니에 넣었으니까 걱정하실 필요는 없다고 생각하는데요?"

"그런 문제가 아니야."

"괜찮아요. 터주 방은 내부의 마물을 쓰러뜨리면 다시 문이 열리지 않는 한 마물이 들어올 수 없거든요."

"그렇게 자만하다간 언젠가 죽을 거야."

"예. 그래서 미궁에서 숙박을 할 계획을 세웠습니다. 발키리 성기사단 분들과 친하게 지낸 만큼 암살을 당할 가능성도 있으니 미궁에 몸을 숨기려고요."

"하아~. 그러면 1주일에 한 번은 이곳으로 꼭 돌아오렴. 네가 교황님께 조른 물건도 그쯤엔 도착할 테니."

뭐가 오는 걸까? 어쨌든 교황님이 내리신 포상이니까 기대를 해도 되겠지.

"알겠습니다."

"죽으면 안 된다?"

"예. 제 모토는 죽지 않는 것, 그리고 살아남는 것이니까요. 그럼 다녀오겠습니다."

미궁에 들어서자마자 바로 오라 코트를 시전했다.

1계층을 달리며 마물들을 쓰러뜨린다.

그런 식으로 10계층의 보스방에 도착하니 배꼽시계가 울렸다.

끝까지 발키리 성기사단을 배웅했으니 시간상 점심시간이 다가온 모양이다.

"그건 그렇고 어느 샌가 달려서 여기까지 올 수 있게 됐구나. 어쩐지 지구력이 엄청 붙은 거 같은데."

보스방을 정화한 난 여느 때처럼 식사를 마치고 그걸 마신 다음 잠시 휴식을 취한 뒤에 전과 마찬가지로 20계층까지 나아갔다.

"하앗, 으랴아아아아, 윽?! 젠장! 【성스러운 치유의 손이여, 부정한 존재를 있어야 할 곳으로 인도하소서. 퓨리피케이션.】"

영창을 생략해 평소보다 많은 마력을 소비했지만 어떻게든 사령기사를 쓰러뜨렸다.

사령기사를 상대할 때 일단 승기를 잡으면 가볍게 이길 수 있지만 한 번 실수를 범하면 쉽게 이기기 힘들다.

아직 빈틈이 많다는 거겠지.

"후우~. 싸우다 보니 배가 고프네. 슬슬 저녁을 먹을 때가 됐나."

난 성도의 한 식당에서 사뒀던 식사를 마법 주머니에서 꺼냈다.

테이블이랑 의자도 준비하는 편이 좋겠는걸.

그런 생각을 하며 따뜻한 식사가 입에 들어가니 마음이 평온해지는 게 느껴졌다.

여러 곳에서 산 식사를 어울리는 조합으로 다시 구성한 게 신의 한 수였던 모양이다.

식사를 마친 난 물체 X를 마신 뒤에 사령기사와 몇 회 정도 싸우다가 졸음을 느낀 참에 정화 마법으로 보스방을 정화했다. 그리고 추가로 오라 코트를 시전한 다음 만일의 사태를 대비해 물체 X가 담긴 통을 곁에 두고 수면을 취했다.

낯선 천장이 보인다 싶었는데 알고 보니 미궁의 천장이었다.

난 벌떡 일어났다. 하지만 주변 상황은 자기 전과 별 차이가 없는 것 같았다.

그건 그렇고 이런 곳에서, 그것도 딱딱한 지면에서 잘도 잠이 들었는걸.

주위를 둘러봤지만 마물은 보이지 않았으며 이상한 낌새도 느껴지지 않았다.

정화 마법의 효과가 제대로 발휘됐다는 거겠지.

좋아. 아침을 먹고서 한 판 붙은 다음 21계층을 탐색하자.

식사를 마친 난 사령기사 선생님과 한 판만 싸우고 탐색을 재개했다.

"구울만 봐도 쫄았는데 미이라까지 나올 줄이야."

정화 마법으로 한 방에 쓰러뜨리긴 했지만 지금까지 출현한 적과 비교해 전투력 차이가 심한 탓에 나도 모르게 울상을 지었다.

그래도 인내심을 발휘해 넓어진 계층을 필사적으로 탐색한다. 그리고 허기를 느끼고 조금 시간이 지나고 나서야 겨우 21계층의 지도를 완성했다.

"아무래도 함정은 없는 모양이네. 빨리 돌아가자."

난 최단 루트로 돌아간 다음 계단 바로 앞에서 물체 X를 꺼내 마물들이 쫓아오는지를 실험했다.

"……정말 물체 X의 정체는 뭘까."

언데드들은 일정한 거리를 유지한 채로 이쪽을 향해 일절 다가오지 않았다.

초(超) 만능 치트 아이템인 물체 X를 마법 주머니에 수납한 난 이쪽으로 접근하는 마물들을 무시하고 보스방으로 돌아갔다.

그리고 다시 출현한 사령기사와 전투를 벌인 다음 점심을 먹었다.

그 뒤에 마법을 쓰지 않고 사령기사와 전투 훈련을 해보기로 했다.

급소를 당하거나 신체 일부가 절단되는 경우를 제외하면 회복할 자신이 있었기 때문이다.

통증이 뒤따르는 건 상관없다. 스승님과 싸울 때도 그랬고 직접 몸을 부딪쳐서 얻는 경험도 있다고 생각한다.

하지만 치료하지 못했던 모험자들의 부상을 생각하면 긴급한 상황엔 당연히 마법을 쓰는 것도 고려해야 한다.

난 기준을 확실히 정한 다음 사령기사와의 전투에 임했다.

적들한테 겁을 먹으면서도 다음날엔 22계층, 그 다음날엔 23계층을 공략하며 어떻게든 순조롭게 탐색을 이어나갔다.

그리고 난 이쪽에서 머문 지 1주일을 앞둔 6일째에 일단 매점으로 귀환하기로 했다.

카틀레아 씨를 적으로 돌려서는 안 된다고 판단했기 때문이다.

미궁에서 나오니 매점에서 카틀레아 씨가 기다리고 있었다.

"지금 막 돌아왔습니다. 마석 매수를 부탁드려요."

"무사해서 다행이야. 그건 그렇고 5일째에 잘 돌아왔는걸. 새로운 무기랑 방어구, 그리고 몇 가지 귀중한 마도구를 맡아놨거든."

스테이터스로 시간을 확인하지 않았기에 착각을 한 모양이다.

"5일째인가요. 배꼽시계가 조금 어긋났었나. 뭐어 잘 맞춰서 온 거면 상관없지만요."

마석을 포인트로 교환한 다음 받은 장비품에 대해 설명을 들었다.

· 미스릴 검. 마력을 담기 용이하며 성속성 마법의 마력을 주입하면 언데드를 상대로 절대적인 위력을 발휘하는 어딘가에서 본 듯한 검.
· 미스릴 창. 마력을 담기 용이하며 성속성 마법의 마력을 주입하면 언데드를 상대로 절대적인 위력을 발휘한다.
· 파사(破邪)의 방패. 불사(不死)속성을 지닌 적이 꺼리는 빛을 봉인한 방패로써 암속성 마법에 높은 내성을 지닌다.
· 성기사의 갑옷. 성기사에 임명된 자가 착용하는 갑옷으로써 빛의 가호가 깃들어 있으며 암속성 공격에 높을 내성을 지

닌다. 그밖에도 독기 차단, 중력 경감, 온도 조정, 자동 조정 등의 기능이 딸린 갑옷.

· 현자의 수갑. 소비하는 마력을 3분에 2로 경감시키며 마법의 위력을 1.2배 상승시킨다.

· 대지의 부츠. 이름에서 연상되는 이미지와는 달리 가벼운 데다 마력을 주입하면 강철보다 단단해지는, 격투가가 보면 가지고 싶어 환장할 정도의 일품.

· 천사의 베개. 이 베개를 베고 잠을 자면 숙면을 취할 수 있어 다음날에는 피로가 싹 가신다고 전해지는 전설의 침구. 또한 마물이 싫어하는 빛의 파동을 내뿜기에 악몽을 꿀 걱정이 없다.

"……무기를 제외하면 전부 터무니없는 성능이네요. 그건 그렇고 이만한 성능을 자랑하는 물건들이 왜 여기에 다 모여 있나요?"

"그만큼 네게 기대를 걸고 있다는 거지. 뭐어 본심을 말하면 이 장비들을 착용할 수 있는 치유사가 없었거든. 그래서 언젠가 루시엘 군처럼 미궁을 공략할 수 있는 사람이 나타날 때까지 저장해뒀다는 모양이야."

"그래도 파사의 방패나 현자의 수갑은 성기사나 신관기사가 착용해도 되지 않나요?"

"그 장비들을 착용하려면 착용자가 조건을 충족해야 하거든."

"조건이요?"

"그래. 뭐어 자잘한 건 됐으니까 한 번 착용해봐."

"알겠습니다."

카틀레아 씨의 말에 난 치트 장비들을 하나씩 착용했다.

"어머, 생각보다 어울리는걸. 착용도 제대로 된 모양이고 잘 됐어."

"정말 조건이 있나요?"

"그래. 언데드 계열의 마물을 1000체 이상 쓰러뜨릴 것, 그리고 어느 스킬의 레벨이 일정 수준 이상에 도달하는 게 조건이라고 해."

판정 기준이 뭘까? 누가 보는 것도 아닐 텐데 어떤 식으로 판단을 내리는 거지?

깊게 생각해봤자 소용없나.

"헤에~ 그렇군요."

"그래서 오늘은 어떻게 할 거니?"

"다시 미궁에 들어가려고요. 그 전에 투척용으로 쓸 단검만 구입할게요."

"정말. 무리하면 안된다고 했잖니."

그렇게 말하며 카틀레아 씨가 성은제 단검 10자루를 건넸다.

"예. 물론이죠. 그건 그렇고 터주 방을 정화하면 희한하게 안정이 되더라고요."

"그건 큰 발견일지도 모르겠네. 옛날엔 악취 때문에 컨디션이 악화된 사람들도 많이 있으니까 조심하렴."

"예. 기분이 나빠지면 돌아올게요."

"그럼 이번에도 1주일 내에 돌아오는 거다?"

"알겠습니다. 그리고 교황님을 뵐 기회가 있으면 장비를 주셔서 감사하다고 대신 좀 전해주시겠어요?"

"그래. 전해드릴게."

"그럼 다녀오겠습니다."

"그래. 다녀오렴."

이렇게 해서 고성능 장비를 착용한 난 10계층의 보스방을 향해 달리며 지나는 계층의 마물들을 쓰러뜨리고 10계층 보스방에서 하룻밤을 보낸 다음 다시 일어나 20계층을 향해 달렸다.

받은 물건 중에 가장 마음에 들었던 게 천사의 베개라는 사실은 나만의 비밀이다.

막간 1 발키리 성기사단 대장 루미나

내 이름은 루미나리아 아크스 프란시스크.

공국 블랑주의 프란시스크 백작가에서 차녀의 신분으로 이 세상에 태어났다.

귀한 대접을 받으며 자란 나는 9살이 되던 해에 아버님이 소속된 파벌에서 우리 가문보다 격이 높은 후작가의 적자(嫡子)*와 약혼을 맺었다.

당시의 난 예법이나 나라의 형태에 대한 교육을 받은 걸 제외하면 독서를 좋아하는 얌전한 아이였다고 생각한다.

아이에서 어른이 되기 위해 치르는 성인식은 일반적으로 15세에 받지만 귀족은 다르다.

이른 시기부터 교육의 방향성을 정하기 때문이다.

그리고 내가 12살이 되던 해에 앞으로의 인생에 큰 변화가 찾아오는 계기가 된 성인제가 열렸다.

주신(主神) 클라이야 님께 기도를 바침으로써 직업을 하사받는 의식에서 난 성기사라는 직업을 받았다.

성기사는 광(光)과 성(聖) 혹은 한쪽의 속성 마법에 적성을 지니며 스테이터스의 각종 항목이 크게 상승한다.

일반 직업인 전사, 치유사, 마법사보다 상위에 위치한 직업인 것이다.

---

* 정통 후계자를 뜻하는 말

초급 직업에 해당하는 직업 레벨을 Ⅵ까지 올린 뒤에 왕(王), 황(皇), 무녀(巫女) 등이 붙는 직업을 지닌 자가 주관하는 선택의 의식을 치르는 것으로 성기사가 되는 자들도 있지만 처음부터 성기사직을 하사받는 건 매우 드문 일이었다.

하지만 난 솔직하게 기뻐할 수 없었다. 난 현실을 알고 있었기 때문이다.

그때 기뻐하셨던 부모님도 마음속으론 울고 계셨을까?

다음날, 아버지는 내게 성기사직을 받은 시점에서 성인이 되면 성 슈를 공화국에 있는 성 슈를 교회 본부로 이동해야 한다고 일러주셨다.

약혼은 파기됐고 부모님은 전과 달리 내게 큰 관심을 기울이지 않으셨다.

보통 성기사직을 받은 자는 성인이 되는 15세에 나라의 기사가 된다.

하지만 그 길이 허락되는 건 귀족 남성이나 평민뿐이었다.

내겐 자국(自國)의 기사가 될 선택권조차 주어지지 않았다.

약혼자보다 우수한 직업을 받은 죄는 그만큼 무거웠던 것이다.

그 뒤로 내 일상은 크게 달라졌다.

예법이 무술 훈련으로 바뀌고 바느질과 그림을 익히던 시간은 마술(馬術) 시간으로 바뀌었으며 손에 든 책은 이야기책에서 마법서로 바뀌었다.

그렇게 시간이 흘러 14세가 된 나는 성인이 되기도 전에 성 슈를 교회 본부로 이송되어 성기사단에 배속됐다.

그리고 루미나리아라는 이름은 교회 본부에 왔을 때 개명을 받고 루미나가 됐다.

성인이 되기 전에 집에서 쫓겨난 건 내가 백작가에서 머물면 후작가의 압력이 강해진다는 이유에서였다.

옛날부터 읽었던 영웅, 용사, 무녀, 현자, 성기사가 등장하는 이야기를 가슴에 품고서 고결하진 않지만 높은 뜻을 추구하며 사람들을 위해 온 힘을 다할 것을 맹세했다.

난 그런 이야기에 등장하는 성기사를 꿈꾸며 설령 집에서 쫓겨났다고 해도 긍지를 지니며 살아가기로 마음을 먹었다.

하지만 마주한 교회의 현실은 차마 받아들이기 어려웠다.

버젓이 뇌물이 오가고 그야말로 세간에서 말하는 돈의 망자처럼 돈으로 권력을 얻고 마음에 들지 않는 자를 제거하는 일도 빈번하게 일어났다.

교회 본부는 그런 이매망량(魑魅魍魎)*이 사는 복마전(伏魔殿)**이었던 것이다.

난 너무 무서운 나머지 몇 번이고 울었다.

---

* 본래는 온갖 요괴와 괴물들을 뜻하는 말이지만 남을 해치는 악인을 비유하는 말로도 쓰인다
** 마귀가 숨어있는 집이나 소굴을 의미하는 말로써 음모나 부정부패가 끊이지 않는 곳을 비유하는 말로도 쓰인다

다만 성기사는 치유사나 신관기사에 비해 입장 상 우위에 있었다.

그런 연유로 내게 명령을 내리는 사람은 없었으며 대장인 카트린느 님의 조력을 받아 자신을 연마할 것을 맹세했다.

그렇게 시간이 흘러 성인이 되던 날, 난 다시 한 번 교회 본부에서 성인식을 치르게 됐다.

그리고 그 의식을 통해 난 클라이야 님으로부터 특별한 눈을 받았다.

사람이 지닌 마력 적성을 알 수 있는 데다 그 자의 성격을 파악할 수 있다는 특성을 지니고 있었기에 난 이 눈을 마색(魔色)의 눈이라 부르기로 했다.

이 눈은 특별한 색을 지니지 않았기에 타인한테 들킬 염려도 없었다.

이렇게 해서 난 이 눈에 익숙해지기 위해 필사적으로 훈련에 임했다.

그리고 18세가 되던 해에 나는 기사단장이자 성기사단 대장인 카트린느 플레나 님의 부름을 받았다.

"따라오렴."

"옙."

대장님이 날 데리고 가신 곳은 교황의 방이었다.

"카트린느, 정말로 기사단장에서 물러날 생각인고?"

"예. 성기사의 부정(不正)은 제가 기사단을 통솔하지 못해 벌어진 일입니다. 기사단장인 제가 책임을 지지 않는 이번 사태는 수습되지 않겠지요."

"하나 그 자들은 미궁으로 보내지 않았느냐?"

"그것만으론 교회의 '고름'을 근절(根絶)할 수 없습니다."

"…………."

두 분의 대화를 듣던 난 카트린느 님이 기사단장의 자리에서 물러나신다는 사실에 놀란 나머지 몸이 굳어버렸다.

카트린느 님은 현재 성기사와 신관기사를 통합한 기사단의 단장을 맡고 계신 분이다. 그 까닭에 교황님께서 하사하신 성도 지니고 계신다.

사교님과 동등한 대우를 받기에 그 권한은 위에서부터 따지는 게 빠르다.

그리고 공을 세워 교황님으로부터 새로운 성을 하사받았다는 건 그만큼 뛰어난 인물이라는 증거다.

그런 카트린느 님이 자리에서 물러나신다고 하니 혼란한 심정을 감출 수가 없었다.

"그 건과 관련해 드리고 싶은 청이 있습니다."

"무엇이냐? 가능한 들어주마."

"감사합니다. 지금의 신관기사와 성기사들을 여덟 개의 부대로 분산시켜 주셨으면 합니다."

"……어째서인고?"

"예. '고름'을 완전히 제거하기 위해선 제가 배후에서 움직일 필

요가 있습니다. 그리고 '고름'은 자신의 손을 더럽히지 않고 내부로 파고 듭니다."

"흠."

"여덟 곳으로 분산시키면 그만큼 그늘에서 움직이는 자가 줄어듭니다. 전 이를 통해 나이만 위인 인간들이 여기 있는 루미나처럼 우수한 인재를 함부로 부리는 것을 미연에 방지하고 싶습니다."

"……허면, 본녀가 어찌하면 되느냐?"

"예. 이미 대장으로 세울 자들을 신관기사와 성기사에서 각각세 명씩 뽑아두었습니다."

"……조금 전에 여덟 부대로 나눈다고 하지 않았느냐?"

"예. 실력으로 대장의 자리를 쟁취하는 것이 주위를 납득시키는 데에 용이하지 않습니까?"

"설마."

"예. 기사의 자질 중 우선적으로 따져야 할 것은 개인의 능력입니다. 그러니 무술 토너먼트 시합을 개최하겠습니다. 모든 경기의 심판은 제가 볼 터이니 부정이 개입될 여지는 없습니다. 그리고 여덟 부대 중에 두 부대는 '고름'으로 된 조직으로 구성할 예정입니다."

"그런 일을 벌이면 교회 존속에 영향을 미칠 것이 자명하거늘."

"예. 그러니 제가 신명(身命)을 바쳐 '고름'을 뽑아내겠습니다."

"……알았다."

"마지막으로 이 자리에 있는 루미나가 대장이 된다면 그녀의부대는 여성으로만 꾸릴 수 있도록 윤허를 해주시길."

"음. 상관없겠지. 기대하마."

"옙."

이렇게 해서 난 혼란에 빠진 상태로 교황님의 방을 나섰다.

"이게 무슨 영문인지요? 토너먼트에 나간다 해도 제가 우승하는 일은 없을 겁니다."

"후후후. 그럴 리가 없잖느냐. 루미나, 진심을 발휘해도 좋다. 이대로는 교회 존속이 위태로워질 테니 진심으로 나서다오."

"전……."

"알고 있다. 너의 상냥함, 소심함, 그리고 눈에 대해서도. 그러니 명령하마. 대장이 되거라."

"어떻게 눈에 대한 걸?"

"내가 배속됐을 당시에 루미나와 같은 눈을 지녔던 분이 계셨거든. 마력의 색과 파동을 눈으로 감지해 동작을 미리 읽고 공격을 하거나 마법을 피하곤 하셨지. 그 분과 너의 움직임이 닮았기에 알 수 있었다. 과도하게 쓰면 마력 고갈과 비슷한 증상을 앓는다는 것도 말이지."

"그 분은?"

"지금은 계시지 않아. 돈의 망자의 마수에 걸려 다른 기사들과 함께 세상을 뜨셨다."

"그렇……군요."

역시 교회 본부는…….

"루미나, 부탁하마. 교회를 고결한 자들이 모이는 곳으로, 적어도 부정을 저지른 자들에게 벌을 내리기 위해 힘을 빌려다오."

"고개를 들어주십시오. 알겠습니다. 온 힘을 다하겠습니다."

머리를 숙이는 카트린느 님의 고결한 정신에 난 두 손을 들고 말았다.

그 뒤로 1개월 후, 토너먼트에서 우승을 거머쥔 난 발키리 성기사단의 대장으로서 성기사단에서 5명을 뽑아 부대에 넣은 다음 각지를 순회하게 됐다.

그리고 그 다음 해에 성기사단의 인원이 10명이 됐을 무렵 멜라토니 마을에서 겁쟁이 같은 성격임에도 힘차게 빛나는 마력 파동을 발산하는 소년과 만났다.

성 슈를 교회 본부 산하의 4번 성기사단인 발키리 성기사단의 대장이 된 이후로 바쁜 나날이 이어졌다.

교회의 적을 섬멸하고 단속하는 것이 주된 임무였다.

카트린느 대장님—지금은 카틀레아라는 이름을 대고 계신다—은 교회 내외의 회계와 교섭을 맡고 계신다는 모양이다.

얼마 전에 뵀을 때는 기사단장으로 계셨던 시절보다 부드럽고 여성스러워지신 거 같다.

난 이전의 카트린느 님을 본받아 고압적인 어조를 쓰고 있는데 잘 구사하지 못하는 경우가 많아 기사단의 대원들한테 놀림을 받기도 했다.

각지를 전전하다가 교회에 돌아와 카틀레아 님께 정보를 건네

드리고 있지만 아무래도 부정을 간파하기엔 자료가 부족하다는 모양이다.

"이 상태에서 미궁을 답파할 만한 아이가 나타나면 좋을텐데."

카틀레아 님이 그런 말씀을 중얼거리셨다.

카틀레아 님이 신뢰하는 자들은 얼마 되지 않으며 교회 본부 내에서 고지식한 걸로 유명한 그란하르트 공을 포함해 몇 명에 불과하다고 한다.

"카틀레아 님, 저희가 미궁 공략에 나서겠습니다."

난 카틀레아 님의 걱정을 덜어드리기 위해 말씀을 올렸다.

"루미나, 그건 안돼. 나는 물론이고 너희들이 가도 무리야."

"카틀레아 님, 당신답지 않으십니다. 이래 뵈도 그란돌에 있는 미궁을 몇 군데나 답파한 경험이 있습니다."

"이곳에 있는 미궁은 불사자의 미궁이야. 소위 말하는 언데드만 출현하는 미궁이지."

언데드…… 죽은 상태임에도 움직이는 마물. 확실히 악취가 심한 마물이었을 터다.

"……괜찮습니다. 분명 답파할 수 있을 겁니다."

그러자 카틀레아 님은 고개를 가로 저었다.

"지금으로부터 50년 이전에 탄생한 미궁이야. 그런데도 아직까지 답파한 자가 없는걸. 당시의 성기사나 신관기사는 지금처럼 현실에 안주하는 가짜가 아닌 진정한 실력자들이었어. 그런데도 답파할 수 없었지. 그 이유는 적들이 암속성 마법을 구사했기 때문이야."

"……착란 상태에 빠지기라도 한 건가요?"

"그래. 당시의 기록에서도 아군의 공격을 받아 목숨을 잃은 기사들이 많았다고 해. 그러니까 암속성 마법에 내성이 있고 불사속성을 쓰러뜨리는 광이나 성속성의 마력을 지닌 자 외엔 공략이 불가능해."

"그런가요. 그런 용사 같은 자……. 그런 줄도 모르고 실언을 했습니다. 죄송합니다."

"괜찮아. 그리고 보니 새로운 퇴마사가 멜라토니에서 온다는 모양인걸."

"멜라토니 말인가요? 저도 2년 전 쯤에 그곳에서 머물렀지만 퇴마사가 될 만한 인재는 없었던 걸로 기억합니다만."

"잘은 모르지만 그 아이가 굉장히 별난 성격이라 치유원에서 일하지 않고 쭉 모험자 길드에서 단련을 했다는 모양이야."

"……클라이야 님으로부터 축복의 힘을 받았음에도 그 힘을 쓰지 않고 모험자 일에 동경을 품다니 멜라토니 지부는 대체 뭘 하는 겁니까?"

"듣기론 그 아이, 등록을 하고나서 1년 만에 성속성 마법의 스킬 레벨이 Ⅴ(5)에 도달했다는 모양이야. 다른 사람들한테 치유사계의 천재나 이단아로 통한다네. 그 외에도 여러모로 이상한 별명들이 있는 것 같아."

모험자 길드에서 성속성 마법을 수련하는 건가?

카틀레아 님은 싱글싱글 웃으며 내 반응을 즐기시는 모양이다.

그건 그렇고 그런 자…… 그리고 보니 그때 봤던 은발 소년.

"혹시 그 치유사 말입니다만 키가 크고 마른 체격에 은발을 지닌 소년인지요?"

"거기까진 모르겠어. 그래도 치유사 길드에 등록을 하던 당시엔 힐조차 사용하지 못했다는 보고가 있었어."

"……아마 전 그 치유사와 만난 적이 있습니다."

"어떤 아이인지 알겠어?"

"굉장히 맑은 마력 파동을 지녔던 걸로 기억합니다. 겁이 많은 것처럼 보였지만 한편으론 든든함을 느꼈습니다."

"루미나가 그렇게 칭찬하다니 드문걸."

"……사실을 말씀드렸을 뿐입니다."

왠지 굉장히 부끄럽다.

"그 아이가 좋은 아이이기를."

"……제가 살펴볼까요?"

"그럼. 아마 그 아이의 담당은 그란하르트일 테니 본부에 도착하면 너한테 알려줄게."

"알겠습니다."

하지만 그가 교회 본부로 오는 건은 업무 관계 상 뒤로 미뤄졌다.

그렇게 반년의 시간이 흘렀다.

"그럼 각자 점심 식사를 하도록."

"""예."""

훈련을 마친 난 개인실로 향했다.

이후의 원정 일정은 아직 잡히지 않았지만 최근에 일마시아 제국이 다시 군사 강화에 나서고 있는 만큼 우리 부대가 출동할 확률이 높다.

그런 생각을 하고 있는데 방에 두었던 마통옥(魔通玉)이 빛나기 시작했다.

내가 마통옥을 손에 들자 목소리가 들렸다.

이 마통옥은 내부에 마력을 주입한 상대와 서로 대화를 나눌 수 있는 훌륭한 물건이다.

《그가 도착했어.》

《그라고 하시면?》

《전에 얘기했던 멜라토니에서 온다는 아이 말이야.》

《아아. 지금은 그란하르트 공과 함께?》

《그래.》

《알겠습니다. 그와 접촉을 해보죠.》

《잘 부탁해.》

대화를 마친 난 서둘러 그란하르트 공의 방으로 향했다.

그란하르트 공을 찾음과 동시에 함께 걸어가는 청년을 보고 놀랐다.

아직 얼굴에 어린 티가 남아있긴 하지만 홀쭉하던 체격은 모험자처럼 탄탄해져서 신관기사인 그란하르트 공과 견주어도 손색이 없었다.

난 놀라는 한편 그때와 마력 파동이 변하지 않았다는 사실에 안도하며 말을 걸었다.

"응? 넌 멜라토니 마을에 있을 때 치유사 길드로 데리고 갔던 확실히······ 루이에스 군이라고 했던가?"

"아, 루미나 님, 오랜만입니다. 멜라토니에 있었을 땐 정말로 신세를 졌습니다."

"그런 거창한 일은 하지 않았어. 그건 그렇고 루이에스 군이······."

"루미나 님, 새삼스럽지만 자기 소개를 하겠습니다. 제 이름은 루시엘입니다."

아무래도 이름을 틀린 모양이다.

뭐어 그 정도는 괜찮겠지.

그 뒤에 난 내 방으로 그를 초대했다.

방에 찾아온 루시엘 군의 얘기를 들은 난 자신의 기분이 고조되는 것을 느꼈다.

마물과의 싸움도 두렵지 않았으며 주어진 일을 처리하는 데에도 의욕이 생겼다.

지금까지 내가 만난 치유사들은 하나같이 돈을 밝히며 성속성 마법의 수련을 게을리하는 자들뿐이었기에 솔직히 기뻤다.

난 바로 카틀레아 님께 연락을 드렸다.

《그가 돌아갔습니다.》

《어땠어?》

《그러네요. 조금 멍한 구석이 있지만 아마 인격에는 문제가 없을 겁니다.》

《……그가 미궁에 잘 적응할 수 있으려나?》

《괜찮을 겁니다. 루시엘 군은 근접 격투 훈련을 꽤 오랫동안 받았다는 모양이니.》

《그래? 재밌는 아이네.》

《예. 게다가 이미 정화 마법을 구사할 수 있을 정도의 실력을 갖췄습니다.》

《그럼 2년 만에 성속성 마법을 Ⅶ(7)까지 올렸단 말이니?》

《예. 상당한 노력가라고 생각합니다.》

《알겠어. 분명 내일 만나게 될 테니 이쪽에서도 그를 살펴볼게.》

《잘 부탁드립니다.》

《무슨 일이 있으면 도와주렴.》

《알겠습니다.》

《……역시 드문걸.》

《드물다고 하심은?》

《모르다면 됐어. 그럼 루미나, 훈련 수고해.》

《감사합니다.》

난 통신을 끊었다.

"치유사의 몸으로 그렇게 단련에 힘을 쓰다니 우리들 성기사도 분발해야겠지."

이렇게 해서 루시엘 군과의 두 번째 해후(邂逅)는 내 의욕에 불을 붙이며 끝났다.

난 부하인 루시와 쿠이나를 데리고 식당 입구에서 대기하는 중이었다.

치유사인 루시엘 군과 만날 목적으로.

하지만 남녀 관계로 온 것이 아니다.

어제 카틀레아 님이 내게 연락을 하셨는데 내용을 들어보니 10년 만에 10계층의 터주 방에서 터주가 쓰러졌다는 모양이다.

물론 그 일을 해낸 건 루시엘 군이었다.

하지만 카틀레아 님의 말씀에 따르면 꽤나 무모한 방식으로 공략을 한다는 것 같다.

그 말을 전한 카틀레아 님은 내게 그를 도와줬으면 한다고 부탁을 하셨다.

그래서 이렇게 그가 평소 식당을 찾는 시간에 맞춰 그를 기다리고 있었다.

"루미나 님, 들어가시지 않을 건가요?"

"밖에서 서 있기만 하는 건…….'

루시와 쿠이나는 내가 루시엘 군을 기다리고 있다는 사실을 모르니 어쩔 수 없다.

그런 생각을 하고 있는데 마침 루시엘 군이 오는 모습이 보였기에 말을 걸려고 하니,

"루시엘."

먼저 루시가 말을 건 관계로 우연을 가장해 식당에 들어왔다.

루시와 쿠이나는 루시엘 군과 비슷한 또래이니 대화를 나누기 쉬우리라.

이렇게 해서 우리들은 어제 루시엘 군이 겪었던 일을 들을 수 있었다.

"10계층까진 이상할 정도로 순조롭게 공략을 진행했다고 들었다만?"

"예. 부끄럽지만 2년간 모험자 길드에서 단련을 했기에 미궁에 들어간 이후에도 어떻게든 극복할 수 있었습니다."

"마물과 싸운 건 이번이 처음이냐?"

"예. 이제까지는 줄곧 훈련만 했으니까요."

"그래도 반성할 점은 별로 없어 보이는걸?"

루시가 루시엘 군을 격려하듯이 말을 걸었다.

"처음엔 긴장을 하기도 했지만 시간이 지나니까 공략에 속도가 붙어서 정화 마법뿐만 아니라 검이나 창에 마력을 담아서 공격을 해봤더니 닿는 감촉도 없이 마물을 소멸시킬 수 있더라고요."

"……검과 창의 스킬 레벨은?"

"어제 겪은 일로 레벨이 올라서 Ⅱ가 됐습니다."

"……조금 전에 검이나 창을 썼다고 들었다만 매일 무기를 바꿔가며 공략에 임하는 거냐?"

"예? 그런 귀찮은 짓은 하지 않는데요. 공격 수단을 늘리고 싶어서 시작한 거라 지금은 왼손에 단창, 오른손엔 한손검을 든 채로 임하는 중입니다."

"……그러냐. 계속 해다오."

"예. 일단 열흘에 걸쳐서 10계층까지 탐색을 마쳤는데요 지금까지 마물의 수가 적으면 검과 창으로, 수가 많으면 정화 마법을 써서 싸웠던 터라 터주가 나오리라 예상한 방에서도 단순히 많은 수의 마물이 나온다고만 들었기에 부담 없이 도전했습니다."

루시엘 군이 천천히 말을 이어나갔다.

아무래도 사전에 정보를 수집한 모양이다.

그런데 정보가 정확하지 않았던 것인지 아니면 전달에 착오가 있었는지 터주 방에는 셀 수 없을 정도로 엄청난 수의 언데드들이 자신을 기다리고 있었다고 한다.

그럼에도 루시엘 군은 될 대로 되라는 심정으로 싸움을 시작했다. 하지만 바로 이곳에선 마법을 사용할 수 없다는 사실이 판명됐다. 분명 치유사인 루시엘 군은 죽음을 각오했으리라.

하지만 평범한 치유사와 달랐던 루시엘 군은 절망적인 상황에서도 결코 포기하지 않고 무기를 휘둘러 모든 마물을 쓰러뜨렸다는 모양이다.

그야말로 전사의 귀감이다.

"분명 큰일이었을 테지. 상처는 포션으로 회복했나?"

"아~, 그리고 보니 포션이 있었으면 좀 더 편했을지도 모르겠네요."

"뭐라고?"

"하하하. 여태까지 그만한 대미지를 입은 적이 없었던 지라 포션 같은 걸 들고 다니지 않았거든요."

"……포션을 추천한 사람은 없었나?"

"있었죠, 그래도 꽤 비싸니까 필요 없을 거라 생각했거든요. 얘기를 계속 하자면 이번엔 와이트가 튀어나와서 깜짝 놀랐습니다."

"……거기서 방패를 꺼낸 건가? 결계 마법도 시전해둔 상태였을 테니 어떻게든 공략을 할 수 있었다는 거군."

"……그게 말이죠~ 결계 마법을 써본 적이 없었던지라 보스방에서 포위당했을 땐 죽는 줄 알았어요. 솔직히 말해서 멜라토니의 모험자 길드에서 베이거나 찔렸던 경험이 없었다면 포기했을지도 모르겠네요. 게다가 와이트가 나오거나 마법을 쓰지 못한다는 사실을 미리 알고 있었다면 좀 더 효율적으로 육탄전을 펼쳤을 텐데 말이죠."

얘기의 흐름을 보면 보스라는 건 계층의 터주를 말하는 것이리라.

"……과연. 계층의 터주가 있다는 걸 알면서도 회복약을 챙기지도, 사전에 결계 마법을 시전하지도 않았다는 건가…… 용케 이겼구나."

"그렇네요. 설마 전날에 사뒀던 활이 공략의 실마리가 될 줄은 몰랐습니다."

"그건 그렇고 불과 열흘 만에 10계층까지 도달할 줄이야. 휴식은 제대로 취하고 있나?"

"예? 휴식은 필요 없습니다. 공략 진도를 빨리 빼고 싶기도 하고 매일 좀비나 마물들을 베고 있으니 훈련도 괜찮습니다. 아, 마법의 기초 단련은 계속 하고 있지만요."

"……참고로 검과 창을 함께 다루는 전투 스타일을 구사하기 시작한 건 언제부터지?"

"미궁에 들어가고 다음날부터 그런 식으로 싸웠네요."

난 이렇게 루시엘 군을 관찰하고 나서야 비로소 이해했다. 그에겐 인간으로서 지녀야 할 상식이 결여되어 있다는 사실을. 난 무심코 입을 열었다. 아니, 나뿐만 아니라 루시와 쿠이나도 말이다.

"……너는 대체 뭘 하는 거냐?"

"혹시 너 죽고 싶은 거니?"

"바보네요. 운이 좋았을 뿐이에요. 보통 사람이면 죽고도 남았다고요."

"모처럼 무지에서 벗어났다고 생각했건만 이번엔 무모한 행동을 벌일 줄이야…… 목숨을 소중히 하지 않는 자는 싫다."

"……어제는 방으로 돌아간 뒤에 반나절 동안 혼자서 쭉 반성을 했다고요. 그러니까 이쯤에서 멈춰주세요. 이미 정신적으로 너덜너덜한 상태니까요."

정신이 너덜너덜해도 근본적인 부분을 고치지 않으면 죽는다고. 내가 그렇게 말하려 한 순간, 루시가 입을 열었다.

"그래서 넌 앞으로 어떻게 할 생각이야? 그대로 있다간 언젠가 죽을 걸?"

"예, 그렇겠죠. 본심을 말하자면 강해지기 위해 멜라토니 마을로 돌아가서 수행을 하고 싶은데요."

그가 어두운 얼굴로 먼 곳을 바라보며 그렇게 중얼거렸다. 하지만,

"원칙상 치유사는 사령이 내려오지 한 본부로부터 이동할 수 없어요."

그렇다. 쿠이나의 말대로 그렇게 간단히 허가가 날 리가 없다. 게다가 카틀레아 님이 부탁하신 건도 있으니 훈련에 참가하도록

유도를 해볼까.

"……단련을 하고 싶다면 내 제안이 도움이 될지도 모르겠구나."

"에? 정말인가요?"

"그래. 치유사한테는 버거울지도 모르겠다만 성기사들과 훈련을 받을 수 있도록 편의를 봐줄 순 있다. 개별 지도는 따로 없지만 말이지."

"……탐색에 지장이 가지 않는 선이라면 이쪽에서 부탁을 드리고 싶었던지라 감사히 받아들이겠습니다."

본인도 마음이 내키는 모양이라 다행이었다. 훈련은 주에 한번, 불의 날에 집중해서 실시하기로 했다.

이렇게 해서 우리들 발키리 성기사단의 훈련에 루시엘 군의 참가가 결정됐다.

루시엘 군과 식사를 마친 우리는 훈련장으로 향했다.

"그를 훈련에 참가시켜도 괜찮습니까?"

"괜찮다. 치유사의 몸이니 우리들 성기사와 비교하면 현저히 약한 데다 스테이터스도 낮으니까. 게다가 루시엘 군의 레벨은 1이다. 그러니 앞으로 강해질 테지."

"그 상태로는 훈련에 따라오지 못할 거라 생각합니다."

"그렇겠지. 그래도 그를 조사한 보고서에 따르면 2년간 하루도 쉬지 않고 꾸준히 무술 훈련을 했다더군. 현재 우리들 발키리 성기사단이 소수 정예임에도 불구하고 가장 강한 까닭은 노력을 했기 때문이다. 유감이지만 지금의 교회 본부 내에선 그 정도로 노력을 할 수 있는 자는 얼마 되지 않는다. 물론 한 번 훈련을 받게 한 다음 별 볼일 없는 남자였다고 판정이 나면 그대로 내버려 두마. 알겠나?"

""옙.""

발키리 성기사단 내의 다른 대원들에게도 사정을 설명하고 드디어 훈련일을 맞이했다.

루시엘 군은 자신 외엔 흥미가 없는지 아니면 무지한 것인지 여성 성기사를 여자로 대하는 치유사였다.

설마 그런 자가 있을 줄은 꿈에도 생각하지 못했다.

그건 기사단의 대원들도 마찬가지였다.

종종 괴물 취급을 받는 우리들을 상대로 공격을 망설이는 남자가 있다니.

그 이후로 여자로 대우를 받았던 게 어지간히 기뻤는지 대원들 모두가 루시엘 군을 호의적으로 대하기 시작했다.

자신보다 실력이 위라는 걸 알면서도 겉치레가 아닌 진심이 담긴 말을 들으니 나도 놀라긴 했지만 그리 나쁜 기분은 아니었다.

루시엘 군은 치유사 치고는 강한 편에 속하리라. 그건 틀림없다.

하지만 우리들에 비하면 현저히 약하다.

게다가 예상대로 창과 검을 동시에 다루는 그의 전투 스타일은 벼락치기로 터득한 것이었다.

그런 연유로 방패와 검을 주고 자세를 취해보라고 했더니 폼이 제법이었다.

스킬 레벨이 Ⅱ에 불과한 그가 이 정도 수준이라면 아마 그의 스승은 상당한 실력을 지닌 무인(武人)이리라.

합을 겨루어 보니 칼을 휘두르는 움직임도 나쁘지 않다.

그럼에도 그의 전투력은 높지 않았다.

물론 그가 지금에 이르기까지 상당한 노력을 했다는 점은 이해할 수 있었다.

하지만 훈련이라고는 해도 이렇게 큰 빈틈을 보이다니 아직 갈 길이 멀군.

난 그가 검을 휘두르려 했던 지점에 주먹을 뻗어 넣었다.

그 순간 그가 웃었다. 그렇다, 웃은 것이다. 주먹이 닿은 순간에 그가 창백한 빛을 발하며 휘두르려던 검을 다시 되돌리는 게 보였다.

이걸 노렸다는 건가? 치유사가? 애초에 검을 휘두르면서, 움직이면서 영창이 가능하다니 얼마나 노력을 한 것인지 상상조차 할 수 없다.

고개가 절로 숙여진다.

어쩔 수 없지. 나도 그의 긍지에 경의를 표하자.

"훌륭하군!"

난 온 힘을 발휘해 그의 뒤로 돌아간 다음 수도(手刀)로 그의 뒷목을 가격해 기절시켰다.

"다들 봤느냐? 이게 기본 직업들 중 마법사 다음으로 전위 스테이터스가 낮다고 알려진 치유사다. 우리들은 스테이터스가 높은 데다 스킬 레벨도 오르기 쉽지."

그렇다, 우리들의 직업인 성기사는 다른 사람에 비해 몇 배는 더 유리한 직업이다.

"유감스럽게도 다른 신관기사나 성기사들은 노력을 하지 않는다. 하지만 루시엘 군은 그 난공불락(難攻不落)이라고 전해지는 미궁에 들어가 고작 열흘 만에 10계층의 터주를 쓰러뜨린 인재다. 미궁이 있는 한 카틀레아 님이 기사단에 복귀하시는 일은 없을 거다."

그 전까지 교회 본부의 부패는 이어지리라.

"그렇기에 우리들의 손으로 루시엘 군을 단련시킨다. 이에 대해 이견이 있는 자는?"

난 대원들의 얼굴을 한 번 둘러보고 이의를 제기하는 자가 없음을 확인했다.

"없군. 그럼 훈련을 재개하겠다."

이렇게 해서 루시엘 군과 함께한 아침 훈련이 끝났다.

루시엘 군이 구사하는 결계 마법은 이미 베테랑급의 실력이었다.

설마 부대 배속이 빨랐던 팀이 지리라곤 그 누구도 예상하지 못했기에 그만큼 루시엘 군에 대한 평가가 올라갔다.

훈련도 순조롭게 진행되어 외부 연습만을 남겨둔 상황에서 해프닝이 벌어졌다.

"자아 제군, 지금부터 교외 지역의 숲이나 황야를 돌며 마물 퇴치에 나선다. 각자 말을 준비해서 집합해다오."

"예(네?)."

이상한 목소리를 낸 루시엘 군을 보자 난 불길한 예감에 사로잡혔다.

"뭔가 모르는 점이라도 있나?"

"예. 모르는 점이랄까 지금까지 말을 타본 적이 없습니다."

"……아무리 그래도 그건 예상을 못했구나."

완전히 잊고 있었다.

그는 마을사람이었을 터다.

그렇다면 말을 본 적은 있지만 만지거나 타본 경험은 없다고 해도 이상한 일은 아니다.

하지만 웬만한 치유사는 젊다고 해도 나름대로 수입이 있는 만큼 말을 보유한 자들도 많다.

게다가 이렇게 기사 같은 체격을 지녔으면서 말에 탄 경험이 없을 줄이야.

뭐, 이건 내 미스다.

"어쩔 수 없지. 루시엘 군은 마구간을 관리하는 자들한테 말을 타는 법을 물어서 연습을 해다오. 연습을 하러 밖으로 나가면 주위의 눈도 있으니 말이다."

"죄송합니다."

"아니. 이쪽도 그럴 경우를 생각해두지 않았으니 말이다. 그럼 이 훈련장에서 승마 훈련을 하거라. 우리도 연습이 끝나면 이곳으로 돌아올 테니."

"알겠습니다. 조심해서 다녀오세요."

"그렇지. 마구간으로 안내하마. 그럼 각자 이동."

이렇게 해서 우리들은 말을 타고 나갔고 그는 마술(馬術) 훈련을 하게 됐다.

난 연습 장소로 향하는 도중에 대원들에게 그가 교회 본부에 오게 된 경위를 설명했다.

그러자 대원들의 입에서 루시엘 군에 대한 칭찬이 이어졌다.

멜라토니 마을의 치유원은 평판이 나쁘다.

그가 그런 평판의 가장 큰 원인이었던 치유원을 상대로 한 방을 먹인 이단이였다는 걸 알자 모두가 기뻐했다.

그 뒤로 우리들은 루시엘 군과 양호한 관계를 이어나갔다.

하지만 또다시 일마시아 제국과 루브르크 왕국의 전투가 격화된 탓에 신관기사단과 합동으로 원정을 가게 됐다.

그런데 원정 당일에 열린 원정식의 분위기가 평소와 달랐다.

평소와 같았으면 이따금씩 들리는 박수 소리가 전부였을 텐데 이번엔 성도 전체가 하나가 되어 힘을 내라고 응원을 보내준 것이다.

그리고 환호에 섞여 '좀비', '진성 M', '성변의 치유사' 등의 단어가 귀에 들어왔다.

혹시 하는 마음에 그의 마력을 탐지해보니 거리는 떨어져 있었지만 제대로 우리를 배웅해주고 있었다.

내가 그가 꾸민 일이라는 것을 대원들에게 알리자 다들 납득했다.

이 성도에서 제일가는 인기를 자랑하는 치유사가 벌인 깜짝 쇼에 우리들은 마음이 홀가분해지며 기분이 고양됐다.

　그리고 몸에 힘이 넘치는 감각을 느끼며 국경을 향해 말을 몰았다.

02 성변(聖變)의 변덕스런 날

난 계속 언데드 마물과 싸우는 중이다.

평범하게 생각하면 불쾌해서 때려 치고 싶은 데다 냄새도 장난이 아니다.

냉정하게 따져보면 정말로 답파한 사람이 없었던 게 아닐까 하는 의문이 든다.

하지만 블로드 스승님이나 루미나 씨처럼 내가 인지할 수 없을 정도의 속도로 움직이는 사람들이 정말로 실력이 부족해서 클리어에 실패한 걸까?

그럴 리가 없다.

어쩌면 다수의 인원으로 공략에 임했던 탓에 마물의 마법이나 스킬 등의 공격을 받아 발생한 작은 문제가 그들을 좀먹어 연쇄적인 혼란이나 정신 붕괴로 이어진 것이 설정에 따른 기사단의 패인(敗因)이 아닐까?

그런 생각이 든다.

검을 주고받는 사이에 상대의 빈틈을 찾고 버릇을 파악한 다음 공격을 가한다.

"불사의 몸이니까 통증을 느끼지 못할 거라 생각했는데 그렇지도 않은 것 같네요? 감각이랄까 위화감 정도는 있겠지."

검이 맞부딪히는 소리가 울려 퍼지는 가운데 성능이 쩌는 무구들로 온몸을 도배한 난 방패로 검을 받아낸 뒤에 다리에 마력을 담아 사령기사의 왼쪽 옆구리에 발차기를 날렸다.

퍽 하는 소리가 울리더니 그 뒤를 이어 쿵 하는 소리와 함께 미궁 벽에 박힌 사령기사가 돌로 변해 사라졌다.

미궁에서 살다시피 한 지도 어느덧 3개월이 되어간다.

일주일에 한 번은 미궁을 벗어나 기분 전환을 할 요량으로 카틀레아 씨와 대화를 나누거나 마술(馬術) 훈련을 하는 날도 있지만 일과의 대부분은 미궁에서 보내고 있다.

그 외에 외출을 하는 경우는 식사를 하거나 물체 X를 보급 받으러 갈 때뿐이다.

현재 공략 진도는 30계층까지 진행된 상태인데 보스방엔 아직 진입하지 않았다.

그 이유는 새롭게 익힌 신체 강화라는 기술이 아직 몸에 익지 않았기 때문이다.

신체 강화는 모험자 길드에서 치료를 해준 모험자가 답례로 알려준 스킬인데 체내의 마력을 제어해 빠른 속도로 순환시킴으로써 신체를 강화시킬 수 있는 기술이다.

이 신체 강화는 마력 조작이 특기인 나와 궁합이 좋은 편이라 이미 편리하게 써먹는 스킬이 된지 오래였다.

"슬슬 1주일째인가."

난 언데드 미궁(가칭)을 나섰다.

"수고했어. 요즘 컨디션은 어때?"

언데드 미궁(가칭)을 나오니 여느 때처럼 카틀레아 씨가 반겨 줬다.

"이제야 사령기사를 상대로 여유를 부릴 수 있게 됐네요. 아마 신체 강화를 쓰면 사령기사가 단체로 나타나도 대응할 수 있을 것 같아요."

"그렇구나. 그런데 직업을 승격시킬 생각은 없니?"

얼마 전에 치유사 레벨이 Ⅵ(6)이 됐기에 카틀레아 씨가 묻는 것 이리라.

"예. 언젠가 미궁을 클리어했을 때 자신에게 주어지는 상이라 고 생각하면 좀 더 힘을 낼 수 있을 것 같아서요."

"후후후. 루시엘 군은 조금 고집스런 부분이 있었지."

"그런가요? 뭐어 조만간 30계층의 터주 방에 들어갈 생각이에 요."

"진부한 말이긴 하지만 힘내. 죽으면 안 된다?"

"하하. 물론이죠."

"그럼 다시 들어갈 거니?"

"아뇨, 조금 살 게 있어서 일단 나가려고요. 그리고 보니 발키 리 성기사단의 여러분은 어떻게 지내고 계신가요?"

"별다른 문제는 없는 것 같아. 그래도 함부로 움직일 수 없다는 모양이야."

루미나 씨 일행은 한 번 성도로 귀환했었다.

하지만 얼마 지나지 않아 전투가 격화된 탓에 그 뒤로 쭉 국경

부근의 마을에서 머무는 중이라고 한다.

　게다가 치유사들을 도울 목적으로 머무는 것이니 질이 나쁘다.

　"발키리 성기사단의 여러분들은 상냥하시니까요."

　"그렇지. 그래도 탐욕스런 치유사들보단 그 아이들의 목숨이 더 소중해."

　"저도 치유사지만 그렇게 생각해요."

　"……어머, 그리고 보니 루시엘 군도 치유사였지."

　"하하하."

　내 모습은 이미 치유사가 아니라 성기사다.

　갑옷도 성기사용이지만 몸에 딱 맞는다.

　"최근에 '성변의 기사님'이라 불리는 분의 소식을 자주 접하니까 나도 모르게 성기사로 착각했네."

　"그 호칭은 봐주세요."

　"후후후. 그래서 이번 휴일은 어떻게 보낼 거니?"

　"우선 모험자 길드에 들리고 그 다음에 식당에서 식사를 사서 다시 미궁에 들어갈 예정이에요."

　"그렇게 언데드랑 싸우면서 정신에 문제는 없니?"

　"별 문제는 없네요. 정신 내성 스킬을 보유하고 있어서 그런 걸까요?"

　"무리하면 안된다?"

　"그 말이 버릇이 되셨네요. 그럼 다녀오겠습니다."

　"다녀오렴."

요 3개월간 날 적대하는 사람을 만난 적이 없다.

생각해볼 수 있는 이유로는 첫째, 내 체격이 좋고 기사 같은 복장을 착용하고 있기에 치유사로 보이지 않는다는 게 요인으로 작용했을지도 모른다.

둘째, 애초에 일과의 대부분을 지하 미궁에 틀어박혀서 보내기에 만날 기회가 거의 없다. 내가 언제 밖으로 나올지도 모를 테니.

뭐어 방에 장난질을 하긴 했지만 어차피 그 뿐이다.

방을 비워두는 시간이 더 많은 데다 따로 둔 짐도 없으니 의미가 없다.

그런 생각을 하는 사이에 어느 샌가 모험자 길드에 도착한 모양이다.

"안녕하세요."

내가 인사를 하며 안으로 들어서자 길드 마스터가 나왔다.

"여어 성변 님. 오늘은 그거 때문에 왔나? 아니면 치유의 날이었던가?"

"항상 주방에 계시는데 뭘 하시는 건가요?"

"슬슬 그게 떨어질 시기라고 봤거든. 게다가 1주일에 한 번은 휴가라고 얘기하지 않았느냐?"

"1달 전에 말씀드린 걸 용케 기억하시네요."

"큭. 그만한 일을 해주는 녀석을 잊으면 길드 마스터 실격이지."

"그럼 어째서 항상 주방에 계시는 건가요?"

"취미다."

"그러신가요. 뵙자마자 죄송하지만 이번에도 편지를 부탁드려도 될까요? 그리고 물체 X 10통이랑…….”

“아, 성변님.”

길드 마스터와 얘기를 나누는 도중에 부길드 마스터인 미르티 씨가 말을 걸었다.

“아, 안녕하세요 미르티 씨. 부상자들을 지하 훈련장에 모아주 세요.”

“알겠습니다.”

“이쪽도 준비를 해줄 테니 통을 내다오.”

내가 마법 주머니에서 꺼낸 통들을 길드 마스터가 회수했다.

그리고 길드 마스터는 주방 뒤편으로, 미르티 씨는 지하 훈련 장으로 사라졌다.

‘성변의 변덕스런 날’, 그런 날이 언제 생긴 걸까.

성변이라는 별명을 얻은 이후로 1달에 한 번씩 지명 의뢰가 들 어와 모험자로서 의뢰를 처리하고 있다.

대가는 은화 1닢과 온갖 종류의 정보, 그리고 모험자들과의 모 의전. 자신의 실력을 파악하기 위해 대련을 한 뒤에 조언을 받는 다.

그와 얽힌 얘기를 하자면 치유사인 내게 졌다는 사실이 모험자 들에게 의외의 굴욕감을 선사했다는 모양이라 신인이나 낮은 랭 크의 모험자들이 필사적으로 훈련을 시작했고 그 덕분인지 사망 률이나 임무에 실패하는 경우가 확 줄었다고 한다.

현재 내 실력은 E랭크와 D랭크 모험자를 여러 명 상대해도 지지 않을 정도는 된다. 이기지도 못하지만.

그래도 D랭커와 일대일로 싸우면 가끔 이기기도 하는 정도의 실력은 갖추게 됐다.

뭐어 상대가 흥분하기 쉬운 타입이면 기술로 대응하면 그만이니 지는 일은 그다지 없다.

다만 D랭크 모험자를 쓰러뜨린 것을 계기로 C랭크 이상의 모험자들이 기초 훈련을 시작해 마물의 활동이 활발해지는 시기에도 죽음에 이를 정도의 부상을 입는 사람들이 없어졌다고 한다.

최근엔 '성변의 변덕스런 날'을 예측해서 높은 랭크의 의뢰를 함께 받아 높은 랭크의 마물들을 차례로 격파하고 있다는 모양이다.

어째선지 날 중심으로 선순환(善循環)이 지속되는 까닭에 어느샌가 성도의 모험자들 사이에서 내 호감도가 팍팍 올라갔다고 한다.

이 정보들은 전부 식당에 있는 마스터 겸 길드 마스터인 그란츠 씨와 웨이트리스 겸 부길드 마스터인 미르티 씨한테서 들었는데……

모험자 길드의 톱이 저런 사람들이라도 괜찮은 건가? 가끔 의구심이 들 때가 있다.

그런 생각을 하고 있는데 이쪽으로 다가오는 사람이 있었다.

"오우, 성변 님 오랜만인걸."

"아아, 에리츠 공, 오랜만입니다."

"신체 강화가 조금은 몸에 익었나?"

"예. 그래도 아직 어렵네요. 몸이 움직이는 속도에 눈이 따라가질 못하니."

"그만큼 마력 조작이랑 제어 스킬의 레벨이 높으니까 고속 순환 정도는 여유롭지? 그건 그렇고 아직도 레벨 1이냐?"

"예. 마물을 쓰러뜨리지 않았으니까요."

"크으~ 아깝구만. 레벨 1에 그 정도로 싸울 수 있다니 엄청난 원석(原石)이군 그래."

"전 죽고 싶지 않을 뿐이에요. 그보다 체내에서 마력을 고속으로 순환시키면 신체 능력이 오른다는 건 유명한 정보인가요?"

"그래. 다만 마력 조작이 불가능하면 그걸로 끝이지."

"헤에~."

"그리고 보니 저번에 성변 님한테 진……."

모험자 길드의 A랭커인 에리즈 씨와 얘기를 나누는 도중에 그란츠 씨가 물체 X를 가져왔기에 마법 주머니에 넣었다.

그 뒤에 다 같이 지하 훈련장으로 내려간 다음 에어리어 하이힐, 퓨리피케이션, 리커버, 디스펠을 각각 두 번씩 시전했다.

"이걸로 끝이네요. 그럼 멜라토니의 정보나 발키리 성기사단의 동향에 대해 알고 계신 분?"

난 치료가 끝나면 환자들에게서 멜라토니의 정보나 발키리 성기사단의 정보를 받고 있다.

"발키리 성기사단은 무사하지만 신관기사 쪽에서 사망자가 나왔다는 모양이야."

"제국의 전귀(戰鬼) 장군이 단기(單騎)로 성채를 함락시켰다더군."

그런 괴물도 있는 건가.

그러자 이번엔 멜라토니의 얘기가 흘러나왔다.

"그 선풍이 폭주했는지 모험자들을 차례로 지하 훈련장으로 납치한다던데."

"그 요리곰도 물체 X를 마시게 하는 데에서 멈추지 않고 먹이기 위해 요리를 개발하고 있다는 모양이야."

블로드 스승님이나 그루가 씨에 대한 건 가르바 씨한테 맡길 수밖에 없겠지.

난 미소를 지으며 보고를 들었다. 하지만 다음에 나온 말을 듣자 엄청난 불안감에 휩싸였다.

"모험자 길드의 접수원 아가씨가 결혼을 한다던데. 그것도 여러 명이."

"그 정보를 자세히 좀."

"들기론 접수원 아가씨의 마음을 사로잡은 건 A랭크의 수인 모험자라고 하더군."

접수원 아가씨라는 건 누굴 말하는 거지? 그래서 나나엘라 양이나 모니카 양에게 편지를 보냈는데도 답장이 오지 않았던 건가…….

어째서 일까…… 굉장히 쓸쓸하다.

그 후에 난 모험자 길드에서 받은 대량의 요리를 마법 주머니에 넣은 다음 모험자 길드를 나섰다.

치료로 받은 돈을 모험자나 직원들과 함께 식사나 하시라는 말과 함께 건네고 누구와도 얽히지 않은 채 미궁으로 향했다.

다만 요리가 부족한 관계로 식당을 샅샅이 돌면서 마법 주머니가 터지지 않을까 싶을 정도로 식사를 담았다.

"그럼, 가볼까요."

오늘은 10계층의 보스방에서 자자──.

이건 최근에 알게 된 사실인데 마력을 담은 검이나 창으로 언데드를 쓰러뜨리면 1체당 성속성 마법의 숙련도가 1씩 증가하는 모양이다.

최근에 그 사실을 알게 돼서 의욕이 마구 오른 상태였는데 앞으론 더욱 집중해서 탐색에 임할 수 있을 듯싶다.

우선은 성속성 마법 레벨 IX(9)을 목표로 삼자. X(10)까지 도달하는 데에 필요한 숙련도를 생각하면 벌써부터 정신이 아득해지는 기분이지만 지금은 그 정도가 딱 좋을지도 모른다.

"신체 강화를 좀 더 자연스럽게 다룰 수 있게 되면 30계층의 보스에 도전하자."

이렇게 해서 난 신체 강화로 자신의 움직임을 확인한 다음 천사의 베개가 자아내는 쾌적한 수면의 세계로 빠져들었다.

03 수행의 성과? 30층 보스와의 전투

사령기사한테 일대일로 검술과 방패술을 배우고 10계층의 보스방에서 일대 다수로 싸우며 반사 신경을 단련한다.

자신의 움직임에서 쓸데없는 부분을 배제하면서 판단력을 향상시킨다.

신체 강화를 쓴 상태에서 기계처럼 정확한 일격을 날릴 수 있다면 난 좀 더 강해질 수 있을 터다.

30계층까지 도달하는 과정에서 조우한 구울, 미이라, 고스트, 해골기사, 해골궁병의 연계 공격에 대응한다.

30계층의 보스방을 앞에 두고 그런 식으로 3개월의 시간을 보냈다.

아마 이 정도면 보스방에 돌입해도 이기리라.

하지만 내가 노리는 건 완승(完勝)이다.

3개월 전부터 구울들을 상대하면서 죽을 뻔 한 경험을 몇 번이나 겪었다.

그럼에도 내겐 회복 마법이 있었기에 치명상만큼은 피할 수 있도록 상대에게 한 걸음 내딛을 수 있는 힘을 길렀다.

그리고 노력이라고 하긴 뭐하지만 조금씩이나마 내 안에 전투 경험이 쌓이는 느낌이 들었다.

반년이나 공략을 진행하지 않은 건에 대해선 아직 별다른 말을 들은 건 아니지만 슬슬 공략에 나서지 않으면 월급 루팡으로 오해를 받을 거란 생각에 마음이 아려오기 시작했다.

"하아아앗, 무르구만, 받아라."

검과 창을 함께 다루는 공격적인 스타일과 검과 방패를 다루는 정석적인 스타일.

그리고 지금은 신체 강화 덕분에 발차기도 큰 무기로 자리 잡았다.

언데드들의 공격이 직선적이라는 점과 이쪽의 공격이 조금이라도 제대로 먹히면 안개처럼 사라져 마석으로 변한다는 점이 내 승리로 이어지는 최대의 요인이다.

그리고 곤란하게도 마석을 포인트로 교환하니 내 포인트가 엄청난 기세로 쌓이기 시작했다.

그래도 매번 구입하는 물품들이 대체로 비슷비슷한 만큼 빈번하게 부서지는 물건(무기)을 사지 않는 이상 포인트를 다 사용하는 일은 없을 거라 보고 있다.

그런 상황을 보다 못한 카틀레아 씨가 드워프들의 무기를 새로 들여오면서 포인트로 오더 메이드 무기를 주문할 수 있는 특전을 만들어줬다.

거기다 본부에서 지급받은 성은의 로브보다 마법 내성이 높은 소재로 제작된 매직 로브가 들어온다는 말에 백금화 20닢짜리보다 성능이 더 뛰어난 로브를 200만 포인트에 구입할 수 있었다.

실제로 마법을 맞아보진 않았기에 정말로 기능이 향상된 건지는 알 수 없지만…….

그리고 드워프들과 만난 적은 없지만 어째선지 그쪽에서 근접 전투를 하는 치유사를 재밌다고 여긴 모양이라 굉장히 흥미를 보였다고 한다.

모르는 곳에서 이상한 소문이 돌지 않았으면 하는 게 내 본심이었다.

"뭐 응원해주는 사람들도 있고 나도 조금은 강해졌을 테지만 반년하고 조금의 시간으로는 레벨도 오르지 않았으니 큰 진보는 없겠지."

여기서 언데드를 상대하는 것도 어느 의미론 편한 일이라는 생각이 든다.

루미나 씨 일행처럼 산 육체를 지닌 마물이나 도적을 상대할 필요가 없으니 말이다.

만약 이만한 수의 생물을 벴다면 분명 제정신을 유지하지 못했을 거다.

고민할 때 온 힘을 쏟을 수 있는 적과 대련을 하니 살아있다는 실감이 든다.

난 고심하고 고민한 끝에 내일 30계층의 보스와 싸울 것을 결심했다.

다음날, 보스방 앞에서 마지막으로 준비에 들어갔다.

"무기 오케이, 방어구 오케이, 마법 주머니 오케이, 마법 부여 오케이, 물체 X 오케이."

모든 점검을 마친 나는 물체 X를 한 번에 들이켰다.

"푸하―. 자아, 가볼까요."

30계층에 있는 보스방의 문이 천천히 열렸다.

경계를 하면서 어두침침한 방으로 들어갔다.

문이 닫히고 불이 들어와 주위를 둘러보니 면적은 지금까지의 보스방과 비슷했지만 사각형이 아닌 사발 형상의 방이었다.

하지만 지금의 내겐 그걸 신경 쓸 만한 여유가 없었다.

"농담이지?"

그 이유는 지금 눈앞에 있는 적들이 내 예상을 아득히 뛰어넘었기 때문이다.

보스방에 있던 건 3체의 와이트와 특유의 붉은 눈을 빛내는 5체의 사령기사였다.

총 8체의 마물이 이쪽을 노려보듯이 시선을 보내며 대기하고 있었다.

난 마력 제어로 고속 순환을 실시해 온 몸에 신체 강화를 거는 것으로 싸움의 시작을 알렸다.

"【성스러운 치유의 손이여, 만물의 근원인 대지의 숨결이여, 바라건대 나와 내 곁에 있는 이들의 앞을 막아서는 부정한 존재를 본디 있어야 할 곳으로 인도하소서. 퓨리피케이션.】"

정화 마법을 영창하며 뛰어서 막자사발 지형의 뒤로 돌아가기로 했다.

포위당하는 것을 피하고 집중 공격에서 벗어나기 위해서였다.

막 뛰려는 타이밍에 맞춰 정화 마법을 시전했다.

난 이어서 정화 마법의 영창에 들어갔다.

예상대로 방금 전 공격에 쓰러질 만큼 상냥한 언데드는 1체도 없었다.

그래도 정화 마법에 노출된 직후엔 몸이 경직된 것처럼 멈추기에 마법 주머니에 검을 집어넣고 바로 단검을 꺼낸 다음 마력을 담아 투척했다.

조준은 정확히 하지 않았지만 적의 수를 줄일 수 있으면 족하다는 생각으로 한 행동이었다.

그리고 날아간 단검은 훌륭하게 사령기사 1체의 머리에 박혔다.

추가로 단검을 던졌지만 아무래도 경직 시간이 끝난 모양인지 와이트를 향해 날아가던 단검을 사령기사가 방패로 받아냈다.

와이트들이 각자 지팡이를 들어 마법을 시전했지만 이쪽이 계속 움직이는 까닭에 맞지 않았으며 아무래도 달릴 지점을 예측해서 마법을 쏠 정도의 지능은 없는 모양이었다.

사령기사들도 와이트들의 호위를 염두에 둔 것인지 중심에서 움직이지 않았다.

와이트들은 강력한 마법을 쏘지 않았으며 오히려 지금까지 출현했던 와이트들보다 더 약하다는 느낌을 받았다. 난 승부에 나섰다.

연속으로 정화 마법을 날리자고 결심한 것이다.

그리고 행동을 실천해 5발 째 정화 마법을 시전한 순간, 방 안에 감돌던 독기가 옅어진 듯한 느낌이 들었다.

난 신체 강화를 한계까지 끌어올린 다음 6발 째 정화 마법을 날리며 중앙에 뭉쳐있는 마물 무리를 향해 돌진했다. 시험하고 싶었던 게 있었기 때문이다.

"하아아아아아앗."

마물들의 시선이 달려오는 날 포착하는 것이 느껴졌다.

그래도 정화 마법이 효과가 있었는지 내게 공격을 하려는 녀석은 없었다.

포위를 피할 목적으로 쓴 전략이 설마 행운…… 아니 호운(豪運) 선생님을 부를 줄이야.

그야말로 운명신의 가호가 호운 선생님과 함께 등을 밀어주었다…… 그렇게 생각할 수밖에 없었다.

3체의 와이트들은 사령기사들을 피해 마법을 날렸으며 사령기사들은 방패를 들고 방어 자세를 취할 뿐이었다.

내 에어리어 배리어는 둘째 치고 높은 성능을 자랑한다던 매직 로브와 성기사의 갑옷은 아무래도 훌륭한 일품이었던 모양이다.

대규모 마법은 아니지만 와이트들이 날리는 검은 물, 바람, 흙의 창 등이 날 향해 날아왔다. 하지만 난 아랑곳하지 않고 방패를 앞세워 달리면서 치명상을 피하는 데에만 주의를 기울이며 돌격을 감행했다.

달리는 와중에 몇 개의 마법을 맞았지만 통증은커녕 충격조차 거의 느껴지지 않았다.

내 상태를 본 사령기사들이 방어 태세를 풀고 공격에 나선 것을 계기로 단숨에 형세가 이쪽으로 기울었다.

왜냐하면 이쪽은 아직 여유가 있었기 때문이다.

사령기사가 날린 두 번의 공격을 방패로 튕겨내고 모든 마물들이 내 에어리어 마법의 사정거리에 들어왔다.

"【성스러운 치유의 손이여, 만물의 근원인 대지의 숨결이여, 바라노니 마력을 양식으로 천사의 숨결을 내리시어 만물에 깃든 모든 자들을 치유하소서. 에어리어 하이 힐.】"

내가 시험하고 싶었던 건 에어리어 하이 힐이었다.

정화 마법과 달리 그 효과는 굉장했다.

마물들이 괴로워하며 비명을 지르기 시작한 것이다.

지팡이, 검, 방패를 손에서 놓고 비명을 지르는 모습은 마치 내가 고문을 가한 것 같아 불쾌한 기분이 들었지만 이 기회를 놓칠 수는 없었다.

난 다시 한 번 에어리어 하이 힐을 영창하면서 우선 와이트들에게 접근한 다음 마력을 담은 검을 내리쳐 반으로 갈랐다.

신체 강화도 한몫해 3체의 와이트들을 바로 소멸시켰다.

그리고 재차 에어리어 하이 힐을 시전하자 놀랍게도 모든 사령 기사가 절규하면서 뼈가 녹아내리기 시작하더니 이윽고 소멸하고 말았다.

"후우~ 이번엔 완벽하지 않았나?"

그런 말을 중얼거렸지만 꽤 마력을 소비했기에 좀 더 효율적인 전법은 없었는지 생각을 해보기로 했다.

시간이 조금 흐른 뒤에 마석을 회수하고 남겨진 아이템들을 정화해 마법 주머니에 넣기로 했다.

마물이 사라질 때 피어오르는 짙은 보랏빛 연기가 독기라면 위험할 테니 방 내부도 정화를 해둘까.

정화를 하면서 조금 전의 전투를 떠올린 나는 에어리어 하이 힐을 익힌 것에 감사함을 느꼈다.

여기 보스를 처음에 만났다면 분명 죽었겠지.

10계층의 보스방에서 일대 다수의 전투를 경험했다곤 하지만 좀비를 상대하는 것과 사령기사를 상대하는 건 차원이 다르다.

이번 전투에선 모든 게 잘 풀린 덕에 완승으로 보일 뿐.

난 그렇게 스스로 반성하며 보스전을 마무리했다.

"역시 이만한 수를 상대로 평범하게 싸웠다면 좀 힘들었지도 모르겠는걸."

그렇게 중얼거리며 마석과 아이템을 마법 주머니에 모두 넣자 여느 때처럼 아래 계층으로 이어지는 계단이 나타났다.

아무래도 들은 얘기가 맞는 모양이다.

이번 전투로 알게 된 사실인데 미궁 통로의 사령기사들이 신입 병사라면 보스방에 출현하는 것들은 진짜랄까 베테랑 기사라는 느낌이 든단 말이지.

사령기사들 사이에서도 계급이 존재하는 걸까? 마물을 길들이는 스킬도 있는 모양이니 언젠가 마물을 길들이는 사람과 대화를 나누고 싶은걸.

일단 여기까진 이전에 있던 교회 기사단도 평범하게 도달했다는 건데. 그럼 앞으로 정신을 마법을 걸어서 동료를 해치게 하는 마물이 나온다는 건가? ……보물 상자나 키 아이템도 나오려나?

그건 그렇고 이 교회 본부에 온 이후로 이매망량과 싸우는 수

행승 같은 생활을 보내고 있네…… 어쩐지 허무하다.

정화 마법으로 공기가 맑아진 보스방에서 도시락을 먹는다.

식사를 마친 난 이번엔 망설이지 않고 31계층으로 향했다.

31계층에 내려가 바로 적의 모습을 찾으니 구울이 나타났다.

다만 지금까지 본 구울과는 피부색이 달랐으며 몇 배나 민첩해진 것처럼 보였다.

깜짝 놀란 내가 바로 보스방으로 돌아가자 보스방에 사령기사 5체가 출현했다.

"이번엔 여기서 천천히 수행을 하라는 건가."

이렇게 해서 자신과 비슷하거나 그 이상의 역량을 지닌 사령기사 5체를 상대하며 앞으로 이곳을 수행 장소로 삼기로 결심한 나는 마법과 신체 강화를 마음껏 발휘해 적들을 섬멸했다.

미궁을 나설 즈음에 배꼽시계가 울리긴 했지만.

어쨌든 난 미궁 공략에 임한지 198일 만에 드디어 30계층의 보스를 토벌하는 데에 성공했다.

04 교황님과의 세 번째 알현

미궁에서 돌아오니 카틀레아 씨가 먼저 맞아줬다.

"어서 오렴. 그 얼굴은…… 일단은 무사히 돌아와 줘서 고마워."

"그러지 않으셔도 돼요. 평소에도 신세를 지는 몸인데 카틀레아 씨한테 고개를 숙인 채로 감사를 받으면 황송해서 위가 아플 것 같아요."

상대방이 어느 위치에 있는 사람인지 모른다는 건 어느 의미론 제일 괴롭다. 뭐어 교황님께 알현을 청할 수 있는 시점에서 보통 사람은 아니리라.

"후후후. 그러니?"

"그 장난기 많은 아이 같은 시선은 봐주세요. 그럼 포인트 적립을 부탁드립니다."

"정말. 좀 더 놀리고 싶었는데."

그렇게 말하면서도 카틀레아 씨는 내 카드를 건네받은 다음 마석들을 자신의 주머니로 옮겨 담았다.

그렇다, 내가 마석을 가져올 때마다 카틀레아 씨는 내가 가진 것보다 성능이 뛰어난 마법 주머니로 포인트를 환산해 적립해주는 것이다.

"이번엔 정말로 굉장한걸. 전부 합쳐서 42만 6549포인트야."

앞으로 5번 정도 들어갔다 나온 다음에 200만 포인트에 파는 매직 로브를 또 질러볼까.

"제법 벌었네요. 그건 그렇고 이번엔 진심이라 쓰고 진짜로 위험했어요. 에어리어 하이 힐이 없었다면 죽었겠죠."

"그 나이에 에어리어 하이 힐이라니…… 루시엘 군, 나이를 속인 거 아니니?"

그 한마디에 난 뜨끔했다.

"……에? 15세 때 길드에 등록했던 당시엔 힐도 쓰지 못했는데요?"

"아니면 이상한 약에 손을 댄 건 아니니?"

아무래도 확신을 갖고 한 말은 아닌 모양이다.

"그럴 리가…… 아?!"

약은 아니지만 영향을 끼친 게 있다면 물체 X 외엔 짐작이 가지 않는다.

"교황님 앞에서 깨끗이 털어놓고 참회하자꾸나."

카틀레아 씨가 내 팔에 팔을 휘감은 채로 꽉 힘을 넣었다.

다만 카틀레아 씨가 이런 장난을 좋아하는 타입이라 그런지 별다른 감흥도 없이 교황의 방으로 가기를 결심했다.

"바라던 바입니다. 저도 궁금했으니까요. 카틀레아 씨, 이번에도 교황님이 계신 곳까지 안내를 부탁드립니다."

"어머? 왠지 적극적인걸. 드디어 30계층의 보스를 쓰러뜨려서 그런 거니?"

"아뇨. 이번엔 제가 2년 반 동안 마시고 있는 물체 X의 정체를 알 수 있지 않을까 기대하고 있거든요."

"……왠지 내가 생각했던 전개랑 다른걸……."

"2년 반 동안 안고 있던 수수께끼가 풀릴지도 모르니까요."

"어쩐지 평소보다 조금 흥분한 것 같은데. 혹시 정말로 죽을 뻔했니?"

"하하하. 갑자기 얘기를 돌리셔서 놀랐네요. 뭐어 이번엔 운이 좀 따라줘서 공격도 거의 맞지 않고 완승을 거뒀죠. 언데드를 상대할 때 성속성 마법이 효과적이라는 사실을 다시금 실감하기도 했고요."

"만약 성속성 마법이 통하지 않았다면?"

어째서 그런 무서운 말을 하는 걸까.

"잘하면 빈사 상태…… 자칫하면 죽었을지도 모르겠네요."

"루시엘 군, 그런 불길한 소리는 함부로 하지 마렴."

"말이 그렇다는 거죠. 죄송합니다."

"뭐어 됐어. 가자."

우리들은 걸어가면서 계속 대화를 나눴다.

"그래서 이번에 나온 건 어떤 마물이었니?"

"와이트 3체랑 사령기사 5체였네요. 그것들이 출현했을 때는 제정신을 유지하지 못할 뻔했다니까요."

신체 강화를 쓰지 못했던 20계층 시절의 나였다면 틀림없이 나무아미타불 신세가 됐을 거다. 뭐어 정말로 죽는 일은 없겠지만…….

"루시엘 군은 치유사라고 보기 힘들 정도로 강하지? 치유사도 단련하면 무인(武人)이 될 수 있으려나?"

"글쎄요? 사람에 따라 다르다고 생각해요. 이번엔 에어리어 힐을 쓸 수 있는 레벨 Ⅷ(8)에 도달한 덕분에 살았어요. 그래도 앞으로 언데드 드래곤이나 듀라한, 혹은 짐승 계열의 언데드가 나온다면 공략이 힘들어질 것 같네요."

"그렇구나. 일단 말해두는 건데 듀라한은 요정이야. 그러니까 분류상으론 언데드가 아니니까 성속성 마법은 통하지 않아."

"……정말인가요?! 제발 플래그가 서지 않기를."

"플래그가 뭐니?"

"신경 쓰지 않으셔도 돼요."

"그런데 아까 루시엘 군이 말했던 2년 반 동안 마셨다는 음료에 대해 알려줄래?"

"예. 모험자 길드에서 입수할 수 있는 물체 X라는 이름의 액체인데 무진장 냄새가 고약한 데다 맛도 없어요. 옛날에 현자님이 모험자들을 위해 만들었다고 하는데 카틀레아 씨는 아시는 바가 없나요?"

"들어본 적이 없는걸. 그건 유명한 음료니?"

"예. 꾸준히 마시기만 해도 별명이 붙을 정도니까요."

"……꽤나 강렬한 음료인가 보구나. 그건 그렇고…… 도착했으니 이 이야기는 다음에 하도록 하자."

"예."

"교황님, 카틀레아입니다."

"음. 들어 오거라."

"옙."

그렇게 교황님과의 세 번째 알현이 시작됐다.

카틀레아 씨와 내가 무릎을 꿇고 고개를 숙이자 교황님의 목소리가 들렸다.

"오늘은 30계층 터주에 대한 건으로 날 찾은 게냐?"

"옙. 30계층의 터주를 쓰러뜨렸다고 하옵니다."

"오오. 루시엘이여, 참으로 수고가 많았다. 설마 홀로 30계층에 도달할 줄은 본녀도 예상하지 못했느니라."

"옙, 감사합니다. 하사해주신 장비와 도구 덕에 이런 결과를 낼 수 있었다고 생각합니다."

"호오. 하나 그게 다가 아닌 듯하구나. 전에 봤을 때보다 그대의 마력이 꽤 증가한 것처럼 보인다만."

혹시 교황님은 에스퍼인가? 아니면 감정 스킬을 지니신 건가? 그래도 내 레벨이 1이라는 사실은 아실 테니 역시 그곳은 유사 미궁일 가능성이 높다.

"그 건과 관련해 보고드릴 게 있습니다. 그의 말에 따르면 그는 현자님이 만드신 물체 X라는 음료를 2년 반 동안 마시고 있다는 모양입니다."

"그 음료는?"

"이쪽입니다."

난 마법 주머니에서 물체 X가 담긴 통을 꺼냈다.

"?! 당장 넣으렴."

"……읏, 이건 독인가?"

어라? 그렇게 지독한가? 아직 뚜껑도 열지 않았는데.

아, 통에서 조금 새어 나왔나.

교황님의 얼굴은 보이지 않지만 카틀레아 씨와 시종 분들도 얼굴을 찡그리고 있으니 이 이상은 곤란한가.

난 마법 주머니에 통을 도로 넣은 다음 방에 정화 마법을 시전했다.

그리고 상황이 진정된 시점에서 교황님께 다시 말씀을 드렸다.

"이건 모험자 길드에서 취급하는 물건으로써 현자님이 만드신 마도구에 마력을 불어넣으면 나온다는 모양입니다."

나도 실물은 본 적이 없으니까 말이지.

"그런 것이 있었나? 잠깐…… 그 음료의 정식 명칭은 무엇인고?"

"전 물체 X라고 들었습니다. 모험자 길드에선 초보 모험자들에게 반드시 마시게 하는 음료입니다."

"……그건 본래 인간의 잠재 능력을 각성시키기 위해 여러 약초, 용의 심장, 정령의 물, 갓 수확한 맨드레이크 등을 혼합해 개발한 환약(丸藥)이었을 터."

환약이면 삼키기 쉽겠네…… 하지만 아무리 봐도 물체 X는 액체다.

"현자는 언제든지 같은 약을 준비할 수 있도록 마도구로 만들었다고 했었지. 하지만 어째선지 그 과정에서 액체가 되는 바람에 명칭을 바꾼 걸로 기억한다만."

잠깐, 현자가 살아있던 시대라고 하면 못해도 100년 전의 얘기일 텐데. 혹시 교황님은 오래 사는 종족인가? 그건 그렇고 명칭이 바뀌었는데 어째서 물체 X라는 명칭을 그대로 사용하는 걸까?

"환약이었던 당시의 명칭은 물체 X였느니라. 하나 액체로 변한 물체 X는 지독할 정도로 맛이 없었던 까닭에 개발한 본인이 '신의 탄식'이라 명명(命名)했을 터."

확실히 치트 아이템인 건 맞지만 신들이 탄식할 수준의 아이템을 마실 수 있다니 역시 전생자라서 그런 걸까? 그래도 이상한 물질이 아니라서 다행이네.

"저의 활약은 신의 탄식을, 액체가 된 물체 X를 마셨기에 가능했던 일이라 생각합니다. 확실히 신들조차 탄식할 정도로 맛이 없다는 것도 이해가 갑니다."

그야 그렇겠지. 마신 순간부터 30분 동안은 미각이랑 후각이 맛이 가는 데다 아까 나온 재료들 중엔 분명 소량이지만 독도 함유되어 있으리라. 신체의 면역력으로 충분히 해독할 수 있는 수준이겠지만.

"아침, 점심, 저녁 세끼 식후에 맥주잔으로 원액을 마시고 있습니다. 이제 마신 지 2년 반이 되어 가는데 정말로 이 음료 덕분인지도 모르겠네요. 교황님도 어떠신지요?"

개발에 관여한 건 아니지만 마신 적이 없다는 사람을 보니 조금 섭섭한 기분이 든다.

"……정말로 그걸 마시고 있는 겁니까?"

"예. 생명이 쉽게 스러지는 세계니까요. 가능한 일을 해두지 않으면 불안했거든요. 부작용 같은 리스크도 없고 그저 마시는 것으로 강해질 수 있다면 마실 겁니다. 아, 이걸 마셔서 별명이 붙거나 가여운 시선을 받는 걸 제외하면 말이죠."

어라, 직접 말하니까 조금 눈물이 날 것 같은데.

뭐어 정신적으로 힘든 건 맞다.

"알겠느니라. 그대의 노력과 고행이 그 경이로운 성장을 이뤄낸 것이구나."

"……루시엘 군 굉장하네."

어라? 카틀레아 씨, 말투가 평상시로 돌아갔는데요.

그건 그렇고 얘기를 돌리려는 게 눈에 훤히 보이는걸.

"음. 그렇다면 문제는 없겠지. 그보다 맛이나 냄새를 개선하지 않았을 줄이야 현자도 어지간히 무책임한 짓을 벌였구나."

그 점에는 동의한다.

"그래서 이번에 나온 마물은 무엇이었는고?"

"예. 와이트 3체와 사령기사 5체였습니다. 뛰어서 공격을 피하다 에어리어 하이 힐로 쓰러뜨렸습니다."

"호오. 젊은 나이에 그 경지에 오르다니, 그대라면 언젠가 대사교의 자리에 오를지도 모르겠구나."

"정진하겠습니다."

"그럼 마물이 남긴 물건을 보여 다오."

난 회수한 아이템을 전부 꺼낸 다음 시녀에게 건넸다.

여느 때처럼 시녀에게 건넨 아이템을 살피던 교황님께서 몇 마디를 중얼거리시더니 이내 물러가라는 명령을 내리셨다.

"이건 그 세 자매의…… 오늘은 이걸로 됐느니라. 상은 카틀레아에게 전해둘 테니 이후에도 공략에 힘써다오."

그 목소리는 조금 딱딱했으며 안에서 어두운 느낌과 강제력이 느껴졌다.

아무래도 면식이 있는 사람의 물건이라는 설정인 것 같네.

그 뒤에 나는 교황의 방에서 나와 오랜만에 식당으로 향했다.

"아, 누님, 오랜만이에요. 오늘 저녁도 곱빼기로 담아주세요."

난 아부를 섞어가며 아주머니에게 말을 걸었다.

"저기, 기사님, 어느 정도의 양을 원하시는지요?"

이상할 정도로 딱딱한 말투에 내 머리 속에 물음표가 떠올랐다.

"왜 절 그렇게 부르세요? 저예요. 루시엘이라고요."

일단 주위를 살핀 다음 소곤소곤 말하니 움직이는 걸 멈추고 내 얼굴을 응시하던 아주머니의 표정이 얼음이 녹듯 서서히 풀렸다.

"어머 루시엘 군이었구나. 머리를 묶은 데다 갑옷까지 입고 있어서 누군지 전혀 몰라봤네. 바로 준비할 테니까 잠깐만 기다리렴."

그 후에 주방이 꽤 부산스럽게 움직이더니 평소보다 조금 많은 양의 식사를 받았다.

"기다렸지. 잔뜩 먹고 힘을 기르렴."

"맛있어 보이네요. 솜씨가 장난이 아닌걸요."

"아부가 능숙한걸. 다른 사람들한테도 전해둘게."

"감사합니다. 또 부탁드릴게요."

난 자리에 앉아 아주머니의 응대를 떠올렸다.

그렇게 긴장을 할 정도로 이 식당의 급사일이 힘든 걸까? 그런 생각을 하며 따뜻한 식사를 입안으로 가져갔다.

"잘 먹었습니다. 내일 아침에도 들릴게요. 그리고 도시락을 또 대량으로 부탁드려도 될까요?"

"물론이지. 내일은 잔뜩 준비할게."

"예. 부탁드릴게요."

괴롭힘도 딱히 없고 내가 여기에 없다는 건 다들 알고 있겠지. 교회 본부에서 암살은 있을지 몰라도 사람들의 눈이 닿는 데에서 무력을 행사하진 않으리라. 혹은 교황님을 몇 번이나 알현했으니 노골적으로 나와 부딪힐 수도 없겠지.

난 그런 생각을 하며 오랜만에 마법서를 읽거나 마법 기초 단련을 어느 정도 끝낸 다음 잠자리에 들었다.

다음날 아침, 든든하게 식사를 마친 나는 도시락을 챙겨 미궁으로 향했다.

미궁의 입구로 시선을 향하니 웬일인지 이 시간에 카틀레아 씨가 있었다.

"카틀레아 씨, 안녕하세요."

"안녕. 루시엘 군, 교황님께서 이걸……."

그 말과 함께 받은 건 두 장의 양피지였다.

"이건?"

"신의 탄식 및 물체 X의 효능에 대한 기록인 것 같아."

신의 탄식 및 물체 X에 대한 상세한 설명이 적혀있었다.

"꽤 내용이 많은데요. 뭐어 상관없나. 그럼 미궁에 다녀오겠습니다."

"오늘도 힘내렴. 그리고 고민이 있다면 상담에 응해줄게."

"……? 알겠습니다. 그런 일이 생기면 부탁드릴게요."

웬일로 카틀레아 씨가 동정 어린 시선으로 날 보는 것 같은데 기분 탓인가? 난 그런 생각을 하며 미궁에 들어섰다.

1계층부터 마물들을 쓰러뜨리며 20계층에 도착한 나는 잠자리에 들기 전에 카틀레아 씨한테 받은 종이를 읽고서 충격에 빠졌다.

이건 신의 탄식 및 물체 X에 대해 기록한 내용을 그대로 옮긴 것이다.

인간의 삼대 욕구인 수면욕, 식욕, 성욕이 교회 관계 직업인 기사직, 치유사를 포함한 신관직 사이에서 감퇴하는 추세에 있다.

신의 탄식이라는 이름을 붙일 수밖에 없었던 건에 대해선 대단히 유감이지만 어쩌면 내가 개발한 이 약은 그들이 이 세계에서 부당한 대우를 받지 않고 사람으로서 살아가는 기쁨을 잃지 않도록 하는 치료제가 될지도 모른다.

이 약의 효능은 식욕 증진, 성욕 향상, 자율 신경의 활성화다. 거기에 부가적인 효과로 다양한 상태 이상에 내성이 붙고 자는 동안에 세포를 활성화시켜 각종 스테이터스가 쉽게 오르는 체질로 변하는 경우도 있는 듯하다.

교회에서 완성했기에 교회에 배치하려 했더니 냄새가 너무 지독한 탓에 비판이 쇄도했고 교회엔 어울리지 않는다는 의견까지 나온 끝에 처분하기로 결정이 났다.

이 약은 내가 현자에 오르는 계기가 된 물건이기도 한 터라 모험자 길드 본부의 마스터인 클라이오스와 상담해 모험자 길드에 배치하기로 했다.

언젠가 효능에 주목한 신인이 이 약을 마심으로써 신들의 탄식이 세계를 구하는 아이템이 되기를 바란다.

내 연구는 모험자 길드에 도움이 되리라.

남은 생애는 교회에도 배치할 수 있는 치료제 개발에 매진할 생각이다.

그리고 기술(記述)이 아니라 효능을 조사한 결과가 2장 째 양피지에 적혀 있었다.

거기엔 삼대 욕구가 증진되는 효과도 기대할 수 있지만 물체 X의 정식 효능은 그 욕구를 에너지로 변환해 신체 능력을 향상시키는 데에 있다.

그렇게 기록되어 있었다.

기록을 모두 읽고 나니 납득이 갔다.

카틀레아 씨가 보내던 동정 어린 시선은 날 불능(不能)으로 봐서 그랬던 건가.

그와 동시에 깨닫고 말았다.

물체 X를 마시지 않으면 항상 현자 모드로 지내야 할지도 모른다는 사실을.

확실히 이 세계의 여성들을 보면 미인만 태어나나? 라는 생각이 들 정도로 미인이 많다.

하지만 여성과 대화를 나누면서 긴장하거나 불끈불끈한 기분을 느낀 적은 없었다.

"그래도 넋을 잃고 보거나 긴장한 적은 몇 번 있었지. 괜찮아. 그래, 미궁을 답파하면 연애를 하자."

새로운 목표가 생긴 건 좋았지만 편지에 답장이 없는 나나엘라 양과 모니카 양을 생각하니 조금 기운이 빠졌다.

다음날, 지친 몸에서 알 수 없는 에너지가 솟은 난 30계층까지 도달하고 나서야 겨우 충격에서 벗어날 수 있었다.

그리고 그 다음날부터 31계층을 탐색하면서 30계층 보스방에 출현하는 사령기사와 조금이라도 더 많이 전투 훈련을 치르기로 결심했다.

"모든 건 미래를 위해서."

물론 여차할 때는 정화 마법으로 한 방에 처리하기로 했다.

그게 가능할 정도로 강력해진 정화 마법도 내 강점 중에 하나로 자리 잡았다.

이렇게 무리하지 않고 상대하는 숫자를 조금씩 늘려가며 미궁 훈련장의 훈련에 돌입했다.

05 성도 슈를의 이변

이야기와는 달리 인간은 그렇게 간단히 성장하지 않는 법이다. 설령 강해지기를 아무리 염원해도 말이다.

이야기의 주인공만 봐도 앞으로 나아가기 위해서 온 힘을 다해 노력을 하고 자신의 나약함과 갈등하며 세상에 나가 다양한 경험을 쌓고 역경들을 극복한 끝에 비로소 성장한다.

그리고 거기에 자그마한 행운이 더해지면 이야기가 단숨에 진행되거나 주인공이 파워 업을 통해 지금까지 고전했던 강적을 쉽게 이겨버리는 전개로 흘러가기도 한다.

그렇다. 이야기라면 말이다.

난 물체 X의 효능을 알게 된 날부터 1달을 투자해 계층의 면적이 넓어진 31계층부터 40계층까지 탐색을 마쳤다.

하지만 아무래도 이야기의 주인공들 같은 성공 스토리는 나와 연이 없는 모양이다.

내가 보유한 스킬 중에도 호운 선생님이 계신데 뭐가 다른 걸까.

아니, 어쩌면 호운 선생님은 평범한 행운과는 전혀 다른 류의 스킬일지도 모른다.

일단 지금까지 40계층 분량의 지도를 그린 덕분인지 머릿속에 지도 같은 게 떠오르는 스킬을 터득했다.

하지만 그건 시작에 불과했다.

미궁 탐색에 있어서 가장 무서운 요소인 함정에 몸소 걸려 친절하게 위치를 알려주는 마물들.

없을 거라 생각했던 보물 상자를 발견하고 함정일지도 모른다는 생각을 하면서도 조심스레 열어보니 안에서 나온 건 지금은 존재하지 않는 걸로 알려진 최상급 회복 마법이 기록된 마법서.

마치 사신처럼 검은 로브를 두르고 공중에 떠있는 해골유령.

즉 레이스와 조우해 고전하리라 생각하며 전투에 들어갔는데 예상 외로 쉽게 이긴 터라 오히려 너무 약해빠져서 놀라고 말았다.

설마 오라 코트와 정신 내성의 레벨이 오른 덕분에 내게 암속성 마법이 통하지 않을 줄은 몰랐으리라.

내가 암속성 마법에 걸린 줄로만 아는 녀석이 천천히 다가오는 순간을 노려서 단칼에 베니 소멸해버려서 왠지 미안한 기분이 들었다.

그건 다른 레이스들도 마찬가지라 지금까지 물체 X를 꾸준히 마셔서 그런지 환각도 정신 지배도 통하지 않았으며 레이스가 날린 검은 빛이 몸을 감싸도 바로 튕겨나가는 터라 별다른 피해를 입지 않았다.

게다가 모든 레이스들이 자만에 빠져있는지 기분 나쁘게 웃으며 천천히 다가오는 터라 여기서 돌아가셨다는 설정을 지닌 분들께 죄송할 따름이다.

레이스를 베니 그 자리에서 보라색 연기…… 독기가 되어 사라졌기에 녀석들의 심정은 알 수 없지만 이럴 수가!! 라는 느낌이 아니었을까 상상을 해본다.

1달 만에 탐색 진도를 10계층이나 빼면 보통은 자신이 강해졌다고 여기겠지. 다만 40계층의 보스방에서 나오는 적은 이미 예상이 가는 만큼 심리적으로 더 빡세다.

만약 이 유사 미궁을 만든 장본인이 교황님이라고 한다면 이 부분은 교황님이 짠 시나리오의 클라이맥스라 볼 수 있다.

그렇다면 분명 다음에 등장할 보스는 수십 년 전에 이곳에서 보스를 쓰러뜨렸다고 전해지는 성기사와 신관기사들을 지휘했던 지휘관이겠지.

"이대로 들어갔다가는 골로 갈 테니까 모험자 길드에 들려서 언데드에 대한 정보라도 모아볼까."

불길한 예감을 버리지 못한 난 이번에는 40계층의 보스 공략을 포기하기로 했다.

"어서 오렴."

미궁에서 나온 날 반겨준 건 카틀레아 씨의 상냥한 미소였다.

양피지를 통해 충격적인 사실을 접했던 나는 여느 때처럼 귀환해 그녀에게 물체 X를 마시게 된 경위를 설명했다.

"어머머, 그러니? 또 이상한 소문이 돌지 않아서 다행이네."

그런 불길한 말을 들은 이후로는 전과 같은 관계를 유지하고 있다.

"드디어 40계층에 도달했어요."

"……정말로 굉장한걸. 어떤 마물이 나왔니?"

"레이스랑 사령기사, 그리고 미이라에 구울 정도네요. 뭐어 딱히 강한 마물은 나오지 않았어요."

"루시엘 군, 다른 사람들한테 상식이 없다는 말을 듣진 않니?"

"……루미나 씨한테 들었어요. 멜라토니에서 만나고 나서 15분 만에 들었죠."

그리운 추억인걸. 그때의 멸시하는 시선은 두 번 다시 받고 싶지 않다.

"그렇구나. 와이트도 매우 강력한 마물이긴 하지만 레이스는 위험도 A랭크 이상의 마물이야."

"알고 있어요. 그래도 제겐 암속성 마법이 전혀 먹히지 않는단 말이죠. 보조 마법이나 정신 내성도 포함해서 상태 이상에 잘 걸리지 않는 체질일지도 모르겠네요."

뭐어 물체 X 덕분이지만.

"……그 음료 덕분이니?"

"예. 꾸준히 마시는 바람에 별소리를 다 들었지만 그래도 이 음료에 고마움을 느껴요."

"그걸 마시는 데에는 큰 고행(苦行)이 따를 테니까."

"하하하. 왠지 쓸쓸하네요. 그러니 오늘은 모험자 길드에 얼굴이나 비추고 올게요."

"참. 발키리 성기사단이 원정에서 돌아왔어. 보고만 하고 바로 성 슈를 공화국의 각 마을로 다시 원정을 나서긴 했지만."

"에? 저기, 어쩐지 루미나 님의 부대만 묘하게 바쁜 것 같네요?"

"그렇지. 그래도 이제 얼마 남지 않았어. '고름'을 짜내지 않는 이상 상처는 낫지 않는 법이니까. 루시엘 군도 무슨 일이 있으면 말하렴."

"?! 알겠습니다!!"

카틀레아 씨의 싸늘한 미소는 블로드 스승님이 보타쿠리와 대면했던 일이 떠오를 정도로 위압감이 흘렀다.

난 등줄기에 달리는 한기를 억누르며 모험자 길드로 향했다.

모험자 길드에 들어서려 한 순간, 꽉 하고 뒤에서 누군가가 로브를 붙들었다.

"어?"

뒤를 돌아봤지만 그 자리엔 아무도 없었다.

"기분 탓인가?"

그렇게 생각하며 다시 길드 안으로 들어가려던 참에 로브를 붙잡고 있는 작은 몸집의 수인 여자애가 눈에 들어왔다.

"……로브는 일단 놓으렴. 내게 볼일이라도 있니?"

여자애는 눈물이 그렁그렁한 얼굴로 몇 번이고 고개를 끄덕였다.

로브를 놔줬기에 일단 쭈그리고 앉아 여자애와 시선을 맞췄다.

어쩌지…… 이대로 수인 여자애랑 함께 있으면 또 쓸데없는 별명이 붙을 것 같고…….

그럴 바에야 차라리 모험자 길드를 끌어들이는 편이 현명한 방법일지도 모르겠는걸.

"내게 볼일이 있다는 건 알겠어. 일단 모험자 길드에 들어가도 싶은데 괜찮니?"

눈가에 눈물이 맺힌 여자애는 망설이면서도 크게 고개를 끄덕였다.

단순한 미아였으면 좋겠는데 어떻게 되려나.

""모험자 길드에 어서 오세요 성변 루시엘 님. 기다리고 있었답니다.""

"에? 어째서 나나엘라 양이랑 모니카 양이 여기에 있는 건가요?"

난 자신의 눈을 의심했다.

그도 그렇게 편지를 써도 답장을 하지 않았던 두 사람이 갑자기 눈앞에 나타난 것이다.

혹시 결혼을 보고하러 온 걸까? 그 이후로 시간이 꽤 흘렀으니.

각오를 다진 난 두 사람이 성도의 모험자 길드에 방문한 이유를 묻기로 했다.

하지만 내 결의는 억센 모험자들의 손에 꺾였고 난 맥없이 지하 훈련장으로 연행됐다.

"에, 뭔가요? 잠깐만요. 오늘은 따로 용무가 있는데요."

하지만 다들 내 말을 전혀 들어주지 않았다.

그녀들과 할 얘기도 있었고 수인 여자애가 불안해하는 모습은 보기 싫었는데.

그런 생각을 하고 있는데 내 모습을 본 모험자들이 환성을 질렀다.

"성변님이 와주셨다."

"이걸로 살 수 있다고."

"에? 난 진성 M 좀비 치유사님으로 알고 있었는데?"

"이 바보가, 그 별명은 봉인한지 오래라고. 지금은 성변님이나 성변의 기사님이라 불러."

"살 수 있다고. 어이, 정신 차려."

"성변님, 빨리 와주세요."

"어이, 마을에서도 부상자를 데려 와."

"너희들, 성변님한테 달려드는 녀석들은 죄다 모험자 랭크를 강등시킬 테니 그런 줄 알아라."

길드 마스터를 포함해 지하 훈련장은 패닉 상태였다.

왠지 썩 좋지 않은 타이밍에 온 모양이다.

모험자들한테서 겨우 해방된 난 일단 수인 여자애가 따라온 걸 확인한 뒤에 길드 마스터에게 말을 걸었다.

"부상자가 제법 많은 것 같네요. 그보다 길드 마스터, 길드 앞에서 그쪽에 있는 수인 여자애가 도움을 청해서 그런데 무슨 일인지 얘기 좀 들어주시겠어요?"

"제대로 줄을 서라고, 엉? 아아. 작은 아가씨를 상대하는 일은 내겐 무리다. 미르티, 밖에서 예리한 후각으로 성변님을 붙잡은 아가씨의 얘기를 들어다오."

"알겠습니다. 성변님, 어쨌든 저쪽에 있는 그룹부터 급히 치료를 부탁드립니다."

"알겠습니다."

난 상황을 파악하지 못한 채 모험자 길드에 넘쳐나는 환자들의 치료에 나섰다.

세 번의 에어리어 하이 힐에 부상의 종류에 따라 큐어, 리커버, 디스펠 등을 사용해 치료했다.

30여 분 만에 치료가 끝났다.

다만 마력이 고갈될 기미가 약간 보였기에 어쩔 수 없이 매직 포션을 마시기로 했다.

맛이 없긴 해도 못 마실 수준은 아니구만.

그런 감상을 품으며 마력 회복에 집중했다.

아, 맞다. 아까 나나엘라 양이랑 모니카 양을 두고 내려왔으니 두 사람이랑 얘기나 나눠볼까.

그래도 그 전에 모험자 길드에서 조사하고 싶었던 안건에 대해 알아봐 달라고 부탁하자.

"길드 마스터, 이번에 제가 언데드에 대해 알아볼 게 있는데 조사를 부탁드려도 될까요?"

"알겠다. 머리가 잘 돌아가는 녀석들은 언데드에 대해 상세히 조사해라. 오늘은 성변님을 놓아주지 않을 테니 사수하도록."

""오우.""

"네?"

이렇게 해서 치료가 끝난 모험자들이 일제히 계단을 뛰어 올라가자 지하 훈련장에는 몇 명의 직원들과 길드 마스터, 그리고 언제 왔는지 수인 여자애의 손을 잡고 있는 나나엘라 양과 모니카 양만 남게 됐다.

그때 부길드 마스터인 미르티 씨가 입을 열었다.

"성변님, 죄송하지만 이 아이와 함께 슬럼가로 가주실 수 있는지요?"

"저기, 급한 일인가요?"

"예."

"나나엘라 양, 모니카 양, 미안하지만 얘기는 이 일을 마친 다음에 해도 될까요?"

"루시엘 군, 이 아이와 함께 저희도 갈게요."

"루시엘 군, 서두르죠."

두 사람을 보니 전보다 밀어붙이는 면이 조금 강해진 것 같다.

분명 내가 말해도 들어주지 않으리라.

"길드 마스터, 두 사람의 호위를 맡아줄 만한 모험자는 없나요?"

"슬럼가라면 나도 함께 가마."

길드 마스터 자리에 있는 사람들은 과거엔 우수한 모험자였다는 모양이니 호위를 맡겨도 괜찮으리라.

"그럼 부탁드릴게요. 나나엘라 양, 성도는 멜라토니보다 수인에 대한 편견이 심하니까 조심하세요."

"예."

모험자들의 부상에 그녀들의 방문, 거기다 수인 여자애가 얽힌 일까지 겹쳐 여러모로 혼란한 상태였지만 일단 슬럼가로 향하기로 했다.

이 성도에서 대체 무슨 일이 벌어지고 있는지 짐작조차 하지 못한 채 길드 마스터의 호위를 받으며 서둘러 모험자 길드를 나섰다.

성도에 온 이후로 대로 외의 길은 걸어본 적이 없었기에 어느 의미론 귀중한 체험이었다.

깨끗하게 정비된 거리에서 옆길로 한 걸음만 들어서면 갑자기 슬럼가가 나온다니 그 누가 예상이나 했을까?

그렇게 슬럼가를 나아가던 난 할 말을 잃고 말았다.

엄청난 양의 피가 고여 생긴 여러 군데의 피 웅덩이들이 내 시야에 들어왔기 때문이다.

그 광경을 본 순간, 난 곧장 피 웅덩이를 향해 다가가면서 영창에 들어갔다.

대체 몇 명의 생명이 꺼져가는 거지?

그런 생각을 하며 인파를 피해 나아가니 피투성이가 된 수인들을 보호하듯이 그들의 앞에 서있는 수인 한 명이 보였다.

움직이지 않는 걸 보니 아무래도 기절한 모양이다.

더 가까이 접근한 내가 에어리어 하이 힐을 시전하려던 순간이었다.

"위험해."

그런 목소리가 귀에 들어왔다.

제대로 한 방 먹었네.

아무리 그래도 부상자를 치료하기 위해 회복 마법을 쓰려던 순간에 기절한 수인이 칼로 옆구리를 찌를 줄은 몰랐다.

뭐어 일단 급소는 빗나갔고 눈물이 나올 정도로 아프긴 하지만 뒤에 도움을 청하기 위해 최선을 다한 작은 아이에 나나엘라 양이랑 모니카 양까지 있는 마당에 약한 소리를 내뱉을 순 없다.

"아~ 아파라, 장난 아니게 아픈데, 이렇게 된 이상 다 회복시켜 주겠어."

역시 배에 구멍이 뚫린 상태에서 약한 소리까지 참는 건 무리였다.

울상을 지으며 수인이 찌른 칼을 뽑은 다음 바로 에어리어 하이 힐을 시전했다.

이걸로 뒤에 있는 수인들도 목숨을 건질 수 있으리라.

역시 모험자 길드에서 그렇게 마력을 소비한 상태에서 또 에어리어 하이 힐을 써서 그런가 마력이 고갈되기 일보 직전이네.

"루시엘 군, 괜찮아?!"

"루시엘 군, 지금 칼에 찔렸지?"

"상대는 기절한 모양이니 그냥 넘어갈 수밖에 없겠네요."

두 사람이 걱정을 해주는 건 기쁘지만 도움을 건넨 상대한테 화를 내기도 뭐한 데다 그렇다고 아이한테 불만을 토로할 수도 없는 노릇이니 일단 심호흡으로 마음을 가다듬었다.

"성변님 미안하군. 설마 갑자기 공격을 할 줄은 몰랐다."

"지금은 현장에서 뛰지 않으시니까 어쩔 수 없죠. 게다가 살기도 느껴지지 않았고 어느 샌가 몸에 박혀있었다는 느낌이라 공격을 예지하는 건 무리였다는 생각이 드네요."

그리고 보니 길드 마스터가 호위를 맡아준다고 했었지.

하지만 저 체형으로 보면 아마 길드 마스터는 파워 타입일 테니 조금 전 공격에 대응할 수 있었을지 의심스럽다.

난 매직 포션을 꺼내 단숨에 마신 다음 정화 마법으로 자신과 수인들의 몸에 달라붙은 피를 제거했다.

몸이 깨끗해진 것을 확인한 뒤에 만약을 대비해 상태 이상을 회복시키는 마법인 리커버까지 시전하고 나서야 겨우 한숨을 돌릴 수 있었다.

"이 정도면 되겠죠. 그보다 이 사람들을 다른 곳으로…… 괜찮다면 모험자 길드에 옮기는 게 어떨까요?"

"그렇군. 어이, 손이 빈 녀석들은 이 수인들을 길드 훈련장으로 옮겨다오."

길드 마스터의 말에 근처에 있던 모험자들은 의식이 남아있는 수인들과 함께 모험자 길드로 향했다.

날 찌른 수인에겐 그 여자애가 따라가는 모양이다.

어쩌면 부모와 자식일지도 모르겠는걸. 그런 생각을 하고 있는데 슬럼가의 주민들이 날 에워쌌다.

어쩐지 무릎을 꿇고 절을 하는 자세로 말이다.

"뭔가 용무라도 있으신지요?"

"부탁드립니다. 부디 이곳에 사는 자들도 구해주십시오."

무상으로 수인들을 도와주는 것처럼 보였나? 아무래도 여기서 치료를 하는 건 문제가 되겠지.

"제가 할 수 있는 건 부상을 치료하는 일 정도입니다. 그 외엔 복통이나 독을 치료하는 게 한계고요."

"루시엘 군, 무상으로 치료를 해줄 건가요?"

"그건 그만두는 편이 좋아."

"무상으로 치료를 할 생각은 없어요. 당신들은 저와 계약을 맺도록 하죠."

난 그들에게 조건을 걸고서 치료를 하기로 했다.

＊

루시엘은 정신이 없었던 터라 알아차리지 못했지만 슬럼가에 무사히 도착할 수 있게끔 길드 마스터가 몇 명의 모험자들을 호위로 붙인 상태였다. 그리고 그들은 눈앞에서 벌어진 광경을 보며 저마다 감상을 입에 담는 중이었다.

"봤냐? 저 수인이 검으로 성변을 찔렀는데 화를 내면서도 치료를 해줬다고."

"저 정도 공격이면 평범한 치유사는 죽거나 기절하지 않을까?"

"그래. 보통은 마법을 쓰지 못하겠지."

"그 이전에 치료를 거부하지 않겠냐?"

"아프다고 했으니까 통각은 있는 거겠지?"

"혹시 정말로 좀비처럼 물리 공격에 강한 거 아니냐?"

"그건 그렇고 조금 전 공격으로 성변이 죽었으면 우리들 입장이 꽤나 난처해지는 거 아니냐?"

"예. 게다가 이 성도의 모험자들 중엔 성변님의 도움을 받은 사람들이 꽤 있으니 저 수인 분과 다른 수인 분들의 목숨은 없었겠지요."

"그렇겠지. 젊어서 잊기 쉽지만 저 갑옷을 보아하니 교회에서도 제법 높은 위치에 있을 테고 발키리 성기사단이랑도 사이가 좋다는 모양이야."

"어쩌면 폭동이 일어나거나 인족 지상주의자 녀석들이 소란을 부릴지도 몰라."

"이거 제대로 감시하지 않으면 큰일로 번지는 거 아니냐?"

"엄중히 경계 태세에 들어가죠."

"""오우."""

그런 대화가 오고갔다는 사실도 알지 못한 채 루시엘은 수인들을 봐주는 김에 슬럼가의 주민들까지 치료하게 된 것이었다.

*

일단 치료를 마친 난 모험자 길드 근처에 위치한 식사를 자주 구입하는 카페에서 그녀들과 차를 마시기로 했다.

음료를 주문한 뒤에 난 두 사람에게 말을 걸었다.

"모처럼 성도까지 왔는데 소동에 말려들게 해서 미안해요."

"그건 괜찮아요. 한결 같은 루시엘 군의 모습을 볼 수 있었으니까."

"그래도 자신의 몸에 좀 더 신경을 썼으면 해요. 아까 루시엘 군이 칼에 찔렸을 때는 깜짝 놀랐다고요."

나나엘라 양이 전하고 싶은 건 본질은 변하지 않았다는 걸까? 뭐어 오랜만에 만나도 위화감 없이 얘기를 나눌 수 있다는 건 역시 전우라서 그런 거겠지.

지금은 웃고 있지만 모니카 양도 조금 전까지 내가 찔린 사실을 계속 신경 썼었지.

슬럼가의 주민들을 치료하던 도중에도 내 몸 상태를 걱정하기도 했고.

성도에서 그런 사람을 만난 적은 손에 꼽을 정도다.

어쩌면 이 만남은 40계층 보스와 싸우기 위해 기운을 보충하라는 의미에서 하느님이…… 호운 선생님이 준비한 깜짝 선물이 아닐까.

"죄송해요. 그 상황에서 찔릴 줄은 예상하지 못했거든요, 앞으론 주의할게요."

"사과를 받고 싶은 게 아니에요. 그렇죠, 모니카 양?"

"예. 그저 걱정이 돼서 그런 거니까요."

아무래도 큰 문제는 아닌 모양이다.

"기다리셨습니다."

마침 웨이트리스 양이 음료를 가지고 왔기에 화제를 바꿨다.

"그리고 보니 두 사람은 무슨 일로 성도에 온 건가요? 메인으로 일하는 접수처 아가씨가 두 명이나 빠지면 멜라토니의 모험자 길드 운영에 차질이 생기지 않나요?"

"정말 그렇다니까요. 두 사람이 동시에 결혼하게 돼서 엄청 바빠질 것 같아요."

"그래서 바빠지기 전에 성도 구경을 온 거예요."

역시 결혼하는 건가…… 응? 바빠진다는 건 두 사람이 결혼하는 게 아닌가? 혹시 모르니 물어보기로 했다.

"어떤 분이 결혼하시는 건가요?"

내 질문에 두 사람이 서로를 마주보더니 곧 나나엘라 양이 대답했다.

"미리나 씨랑 메르넬 씨예요."

"저희가 편지를 몇 통 정도 보냈는데 루시엘 군은 편지를 읽지 않았나요?"

그 순간, 나나엘라 양의 말을 이해할 수 없었다.

"엥?! 두 사람 다 편지를 보냈나요? 제가 편지를 보내도 답장이 전혀 없어서 폐가 될지도 모르니까 슬슬 그만 보낼까 생각하던 참이었는데요……."

"에?! 루시엘 군도 편지를 보냈었나요? 그치만 한 통도 오지 않았는걸요."

"저도 받지 못했어요."

어떻게 된 거지? 이러면 서로가 보낸 편지들이 한 통도 도착하지 않았다는 건데.

"일단 블로드 스승님한테도 근황을 보고할 겸 편지를 보냈는데요."

"아, 그 편지라면 아마 도착했을 거예요. 블로드 씨께서 기뻐하셨으니까요. 하지만 그 편지도 한 통만 왔던 걸로 기억해요."

"전 길드 마스터인 그란츠 씨한테 부탁해서 멜라토니의 모험자 길드로 부쳐달라고 했어요."

"저희도 성도의 모험자 길드로 부쳤어요. 교회 본부에선 받아주지 않는다는 모양이라."

정보가 유출되는 걸 막기 위해서인가?

"편지 배송엔 의뢰 요금도 포함되어 있는데 루시엘 군은 한 통도 받지 못했다는 건가요?"

"예. 그럼 원인으로 생각할 수 있는 건 모험자 길드네요…… 뭐어 모처럼 만났으니 서로 어떻게 지냈는지 얘기나 나눌까요?"

계약 상, 미궁이나 자신의 업무에 대한 건 말할 수 없지만 다음에 블로드 스승님을 뵈도 혼나지 않을 정도로 열심히 수행을 하면서 말을 타는 훈련을 하고 있다는 것, 그리고 성변이라는 별명을 얻게 된 경위 등을 설명했다.

두 사람도 내가 멜라토니를 떠난 이후의 일을 상세하게 알려줬다.

그 뒤에 두 사람이 성도에 온 기념으로 내가 알고 있는 대로변의 가게에서 쇼핑을 하면서 짧지만 충실한 시간을 보냈다.

그리고 편지 왕래가 제대로 이루어지지 않았던 원인이 길드 마스터인 그란츠 씨였다는 사실이 판명됐다.

내가 모험자 길드에 방문하는 주기가 1달에 한 번이라는 것과 멜라토니로 편지를 보내달라는 의뢰를 신청했지만 모험자들을 치료한 뒤에 항상 연회가 열리는 바람에 의뢰를 올리는 걸 깜빡했다는 게 원인이라는 모양이다.

게다가 의뢰가 올라와도 편지의 수신인이 나나엘라 양과 모니카 양으로 되어 있기에 두 사람의 팬들이 의뢰를 거절하도록 뒤에서 움직였다고 한다.

그래서 벌칙으로 그란츠 씨를 포함한 몇 명의 모험자들에게 물체 X를 피처잔으로 마시게 했다.

벌칙 진행은 부길드 마스터인 미르티 씨가 맡아줬다.

그녀들은 성도에서 3일간 머물 예정이었기에 남은 이틀은 가능한 두 사람과 지내기로 했다.

하지만 예정이란 것은 세울수록 빗나가는 법이라 모험자 길드의 의뢰를 받으라는 두 사람의 권유에 모험자 길드의 지하 훈련장에서 부상을 입은 모험자들을 치료하거나 슬럼가를 방문해 전염병 대책의 일환으로 정화 마법을 사용해 거름 구덩이를 청소해 달라는 부탁을 받았다.

처음에는 새하얀 로브를 두른 내 모습을 보고 슬럼가의 사람들이 겁을 먹은 눈치였지만 두 사람이 함께 와준 덕분에 크게 경계하는 일 없이 넘어갔다.

그리고 계약을 맺음으로써 자신들이 살고 있는 장소가 깨끗해지거나 부상자를 치료해준다는 사실을 알게 되자 어째선지 날 숭배하는 사람들이 나타나기 시작했다.

하지만 이런 식으로 매번 내가 나서는 건 불가능하다. 그래서 주민들에게 한마디 해두기로 했다.

"이번처럼 제가 여러분을 돕는 일은 앞으로 없겠지요. 전 조금이라도 치안이 안정되고 전염병이 덜 발생하도록 청소 활동을 실시했습니다. 하지만 이러한 청소 활동은 계속하지 않는 이상 의미가 없다고 생각합니다."

예상 외로 슬럼가의 주민들 중에 자발적으로 참여한 사람들이 꽤 많았다.

그렇기에 모두 힘을 합치면 슬럼가에서 벗어날 수 있다고 생각했다.

"누군가의 상냥함이 또 다른 누군가의 상냥함을 낳고 그게 이어지면 분명 이 세상은 상냥한 세상으로 바뀔 거라 생각합니다.
그러니 앞으로도 여러분의 힘으로 슬럼가가 깨끗하게 유지될 수
있도록 노력해주세요. 전 여러분을 믿겠습니다."

이렇게 해서 뭔가 특별한 추억을 만드는 일 없이 두 사람과 함
께 의뢰를 처리하게 됐다.

이건 좀 아니라는 생각이 들긴 하지만 두 사람이 즐거워하는 모
습을 보며 이번엔 제대로 에스코트를 하리라 다짐했다.

그렇게 모험자 길드의 의뢰를 마친 난 어째선지 길드 마스터의
방으로 불려갔다.

"저기~ 이제 그만 바닥에서 머리를 떼주셨으면 하는데요. 찔
린 상처는 이미 완치됐고 이상한 소문이 추가로 퍼지면 곤란하거
든요."

모험자 길드의 길드 마스터의 방에서 수인들이 집단으로 무릎
을 꿇고 고개를 조아리는 광경은 솔직히…… 정신적으로 힘들다.

이거에 비하면 언데드랑 싸우는 게 훨씬 편하겠어.

난 속으로 투덜거리며 한숨을 쉬었다.

"고위 치유사이시며 고결한 인품을 지닌 분께 단검으로 몸을
찌르는 발칙한 짓을 저지른 죄. 이 목숨을 바치는 것으로도 부족
합니다."

"음. 그런 건 필요 없습니다. 게다가 모처럼 구한 목숨을 버린
다고 하시면 좀 곤란한데요. 어쨌든 당신이 자유 도시국가 이에
니스의 대표로 오신 분이라는 건 알겠습니다."

"감사합니다."

종족에 대한 차별이 존재하지 않는 자유 도시국가 이에니스는 다양한 수인의 대표들이 모든 걸 다스리는 드문 형태를 지닌 나라다.

그리고 대표들의 임기는 2년 주기로 바뀐다고 한다.

문제는 그들이 마물이 아닌 인간한테 습격을 받았다는 점이다.

"다시 한 번 묻겠습니다만 이번 습격과 관련해 정말로 짐작 가시는 바가 없나요?"

"예. 저희들은 이에니스에 치유사 길드를 설립 해주십사 청을 드리러 온 참이었습니다."

"이에니스라는 일국의 대표가 방문하는데 마중은 없었나요?"

그렇다면 범인은 인족 지상주의 성향을 지닌 자들이리라.

혹은 이에니스에 치유사 길드 유치(誘致)를 반대하는 종족일 가능성도 있다.

"그런 제안을 받긴 했습니다만 일을 크게 만들고 싶지 않았기에 거절했습니다. 방문 목적도 성 슈를 교회에 연락해 교황님과 회담을 가지는 게 다였던지라."

"그런가요. 참고로 어디서 습격을 받으셨나요?"

이에니스 측도 뭔가 사정이 있는 걸지도 모르고.

나라 사이의 일이니 역사적 배경을 모르는 내가 함부로 끼어 들 문제가 아니리라.

"성도 근처에 다다랐을 때 도적 집단한테 습격을 받았습니다. 도적들은 지휘에 따라 대열을 지키며 일사불란하게 움직였기에 자칫하면 큰일이 났을 겁니다."

"어쩐지 음모의 냄새가 풀풀 풍기는군."

그란츠 씨가 팔짱을 끼며 중얼거렸다.

"치유사인 저로선 이 사건을 조사하는 건 무리네요. 그건 그렇
고 용케 도망치셨군요?"

"예. 정말로 운이 따랐던 것이겠지요. 하늘을 나는 마물 무리와
모험자들이 나타난 덕분에 어떻게든 도망칠 수 있었습니다."

모험자들이 고전한다는 마물이 그 녀석들인가.

하늘을 나는 마물을 상대할 수 있는 기술이 없기에 내가 할 수
있는 지원이라곤 회복 마법을 걸어주는 것뿐인데 지금은 모험자
들도 침착하게 대응하고 있으니 괜찮으리라.

"그렇군요. 그럼 회담이 성사될 것 같나요?"

"예. 실은 조금 전에 회담을 마치고 왔습니다만 모든 일을 무사
히 마무리 지었습니다."

이미 끝났다니…… 혹시 난 사죄를 받기 위해 온 건가? 왠지 이
용당한 것 같은 기분이 들어 난 길드 마스터를 째려봤다.

나나엘라 양과 모니카 양이 내일 돌아가는데 고작 그런 이유로
불려온 거라면 굳이 올 필요가 없었다는 생각이 든다.

그래도 일단 제안은 해둘까.

"그런가요. 그럼 만일을 대비해 돌아가는 길도 조심하시는 편
이 좋겠네요. 국경에 도착할 때까지 모험자들을 호위로 고용하는
것도 괜찮은 방법이고요. 또는 가는 길에 습격을 받아 도움을 요
청해도 도적이랑 한패라는 누명을 씌울 수도 있으니까요."

"그런 일이 있습니까?"

그렇게 겁을 먹을 필요는 없다고 생각하지만 그래도 경계해서 나쁠 건 없으리라.

그런 일이 없다고 단언할 수도 없으니.

"한동안은 모험자 길드에 머물면서 모험자들을 통해 회담의 결과를 통보하는 게 좋겠네요."

"그렇군요. 결정이 나면 손을 쓸 방법이 없으니."

어린 아이들도 있는 만큼 그게 최선의 방법일 터다.

"그리고 돈이 되는 대로 길드 마스터가 안심하고 호위를 맡길 수 있을 만큼 신뢰하는 모험자들 안에서 수배해 이에니스까지 동행할 인원을 모집하는 걸 추천합니다."

"……그렇게까지 해야 합니까?"

"예. 전 수인 분들한테 큰 신세를 졌고 가까운 관계를 맺은 분들도 있습니다. 하지만 이 나라엔 인족 지상주의 성향을 지닌 분들이 많은 모양이니까요. 교회 본부에도 그런 '고름' 같은 파벌이 있다고 들었습니다."

"그렇……습니까. 조언에 감사드립니다."

"별 말씀을. 그럼 길드 마스터, 뒷일은 잘 부탁드릴게요. 전 따로 용무가 있는지라."

"그래. 네가 힘을 빌려줘서 정말로 살았다."

"저도 언데드에 대해 여러 가지 정보를 받았으니 피차일반이죠. 그리고 앞으로 한동안 들르지 못할 테니 다른 분들께 조심하라고 전해주세요. 그럼 여러분 기회가 된다면 어딘가에서 또 만날 수 있기를."

그 말을 남기고 방을 나서려고 하니 내 로브를 살짝 잡아당기는 여자애의 모습이 보였다.

예전에 사고로 성대가 베여 말을 하지 못하는 늑대 수인 실라가 내 품에 안겼다.

정말로 늑대 수인과 인연이 있는 모양이다.

"실라. 넌 이 사람들을 구한 영웅이야. 앞으로도 운명에 지지 않도록 힘내렴."

난 소녀의 앞날에 행복을 기원하며 밑져야 본전, 아직 시전할 수 없는 회복 마법을 영창한 다음 길드 마스터의 방을 나섰다.

길드 마스터의 방에서 나와 1층으로 내려가니 모험자들이 나나엘라 양과 모니카 양을 둘러싸고 있었다.

"제 지인입니다만 무슨 문제라도 있나요?"

생각보다 낮은 목소리가 나온 터라 스스로 놀랐다.

"오, 성변님. 일부러 성변님을 만나러 왔다는데 어느 쪽이 성변님의 애인이지?"

"멜라토니가 자랑하는 미인 접수처 아가씨 두 명이랑 동시에 사귀는 건 아니겠지? 아니라고 해줘."

"결국 돈이냐? 아니면 얼굴이냐? 그런 별명들이 붙었으면서 왜 이렇게 인기가 좋은 건데──."

일단 내 지인으로 제대로 이해한 것 같다.

그건 그렇고 '그런 별명'이라는 말은 너무하지 않나? 뭐어 상관은 없지만.

게다가 두 사람은 이쪽을 지긋이 바라보고 있고…….

"두 사람은 제가 이렇게 치유사로 활동할 수 있도록 계기를 마련해준 소중한 사람들이에요. 두 사람이 곁에 있어준 덕분에 블로드 스승님의 훈련을 견디고 물체 X를 꾸준히 마실 수 있었다고 해도 과언이 아니죠."

"어이, 블로드라면 선풍이잖아?"

"정말이냐?! 그 용살자가 스승이라니."

"두 사람이 있어준 덕분에 물체 X를…… 우리가 범접할 수 없는 경지구만."

"아무리 그래도 그걸 계속 마신다니 내겐 무리다. 두 사람은 좋겠어."

주위에 있던 모험자들은 어째선지 기쁜 듯이 그녀들에게 말을 걸었다.

내 입장에선 여전히 영문을 모르겠지만 두 사람 모두 즐거워 보였으니 그걸로 족하다고 생각한다.

그 후에 편지 건에 대한 사과의 의미로 길드 마스터가 저녁 식사를 대접했는데 모험자들이 끼는 바람에 순식간에 연회가 되고 말았다.

흥이 무르익자 물체 X가 등장했는데 픽픽 기절하는 모험자들이 속출해 방해받는 일 없이 셋이서 오붓하게 대화를 나눌 수 있었다.

"저 때문에 정신없는 휴가가 된 것 같아서 죄송해요."

"아뇨, 성도에서 루시엘 군이 열심히 노력하고 있다는 건 길드 마스터나 모험자 분들을 통해 들었어요."

"나나의 말이 맞아요. 루시엘 군은 모험자한테 미움을 받는 치유사의 몸으로 이렇게 많은 사람들한테 인정을 받았으니 자랑스럽게 여겨도 좋다고 생각해요."

아아, 정말 기쁘다. 그립네. 옛날엔 이렇게 두 사람의 칭찬을 듣고 기운을 얻어서 스승님과의 훈련을 극복하곤 했었지.

"두 사람이 와줘서 정말 다행이에요."

"저희도 루시엘 군의 건강한 모습을 볼 수 있어서 다행이에요."

"맞아요. 그래도 무리한 활동으로 본부 내에 적을 만드는 건 자제해줬으면 해요. 치유사 길드에 있었을 때 그다지 좋은 소문을 듣지 못했거든요……."

그 건에 대해선 이미 늦었다는 생각이 들지만 두 사람에게서 미궁에서 싸울 기운을 받았으니 지금보다 더 열심히 미궁 공략에 집중할 수 있으리라.

"언젠가 다시 멜라토니로 돌아가기 위해 최선을 다할게요."

그 뒤에 두 사람과 좀 더 얘기를 나누고 그녀들을 묵고 있는 여관까지 바래다준 다음 나도 교회 본부로 돌아갔다.

다음날 아침, 난 두 사람을 배웅하러 나왔다.

"나나엘라 양, 모니카 양. 만나러 와줘서 정말로 기뻤어요. 다음엔 제 쪽에서 만나러 갈 수 있도록 힘낼게요."

접수처 아가씨 두 사람이 1주일이나 자리를 비웠으니 지금쯤 멜라토니의 모험자 길드는 여러모로 엄청난 상태일 테고 이번처럼 두 사람이 이쪽으로 오는 건 어렵지 않을까 싶다.

게다가 앞으로 나도 미궁 답파를 목표로 지금보다 더 힘든 나날을 보내리라.

무술뿐만 아니라 마법 레벨도 함께 올리려면 단련이 필수일 테니.

"무리하면 안된다?"

"그래. 앞으론 편지도 도착할 테니까."

"……길드 마스터한테 당부를 드릴게요. 아, 그래도 앞으로 일이 바빠져서 편지를 쓰지 못할지도 몰라요. 그러니 역시 만나러 갈게요."

""기대할게요.""

두 사람이 합창을 하는 모습을 보니 나도 모르게 입 꼬리가 올라간다.

정말로 두 사람한테 감사할 따름이다.

"다음에 만나면 한 방 먹일 수 있도록 열심히 훈련을 하는 중이라고 스승님께 전해주세요."

"루시엘 군, 조금 어른스러워졌네."

"그런가요? 그런 말을 들으니 기쁘네요."

"그래도 무리하면 안된다?"

"예. 저도 칼에 또 찔리는 건 사양이니까요."

그리고 잠시 후 두 사람을 태운 마차가 멜라토니를 향해 출발했다.

두 사람의 호위는 여성으로 구성된 B랭크 파티가 맡았는데 아무래도 부길드 마스터인 미르티 씨가 배려를 해준 모양이라 감사를 전했다.

두 사람을 배웅한 난 미궁에 들어가기 위해 식당들을 돌면서 미궁 답파에 필요한 식량을 사들였다.

물론 마찬가지로 물체 X도 추가로 보충을 한 사실은 말할 필요도 없으리라.

나는 교회 본부의 식당에서 식사를 마친 다음 미궁으로 향했다.

"어머? 이제 들어가는 거니?"

평소보다 늦은 탓인지 카틀레아 씨가 이미 매점에 나와 있었다.

"예. 왠지 모르게 어디에 있어도 바늘방석에 앉은 기분이라 반 년 정도 미궁에서 살까 생각중이에요."

"말도 안 되는 소리는 하지 마렴. 그런 일을 허락할 리가 없잖니."

"그렇네요. 그래도 슬럼가에서 청소 같은 활동을 했던 게 나쁜 의미로 눈에 띤 모양이라 어디에 있어도 바늘방석에 앉은 기분이네요. 정말로 암살이나 습격을 당할 것 같아서 강해지자는 결심을 한 참에……."

"……교황님께 말씀을 드릴게."

"예. 부탁드릴게요. 그건 그렇고 사람을 도왔을 뿐인데 원한을 사는 세상이라니 좀 그렇네요."

"동감이야."

"그럼 무리하지 않는 선에서 다녀오겠습니다."

"그래. 다녀오렴."

이렇게 해서 미궁 훈련장으로 발걸음을 옮겼다.

두 사람과 재회를 이룬 뒤로 2달이 흘렀다. 그 동안 나는 엄청 난 의욕을 발휘해 40계층의 보스방 공략을 목표로 훈련에 매진 했다.

하지만 아무래도 불길한 예감이 들어 40계층 보스방에 들어가 지 못하고 있었다.

그래서 기분 전환을 할 겸 검은 털을 지녔으며 날 등에 태워주 는 유일한 말인 포레 누와르를 타고 승마 연습을 하던 중이었다.

"보이지 않는 적한테 쫄다니 말기 중세네."

"루시엘 군은 보이지 않는 적이 두렵나?"

"엥? 포레 누와르가 말을 한 건가?"

"주의력이 산만하구나."

어라? 이 목소리는? 내가 뒤를 돌아보니 그 자리에 루미나 씨 가 있었다.

"아, 루미나 님. 원정에서 돌아오신 건가요?"

"그래. 조금 머물다 다시 일마시아 제국과 맞닿은 국경으로 향 할 예정이긴 하다만. 그리고 님 대신 씨를 붙여서 불러다오."

뭔가 심경의 변화라도 있었던 걸까?

"알겠습니다. 여러모로 고생하시네요."

"그게 내게 주어진 책무니까 말이지. 그런데 루시엘 군은 뭘로 고민하는 것이냐?"

미궁에 대해 알고 있는 루미나 씨라면 털어놔도 괜찮으려나.

"그게 40계층의 터주 방에서 싸우게 될 상대가 상당히 강한 기사라는 모양이라 지금의 실력으론 이길 수 없다는 생각이 들어서요."

"자신이 없구나. 하지만 조심해서 나쁠 건 없지. 미궁 탐색은 목숨을 걸고 임하는 임무이니. 정 불안하다면 나와 모의전을 해보는 건 어떠냐?"

"괜찮나요?! 그래도 조금 전에 다시 원정에 나서야 된다고 하셨죠?"

"루시엘 군이 교회 본부에 온지 이제 곧 1년. 그 동안 네가 얼마나 성장했는지 이 눈으로 확인해보고 싶구나."

"알겠습니다. 한 수 부탁드립니다."

기분 전환에 어울려준 포레 누와르에게 감사의 말을 전하고 마구간에 돌려보낸 다음 진심으로 루미나 씨한테 도전하겠다고 결심했다.

"진심으로 가겠습니다. 루미나 씨도 최대한 진심으로 상대해주셨으면 합니다."

"큰소리를 칠 수 있게 된 모양이구나. 그렇다면 내가 진심을 발휘하게끔 해보도록."

분명 아무 자세도 취하지 않았을 터인데 어느 샌가 날 베기 일보 직전까지 육박한 루미나 씨의 모습이 보인다.

난 온몸에 신체 강화를 걸고 방패와 검에 마력을 담아 루미나 씨의 일격을 받아냈다.

깡 하고 둔탁한 소리가 귀에 닿을 즈음엔 이미 루미나 씨의 다음 공격이 시야에 포착됐다. 난 루미나 씨를 향해 방패를 집어던진 다음 새 방패를 들며 바로 공격에 나섰다.

루미나 씨가 더 빠르게 움직인다면 정공법 외에 다른 수단을 쓰지 않는 이상 이쪽에 승산은 없다.

난 검을 투척한 다음 이어서 단검을 투척했다.

"뭣?!"

놀란 루미나 씨가 간격을 두면서 물러난 덕분에 살았다.

지금은 이런 잔재주를 부리는 게 한계인 나로선 그대로 접근전을 허용했다면 분명 졌으리라.

그건 그렇고 설마 신체 강화를 방어를 하는 데에만 구사하게 될 줄이야. 역시 루미나 씨는 나보다 훨씬 높은 경지에 서있는 존재구나.

"루시엘 군, 솔직히 말하자면 놀랐다. 설마 이렇게 강해졌을 줄이야."

"저도 놀랐습니다. 조금은 당신한테 다가섰다고 생각했습니다만 아무래도 자만심에 불과했던 모양이네요. 설마 신체 강화를 발동해도 루미나 씨가 더 빠를 줄은 몰랐습니다."

블로드 스승님보단 느린 것 같지만……

"그렇군, 신체 강화를……. 루시엘 군, 이번엔 그쪽에서 와다오."

왠지 불길한 예감이 든다만 갈 수밖에 없겠지.

"그럼 갑니다."

난 신체 강화를 구사해 순식간에 루미나 씨한테 육박했지만 단한 번도 공격을 맞추지 못했다.

"시선에서 노리는 부위가 드러나는구나."

"검놀림이 너무 올곧으면 반격기에 걸리기 쉬운 법이지."

"신체 강화를 구사하는 법은 틀리지 않았다. 하지만 움직임에 유연함이 부족하군."

어느 샌가 난 이런 식으로 루미나 씨한테 다양한 지도를 받고 있었다.

"1년도 채 되지 않았는데 깜짝 놀랄 정도로 강해졌네요. 그래도 아직은 강한 상대와는 싸우지 마세요. 신체 강화를 쓸 수 있어도 자신의 움직임을 제대로 제어할 수 있을 때까지는 말이죠."

어라? 루미나 씨의 말투가 부드러워진 거 같은데?

"조언을 해주셔서 감사합니다. 신체 강화 제어의 중요성은 저도 전부터 생각하던 바입니다. 그래도 이걸로 앞으로 나아갈 방향성을 잡을 수 있을 것 같네요."

"루시엘 군을 보면 제 마음도 든든해지니 앞으로도 목표를 향해 노력하시길 바라요."

"예. 그런데 왜 평소보다 부드러운 말투로 말씀을 하신 건가요?"

그러자 루미나 씨는 볼을 붉히며 뒤로 돌아섰다.

"나도 아직 명령조의 말투가 익숙하지 않아서 말이지. 일단 노력은 하고 있다만 마음이 풀어지면 이렇게 되는구나."

"전 부드러운 말투가 루미나 씨한테 더 잘 어울린다고 생각해요."

"……기억해두마. 그리고 보니 내가 존경하는 여기사 분도 그런 말씀을 하셨지."

"그런가요. 그럼 루미나 씨가 원래 말투로 말씀하고 싶으면 언제든지 대화 상대가 되어드릴게요."

"……그때는 부탁하마."

"예."

이렇게 전투 지도를 받은 다음날, 루미나 씨가 이끄는 발키리 성기사단은 다시 국경을 향해 여정에 나섰다.

06 사령 기사왕(가칭)과의 사투

루미나 씨를 '씨'라는 호칭으로 부르며 직접 지도를 받기 시작
한지 어느덧 6개월이 지났다.

그 사이에 내 직속 상사가 그란하르트 씨에서 교황님으로 바뀐
덕분에 인원을 제외하고 미궁 공략에 필요한 모든 것들을 지원받
게 됐다.

그리고 한 달에 한 번 식사를 대량으로 구입하는 날이 오면 마
음에 든 식당의 요리를 솥째 사곤 했다.

여느 때처럼 미궁에서 수행을 마친 난 내일의 결전을 앞두고 물
체 X를 마시며 이미지 트레이닝을 하는 중이었다.

교황님께서 카틀레아 씨로 하여금 40계층의 보스로 짐작되는
상대의 정보를 제공한 것이다.

압도적인 마력량을 자랑하며 회복 마법과 대검술을 함께 구사
함으로써 막을 자가 없었다는 성기사단의 대장과 압도적인 창술
로 신관기사단의 대장 자리까지 오른 남자가 내일 결전에서 붙게
될 상대라는 모양이다.

성기사단의 대장은 나랑 비슷한 전법을 구사할 것 같고 신관기
사단의 대장과는 그다지 싸우고 싶지 않다.

블로드 스승님과 특훈을 하는 과정에서 몇 번이고 베인 터라 검
을 다루는 상대는 크게 두렵지 않았다.

창도 모험자들을 상대로 몇 번인가 싸워본 경험이 있었기에 딱

히 무섭지 않다.

뭐니 뭐니 해도 내겐 회복 마법이 있으니 통증은 느낄지언정 급소만 피하면 바로 회복할 수 있다.

"그래도 처음 접하는 상대인 만큼 역시 빡세겠지."

내 전투 특훈에 어울려준 건 발키리 성기사단 뿐이었으며 남은 7개의 기사단은 지금까지도 날 기피하는 듯한 태도로 보이는 중이다.

아무래도 전에 슬럼가를 청소하고 부상자를 치료했던 일이 원인인 것 같다.

그 후에 성도의 치유원이 불만을 제기했는데 어째선지 이미 교황님의 직속 부하로 임명된 상태였던지라 별다른 책임을 지진 않았다.

하지만 그 이후로 그란하르트 씨나 조르드 씨를 포함해 교회 내에서 나와 접촉하려는 이들은 완전히 사라졌다.

뭐어 나도 폐를 끼치기 싫었기에 접점 자체가 없어진 거라고 봐야겠지만…….

유일하게 남은 건 카틀레아 씨나 식당 아주머니와의 관계인데 되도록 접점을 늘리지 않도록 행동에 신경을 쓰는 중이다.

내가 카리스마를 발휘할 만한 특징을 지녔다면 상황이 좀 더 나았을 테지만 전투력이 강한 것도 아니고 지위가 높은 것도 아니니 힘들 따름이다.

"뭐어 결국 나약한 성격은 그대로라는 건가. 그런데 무시하는 건 둘째 치고 이 세계엔 암살이나 습격이 실제로 존재하니까 질이 나쁘단 말이지."

난 치미는 화를 참지 못하고 큰 한숨을 쉬었다.

그런 생각들이 머릿속에서 맴돌았지만 지금은 내일 있을 결전에 대비해 사고를 전환했다.

2체를 쓰러뜨리려면 정화 마법이나 에어리어 힐로 처리해야 할 텐데.

애초에 상대가 접근을 허용할까? 상상을 하다 보니 그런 불안감이 머리를 스쳤다.

그리고 이 미궁 훈련장에선 환각을 상대로도 대미지를 입으니 여기서 죽으면 말 그대로 죽을 만큼 아프지 않을까 라는 가정에 도달했다.

자신의 시체가 찍히는 영상을 보며 교황님이 하실 말씀이 어쩐지 상상이 간다.

'오오, 루시엘이여. 죽어버리다니 한심하구나*.'

그리고 진지한 표정이나 미소로 부활의 주문**을 말씀하시는 광경……을 보게 될지도 모른다.

창피를 당하는 것도 모자라 체면까지 깎이면 교회 내에서 내 입지가 더 줄어들 게 뻔하다.

물론 실제로 죽지 않는다는 가정 하에 하는 말이지만……

---

* 일본의 게임 '드래곤 퀘스트 2' 내에서 파티가 전멸해 게임 데이터를 세이브할 때 각국의 왕들을 포함해 세이브를 도와주는 인물들이 말하는 대사

** 드래곤 퀘스트 1, 2, 11에서 사용된 패스워드식 세이브 방식. 패스워드는 히라가나 내에서 랜덤으로 지정되며 각국의 왕들을 통해서만 받을 수 있다

카틀레아 씨의 정보에 따르면 날 눈엣가시로 여기는 이들은 성기사단 내의 두 그룹과 신관기사단 소속의 한 그룹이라는 모양이다.

미궁을 클리어하면 내 목숨을 구해줄 수 있는 모험자 친구 100명을 목표로 친구 사귀기에 돌입해야하나 진지하게 고민 중이다.

하지만 내가 나나엘라 양이나 모니카 양과 사이가 좋은 만큼 몇몇 모험자들한테는 원한을 사는 게 아닐까 하고 생각하니 또 한숨이 절로 나온다.

내 운명이 걸린 일전을 하루 앞두고 있는데 아직도 머릿속에 잡념이 가득하다. 이대로 밤을 꼬박 새는 것도 각오했지만 천사의 배게 덕분에 푹 잘 수 있었다.

그리고 다음날, 난 미궁을 질주해 40계층의 보스방 앞에 도착했다.

"컨디션 오케이, 무기 오케이, 방어구 오케이, 마법 주머니 오케이, 결계 마법 부여 오케이, 전투 이미지 완료 오케이, 물체 X 오케이."

여느 때처럼 확인을 끝내고 물체 X를 들이킨다.

"으~ 맛 한 번 끝내주네."

기합을 넣은 난 보스방의 문을 열었다.

"역시 어둡네."

그런 말을 중얼거리니 여느 때처럼 문이 닫혔고 드디어 모습을 드러낸 언데드를 본 순간 난 그 자리에서 굳어버렸다.

3미터는 될 법한 대검과 장창.

두 무기를 교차하듯이 X자로 짊어졌으며 아마 신장도 무기의 길이와 맞먹으리라.

해골임에도 불구하고 떡 벌어진 체격에 풀 아머를 착용한 이 마물에게 이름을 붙인다면 사령 기사왕이라는 표현이 딱 맞지 않을까? 그런 인상을 주는 언데드였다.

그리고 저 이창도류야말로 내가 동경했던 전투 스타일이었다.

"내가 쓰고 싶었던 전법을 구사할 줄이야…… 그래도 난 그 스타일의 약점을 알거든."

검과 창을 동시에 다루는 공격만을 추구한 스타일. 저 사령 기사왕이 구사하는 건 그 스타일의 완성형일지도 모른다.

그런 생각을 하면서 나보다 몇 수는 위로 보이는 사령 기사왕과 전투에 들어갔다.

사령 기사왕이 대검을 휘두르니 바람을 베는 소리가 요란하게 울렸으며 창으로 공격할 땐 한 번 찌르고 마는 것이 아니라 3연속이나 5연속으로 펼쳐지는 이상한 찌르기를 구사했다.

분명 관절이나 근육이 없기에 가능한 동작이리라.

전세에서 그런 만화를 본 적이 있는 것 같다. 그보다 이 사령 기사왕은 정말로 강했으며 그와 동시에 묘하게 인간적인 부분이 느껴졌다.

내가 희망을 걸었던 정화 마법이나 회복 마법을 통한 공격은 마법이 명중한 순간엔 먹힌다고 좋아했지만 맞은 상대가 검은 빛에 휩싸이며 상처를 회복하는 시점에서 통하지 않는다는 사실을 바로 깨달았다.

하지만 앞서 말했던 것처럼 인간적인 부분도 있었는데 녀석은 물리 공격으로 입은 대미지를 회복하지 못했다.

이쪽이 몇 번이고 회복 마법을 시전해도 말이다.

"하아, 하아, 하아, 그래도, 이대로 가면 상황이 악화될 게 뻔히 보이는데. 조금만 쉬게 해주면 안 되겠니? 너무 빡세잖아…… 어라? 잠깐만. 이 작전을 쓰면 휴식을 취할 수 있으려나?"

난 방구석에 물체 X가 담긴 통 세 개를 차례로 놓은 다음 벽을 등진 상태로 안쪽에 섰다. 그러자 사령 기사왕이 중앙으로 돌아가더니 이쪽을 보며 대검과 장창을 천천히 어깨에 짊어졌다.

"TV에 나오는 삼류 코미디냐. 물체 X는 대체…… 뭐어 이것저 것 가릴 때가 아니다만."

난 한 번 심호흡을 한 다음 뇌를 풀가동해 사령 기사왕을 이길 방법을 모색했다.

이 전투가 시작된 지 어느 정도의 시간이 흘렀을까? 정확한 시간은 이미 잊은 지 오래다.

마법 주머니에 6개월 치 식량과 물체 X를 비축해뒀을 터인데 지금은 얼마 남지 않았다.

구조도 오지 않고 이대로 전투를 계속하면 전사(戰死)하기 전에 아사(餓死)하겠는걸.

뭐어 미궁에서 최상급 회복 마법이 기록된 마법서를 손에 넣은 덕분에 전사하진 않았다만……

전에는 이 유사 미궁을 게임으로 여겼지만 지금은 진짜 미궁으로 생각하자는 쪽으로 마음이 기울었다.

실제로 식량과 물체 X는 점점 줄어들었고 사령 기사왕을 상대하다 팔이 베이고 다리를 찔려 죽을 만큼 아픈 경험을 했으니 말이다.

예상보다 강한 사령 기사왕의 힘에 몇 번이나 마음이 꺾일 것만 같았다.

그럼에도 사령 기사왕한테 도전하자고 결심을 내린 계기가 된 나나엘라 양, 모니카 양, 그리고 루미나 씨한테서 받은 세 통의 편지 덕분에 어떻게든 견딜 수 있었다.

그 편지들이 있었기에 좌절을 포기하고 반드시 살아남겠다는 각오를 다질 수 있었던 것이다.

"【성스러운 치유의 손이여, 만물의 근원인 대지의 숨결이여, 바라노니 마력을 양식으로 천사의 숨결을 내리시어 이 자를 본디 있어야 할 모습으로 되돌려 주시고 생명의 신비를 보여 주소서. 엑스트라 힐.】"

대검에 방패와 함께 잘려나간 왼팔이 돌아왔으며 잘게 썰려 날아간 다리가 회복됐다.

물체 X로 세운 안전지대에서 천사의 베개로 억지로 잠을 청하며 체력 회복에 전념했다.

마법으론 돌아오지 않는 피를 생성하기 위해 사들인 식사를 필사적으로 섭취했다.

순간의 유혹에 넘어가 엑스트라 힐이라면 사령 기사왕을 쓰러뜨릴 수 있을까 싶어 시전한 결과, 사령 기사왕이 광화 상태가 되어 손을 대지 못할 정도로 날뛰었다.

게임에 비유한다면 HP를 1 남긴 보스가 한계를 돌파해 세 배의 힘을 발휘하는 것과 다름없다.

그 이후로 하는 수 없이 정공법으로 계속 싸우고 있다.

치유사니까 어쩔 수 없잖아.

그런 어리광은 사령 기사왕한테 통하지 않는다.

싸우면서 수중에 있던 모든 방패가 부서졌다. 그 뒤로는 사령 기사왕을 두 번째 스승님으로 삼아 이창도류의 길을 걷기 위해 넘어야 할 존재로서 계속 마주하는 중이다.

아무리 강력한 언데드라도 목과 몸통이 분리되면 마소(魔素)로 변하리라 믿으며.

몇 번이고 블로드 스승님한테서 배운 것을 떠올리며 반복했다.

이 세계에 와서 계속 노력했던 나날이 떠오른다.

평범한 나는 이렇게 한 걸음씩 나아갈 수밖에 없으니까.

언데드임에도 이야기 속에 등장하는 기사도 정신이 넘치는 주인공처럼 고결함을 지닌 사령 기사왕 스승님은 한마디도 하지 않으셨지만 조금은 내 성장을 느끼셨을까?

난 돌격창을 뻗어 스승님의 대검을 흘린 다음 신체 강화로 마력을 집중시킨 왼쪽 다리로 걷어찼다.

당하기만 하는 건 성미에 맞으시지 않는 모양인지 스승님은 날 끌어들이듯이 일부러 길게 쥔 창의 물미*를 이용해 지면에 꽂은

---

* 깃대나 창대 따위의 끝에 끼우는 끝이 뾰족한 쇠

다음 창을 축으로 삼아 몸을 회전시키며 내 몸통을 노렸다.

하지만 그 공격을 예상하고 있던 난 따라서 몸을 회전시키며 완전히 노출된 스승님의 등에 마력을 담은 검을 박아 넣었다.

지금까지 몇 번이고 눈으로 본 광경이었다. 이미지 트레이닝이 아닌 몇 번이고 몇 번이고 몸에 새겨진 고통이었다.

마물의 공격 패턴은 변하지 않는다.

같은 마물의 경우라면 더더욱 그렇다.

그래서 몇 번이고 몇 번이고 포기하지 않고 이 과정을 반복해 드디어 스승님의 모든 움직임 파악할 수 있게 된 것이다.

자신도 모르게 눈에서 눈물이 흘러내렸다.

스승님께서 완전히 이 세상을 뜬다는 생각에 그런 것인지, 스승님을 쓰러뜨린 데서 오는 달성감 때문인지, 아니면 큰 성장을 이뤄냈다는 실감이 들어 그런 것인지 이유는 알 수 없었지만.

난 스승님의 목을 향해 마력을 최대한으로 담아 창백하게 빛나는 돌격창을 찔러 넣었다.

그 순간, 스승님의 머리는 날아갔고 남은 몸은 뒤로 쓰러졌다.

폭발하듯이 독기로 변한 스승님은 커다란 마석과 마법서, 그리고 대검과 장창을 남기고 사라지셨다.

하지만 스승님이 남기신 건 그 뿐만이 아니었다.

마치 내게 맞춰 제작한 듯한 한손검과 단창, 그리고 스승님이 착용하셨던 투구에 갑옷과 수갑, 벨트, 부츠로 구성된 장비 세트가 검은 색이 아닌 창백한 색을 띠며 그 자리에 놓여 있었다.

마물이었던 사령 기사왕 스승님께 난 고개를 숙이며 진심으로 감사를 전했다.

"스승님, 정말로 오랜 시간 동안 신세를 졌습……."

말을 하던 도중…… 고오오오오오 하고 아래로 이어지는 문과 계단이 나타났다.

"아~ 진짜. 감상에 빠질 시간도 안주네."

스승님과의 긴 싸움에 드디어 종지부를 찍었다.

그래도 6개월은 흘렀을 테니 다들 걱정하고 있겠지?

"그럼 돌아갈까…… 어라?"

마무리가 좀 그렇긴 했지만 드디어 40계층의 보스방을 클리어 했다.

그리고 여느 때처럼 뒤편의 문에 손을 댔지만 문은 꼼짝도 하지 않았다.

힘껏 밀어보기도 했지만 열릴 기미조차 없었다.

"……혹시 스승님이 여기서 돌아가신 이유는 이 트랩이 원인이었던 걸까?"

이렇게 해서 미궁에 갇힌 난 어쩔 수 없이 앞으로 나아갔다.

07 시간이 없다면 치트키로 공략을

41계층부터 새로 등장한 마물은 언데드 홀스, 언데드 울프, 언데드 캣이었다.

뭐어 편의상 붙인 이름이다만.

진짜 이름은 감정 스킬이 없으니 알 턱이 없다.

질척하게 녹은 몸에 붉은 보랏빛 오라를 내뿜는 말.

아우우우우우우웅 하고 낮으면서도 우렁찬 소리로 짖으며 몸이 굵은 뼈로 이루어진 늑대…… 난 죽어도 그 녀석을 개로 인정할 수 없다.

마지막으로 고양이과의 마물은 한 쌍의 날카로운 어금니와 날카로운 발톱을 지닌 생김새 때문인지 사벨 타이거를 떠올리게 했다.

마물 도감을 꽤 읽었지만 그 안에는 없었던 마물들로 기억한다.

그 외에 몸집이 커진 레이스나 붉은 눈을 빛내는 사령기사가 나왔지만 별다른 감흥이 없었다.

최근 6개월 동안 사령 기사왕 스승님과 싸웠던 지라 사령기사의 공격은 느리게 보였으며 몸집이 커졌음에도 레이스의 암속성 마법은 여전히 통하지 않았다.

그리고 40계층 아래에서 처음 조우한 마물들과 전투를 치렀음에도 별 문제가 없었기에 아사하기 전에 미궁을 답파하자고 결심한 난 함정에만 신경을 쓰며 나아가기로 했다.

분명 50계층의 보스방에서 미궁이 끝나기에 40계층의 보스방에서 되돌아갈 수 없었던 거라고 추측했기 때문이다.

그렇게라도 납득하지 않으면 정신이 이상해질 것 같았다는 이유도 한몫 했지만…….

어쨌든 남은 식량이 얼마 없었던 까닭에 41계층부턴 느긋하게 공략을 진행할 여유가 없었다.

그렇기에 온갖 수단을 고려한 끝에 난 말도 안되는 치트키를 써서 나아가기로 결심했다.

"제발 성공해다오."

그건 성공을 빌어야 할 정도로 무모한 물체 X를 이용한 진군 작전이었다.

물체 X가 담긴 통의 뚜껑을 열고 보관 중이던 성은의 로브로 허리에 묶어 고정한 다음 탐색을 개시했다.

작전이 잘 먹히면 마물과 싸우지 않고 미궁을 나아갈 수 있기 때문이다.

산자에 이끌려 다가오던 언데드들은 내 모습을 본 순간 움직임을 멈췄고 이쪽에서 접근하니 오히려 도망쳤다.

그리고 동물 계열의 언데드한테는 예상 이상의 효과를 발휘했다.

덕분에 그저 걷기만 해도 미궁을 나아갈 수 있었다.

게다가 호운 선생님의 효과가 발동한 것인지 직감을 믿고 걸었을 뿐인데 마치 누군가가 길을 알려주는 것처럼 보물 상자가 있는 곳이나 아래 계층으로 이어지는 계단이 있는 곳까지 수월하게 도착했다.

"설마 이렇게까지 잘 풀릴 줄이야, 후환이 두려운데."

도박에 가까운 작전이 최고의 성과를 거둔 덕에 난 50계층의 보스방 앞에서 최우의 만찬을 즐기는 중이다.

보스방을 막듯이 뚜껑을 연 채로 물체 X가 담긴 통을 문 앞에 두니 곧바로 엄청난 악취가 나기 시작했다.

마물이 다가오는 기척은 전혀 느껴지지 않았다.

"이렇게까지 했는데 자고 일어났더니 공격을 당해서 언데드가 됐다는 결말은 제발 봐달라고."

난 천사의 베개를 베며 마지막이 될지도 모를 잠을 청했다.

기상해서 보스방을 공략하지 못한다면 죽어서 언데드가 될…… 가능성이 한없이 높으리라.

레벨이 오르지 않았기에 유사 미궁이라고 생각했지만 사령 기사왕 스승님과 사투를 벌이고도 오체(五體)가 성할 수 있었던 건 최상급 회복 마법인 엑스트라 힐을 익혔기 때문이다.

그렇지 않았다면 틀림없이 죽었으리라.

교회 본부 내에 교황님한테 받은 마법서에도 실려 있지 않은 최상급 회복 마법을 영창할 수 있는 치유사가 있다고 보기도 힘들고.

그렇기에 이곳이 유사 미궁이라는 생각을 버리게 된 것이다.

미궁 탐색을 시작하고 얼마 지나지 않았던 시기에 이 미궁이 유사 미궁이 아니라는 의심을 품었다면 10계층 보스전을 마친 시점에서 아래 계층을 탐색하려는 시도는 하지 않았을 거다.

아마 지금 공포로 몸이 떨리지 않는 이유는 구조를 기다린들 그전에 아사할 것이 뻔하다는 걸 알고 있기 때문이리라.

이렇게 해서 난 내일의 결전에 대비해 눈을 감았다.

평소 같았으면 얕은 잠에서 서서히 의식이 깨어났을 텐데 오늘은 물체 X의 냄새 때문인지 곧바로 정신이 들었다.

"……물체 X의 냄새는 정말 강력하네. 마물 퇴치뿐만 아니라 잠을 깨는 데에도 활용할 수 있다니."

난 완전한 각성을 위해 마지막이 될지도 모를 물체 X를 피처잔에 따라 들이켰다.

식량은 더 이상 없는 데다 할 수 있는 일은 모두 마쳤다.

"난 최선을 다했어. 이래도 안 된다면 깨끗하게 포기하자……고 할까 보냐. 비참하든 뭐든 반드시 살아서 귀환하겠어. 처음 싸울 때 승산이 없다고 생각했던 사령 기사왕 스승님도 이겼고 교황님이 주실 호화 상품을 아직 받지 못했으니까."

심호흡을 한 번 하고서 전투 준비에 들어갔다.

모든 확인을 끝낸 난 보스방의 문에 손을 댔다.

끼이이이이익 하는 녹슨 소리가 아닌 지금까지와는 다르게 거칠고 중후한 소리와 함께 문이 열렸다.

"정말로 라스트 보스 같은 느낌인걸."

보스방의 중앙까지 나아가니 여느 때처럼 들어온 문이 닫히는 소리가 들렸다.

그리고 드디어 50계층의 보스인 와이트가 모습을 드러냈다.

그 녀석은 평범한 와이트가 아니었다.

킹? 아니면 로드라고 불러야 할까? 판타지 소설에 자주 등장하는 오크 같은 거한(巨漢)에 중량감이 느껴지는 체격을 지닌 와이트가 눈앞에 있었다.

크기로 따지면 사령 기사왕 스승님과 비슷했지만…… 배의 크기까지 포함하면 이 와이트가 좀 더 컸다.

그래도 이제까지 본 마물 중에 가장 추악하게 생겼다는 건 확실하다.

왜냐하면 복장은 평범한 와이트였지만 손이나 귀처럼 노출된 부위뿐만 아니라 로브에도 사람의 얼굴이 드러나 있었기 때문이다.

"기분 나쁜데."

아마 50계층의 보스는 핵인 와이트가 죽은 교회의 병사나 언데드를 흡수해서 지금의 모습이 된 것이리라.

서두르면 일을 그르친다는 생각이 들긴 했지만 그럼에도 난 선수필승의 정신으로 몸 안의 마력을 고속으로 순환시켜 신체 강화를 건 다음 단숨에 공세에 나서기로 했다.

저 정도 덩치면 정화 마법을 날려도 먹히지 않을 가능성이 있는 데다 40계층의 보스방에서 사령 기사왕 스승님의 광화를 유도해 실수로 강화시킨 경험이 있기 때문이다.

게다가 이건 내 예상이지만 저렇게 몸에 붙은 얼굴이 많은 걸 보면 단숨에 처리하지 않는 한 이기기 힘들지도 모른다.

전세에선 다양한 상상에서 태어난 게임, 만화, 소설 등 무수한 세계가 존재했었다.

이 세계에선 그런 이미지들이 실제로 존재하는 경우가 있다.

그리고 이런 형태를 지닌 대부분의 적들은 어째선지 마력이나 얼굴의 수만큼 부활한다.

게다가 이곳은 50계층이니 이 녀석은 이제까지 싸웠던 와이트보다 훨씬 강할 터다.

그러니 내가 지닌 모든 힘을 쏟아 부어 킹 와이트를 소멸시키기로 했다.

『【성스러운 치유의 손이여, 만물의 근원인 대지의 숨결이여, 바라노니 마력을 양식으로 천사의 숨결을 내리시어 만물에 깃든 모든 자들을 치유하소서. 에어리어 하이 힐.】』

여느 때처럼 에어리어 하이 힐을 시전했다……만, 문제가 발생했다.

보스가 휘두른 손이 늘어나더니 날 향해 날아온 것이다.

마법이 발동 중인 상태에서도 움직일 순 있지만 설마 팔을 늘려서 공격할 줄은 상상도 하지 못했기에 공격을 맞고 튕겨나가고 말았다.

"아파라, 아~ 깜짝 놀랐네. 순간적으로 옆으로 점프해 충격을 줄이길 잘했어."

하지만 나쁜 일은 연이어 찾아오는 법이라 날 때린 킹 와이트의 팔이 끊어져 있었다.

그 팔에 붙은 얼굴들이 터지더니 붉은 눈을 빛내는 사령기사나 레이스가 태어났다.

"교황님, 이 녀석을 공략하는 건 좀 힘들 거 같은데요."

게다가 킹 와이트의 팔은 이미 재생된 뒤였다.

일단 지금은 사령기사를 쓰러뜨려야 한다.

난 정화 마법을 시전해 사령기사를 경직시킨 다음 그 틈을 놓치지 않고 깊게 벴다.

물론 레이스도 암속성 마법을 여러 번 날렸지만 내겐 전혀 통하지 않으므로 오히려 고마울 따름이다.

하지만 새로 태어나는 마물 외에도 적은 있다.

내가 빈틈을 보이자 원래 쓰러뜨려야 할 보스인 킹 와이트가 날 향해 거대한 마법을 쏘려는 모습이 보였다.

그리고 난 저 마법을 본 적이 있다.

10계층의 보스가 사용했던 스치기만 해도 격렬한 통증이 올라오는 검은 빛을 날리는 마법이었다.

아아 젠장! 난 영창 파기로 사령 기사왕 스승님이 남긴 마법서에 기록된 마법을 시전했다.

"생추어리 서클."

그 순간, 날 중심으로 마법진이 나타나더니 그 마법진에서 빛이 떠올랐다.

난 단숨에 빠져나가 고갈 직전까지 간 마력을 고급 매직 포션으로 회복시키며 생추어리 서클(성역(聖域)의 고리)의 굉장함을 실감했다.

"실전에서 바로 쓰면 어떤 효과를 지닌 마법인지 모르니까 힘들단 말이지."

킹 와이트가 쏜 검은 빛이 생추어리 서클에 닿은 순간 소멸했다.

"이건 결계 마법인가? 아니면……."

언데드들은 생추어리 서클에 닿기만 해도 창백한 화염에 휩싸여 녹아내렸다.

이 마법을 시전하는 대가로 100 이상의 마력을 소비했다. 특히 이번엔 영창 파기로 시전한 탓에 일반적인 시전보다 1.5배의 마력이 소모됐다. 마력이 고갈되진 않았지만 속이 메스껍다.

그리고 생추어리 서클은 1분 정도 뒤에 사라졌다.

30계층을 넘기고 조금 지나니 포인트가 계속 남아돌았다.

그런 연유로 난 카틀레아 씨의 추천에 따라 최고급 품질의 포션을 종류 별로 구입해뒀다.

일단 사두긴 했지만 솔직히 쓸 기회는 없을 거라고 생각했다. 지금까지 쓸 필요가 없었으며 사령 기사왕 스승님과 싸울 땐 도중에 휴식을 취했기 때문이다.

하지만 이번엔 유비무환이라는 말이 잘 떨어진 것이리라.

난 매직 포션을 마신 다음 언데드들을 향해 정화 마법을 시전하며 달려들었다.

"아~ 역시 견제가 한계인가."

킹 와이트는 생추어리 서클을 경계한 것인지 조금 전에 마법이 발동한 범위에 함부로 접근하지 않고 마법으로 원거리 공격을 날렸다.

생추어리 서클이 마법을 차단하기에 버티고는 있지만 이대론 마력이 버티지 못한다.

"그 전에 결착을 지을까…… 왠지 나답지 않은 기분이 들지만……."

난 킹 와이트를 향해 빠르게 접근한 다음 이번엔 생추어리 서클을 영창했다.

"【성스러운 치유의 손이여, 만물의 근원인 대지의 숨결이여, 바라노니 마력을 양식으로 천사의 빛나는 날개와 같은 정화의 방패를 다루시어 모든 악과 부정한 자들을 불태우는 성역을 만들어 주소서. 생추어리 서클.】"

영창이 끝나고 생추어리 서클이 발동하니 몸 안에서 마력이 흘러나오기 시작했다.

매우 신기한 감각이었다. 평소엔 몸 안에 있는 마력을 느끼는 데에 그쳤는데 지금은 몸 밖으로 흘러가는 마력까지 느낄 수 있었다.

그래서 난 흘러가는 마력에 자신의 의지로 더 마력을 담아 생추어리 서클을 시전했다.

그러자 마법진이 넓어지며 킹 와이트가 있는 곳까지 마법진이 뻗어나갔다.

그리고 마법진이 빛을 내기 시작하자 킹 와이트는 마법진에 말려든 자신의 다리에 마법을 쏴서 끊어낸 다음 생추어리 서클의 범위 밖으로 도망쳤다.

다음 순간, 킹 와이트의 다리는 생추어리 서클의 빛에 말려들더니 창백한 화염에 뒤덮여 불타기 시작했다.

그리고 다리를 잃은 킹 와이트는 뒤쪽으로 쓰러졌다.

마력량을 고려하면 지금이 승부처라고 생각한 난 결단을 내렸다.

마법 주머니에서 매직 포션을 꺼내 벌컥벌컥 들이킨 다음 검과 돌격창에 마력을 담아 킹 와이트의 주위에 있는 마물들을 차례로 쓰러뜨렸다.

그것이 어떤 영향을 미친 것인지는 모르겠지만 그렇게나 몸집이 컸던 킹 와이트가 보통 사이즈로 줄어들기 시작했다.

그래도 방심은 금물이다.

난 어느 실험을 위해 재차 영창을 하며 마력을 외부에 형성했다.

그렇다.

교회 본부에 부임한지 얼마 지나지 않았던 당시엔 하지 못했던 원격 조작으로 마법진을 형성하는 마법진 영창을 하려는 것이다.

이건 날 중심으로 전개하는 것이 아니라 내 시야가 닿는 범위 안에서 지정한 곳에 마법진을 출현시키는 마력 문자를 이용한 영창법이다.

생추어리 서클이 기록된 마법서엔 암속성 마법을 소멸시키고 결계의 내부와 외부에 존재하는 악마, 불사족을 태우고 성스러운 모든 것을 지키는 희망의 마법이라고 적혀 있었다.

하지만 결계라는 이름이 들어간 이상 약점도 많다. 공중에서 퍼붓는 공격엔 손을 쓸 수가 없기 때문이다.

그건 그렇고 교회에 소속된 자들이 구사하니까 성속성 마법이라는 표현보다는 성방술(聖方術) 같은 표현이 났지 않나? 무심코 그런 생각이 들었다.

'마(魔)'라는 글자는 마왕, 마족, 마물을 연상시키니까. 뭐어 실은 마족이 우호적인 종족이라면 딱히 문제는 없겠지만······.

결계의 내부와 외부를 태운다는 문장이 마음에 걸린 난 움직이지 못하는 킹 와이트 아래에 마법진을 지정해 마법을 시전해봤다.

그러자 다음 순간에 킹 와이트가 한순간 단말마의 비명을 지르더니 창백한 화염에 온몸이 불타며 천천히 소멸했다.

"……거짓말……이지?……."

킹 와이트가 소멸할 때 환각인지 뭔지는 모르겠지만 한순간 와이트의 모습이 바뀌더니 마치 이야기에 나올 법한 신성한 오라를 내뿜는 신관 차림을 한 노인이 이쪽을 보며 미소를 지은 듯한 느낌이 들었다.

그리고 그는 뭔가를 중얼거리더니 그대로 소멸했다.

난 온몸에 소름이 돋은 나머지 그 자리에서 성대하게 구토를 하고 말았다.

이건 너무했다.

지금까지 내가 죽인 마물들이 전부 저 노인 같은 신관이었다면? 마치 그런 질문을 받은 것 같았다.

정말 끝에 다 와서 사람을 이렇게 몰아세우다니 미궁을 만든 녀석이랑은 절대로 친해질 수 없으리라.

그 후에 한동안은 기분이 나아지지 않았지만 마침 마력이 얼마 남지 않았던 터라 킹 와이트가 남긴 물건들을 주운 다음 휴식을 취하기로 했다.

이번 보스인 킹 와이트는 마석을 드롭하지 않은 모양이다.

아니면 생추어리 서클이 마석의 마력을 소멸시킨 걸까? 녀석이 있던 자리에 남은 건 마법서와 지팡이였다.

일단 지팡이와 마법서에 정화 마법을 시전한 다음 지팡이만 마법 주머니에 넣었다.

그리고 남은 마법서를 손에 들고 읽어보기로 했다.

책에는 성속성 금기 마법이라는 말이 적혀 있었다.

"……이건, 혹시."

책의 내용은 예상한 대로였다.

영창과 그 효과, 그리고 어째서 금기 마법으로 분류된 것인지 그 모든 것이 실려 있었다.

난 이 안건을 교황님께 보고 드려야 하나 고민하며 마법 주머니에 넣었다.

"……어라? 평소 같았으면 슬슬 아래 계층으로 이어지는 계단이 나타났을 텐데…… 설마."

난 있을 법한 설정을 호운 선생님께 빌며 귀환 마법진이 나타나도록 기도를 올렸다.

하지만 어디까지나 인생은 무르지 않은 모양이다.

귀환 마법진은커녕 돌아갈 수 있는 유일한 길이었던 보스방의 문도 사라진 것이다.

"……완전히 막혔네. 여기서부턴 번뇌를 떨쳐내야 나아갈 수 있으니 단식이라도 하라는 건가?"

이틀 동안 두 번이나 보스전을 치른 데다 조금 전에 정신을 뒤흔드는 광경을 봐서 그런지 여러모로 한계에 다다른 상태였다.

난 그 자리에 주저앉은 다음 그대로 뒤로 쓰러졌다.

"이제 무리입니다. 바라건대 일어나면 푹신푹신한 침대에 누워 있기를.”

　난 토라진 채로 마법 주머니에서 천사의 베개를 꺼내 드러누웠다.

08 시련의 미궁을 답파하다

잠에서 깨어나니 체력과 마력이 완전히 회복된 상태였다.

이 천사의 베개는 진짜 스페셜 아이템인 모양이다. 이 아이템을 내려주신 교황님께 따로 감사를 드리고 싶을 정도다.

난 크게 기지개를 켠 다음 자리에서 일어나 잠에 들기 전과 비교해 큰 변화를 겪은 곳을 향해 다가갔다.

그곳엔 입구였던 문보다 훨씬 거대한 문이 자리를 잡고 있었다. 그리고 어째선지 그 문을 보기만 했을 뿐인데 마음이 치유됐다. 마치 성스러운 오라를 내뿜는 듯했다.

"……뭘까. 단순한 문이 아니라는 건가. 이 문이 내뿜는 오라가 뭔가를 호소하는 것 같아서 가슴이 울컥한데."

난 문을 살짝 만져보기로 했다.

그 순간 문이 내게서 마력을 빨아들이기 시작했다.

"칫, 내 감격을 돌려줘."

손이 문에서 떨어지지 않는다. 내게서 마력을 흡수한 문이 빛을 발했다.

"떨어지라고——. 뭐지? 문에 문양이?"

문에 빛나는 문양이 떠오른다.

얼마나 마력을 빨린 걸까. 이제 곧 고갈될 지경이다.

정말로 고갈되기 전에 놔달라고…… 그렇게 생각한 순간이었다.

마력이 고갈되기 직전에 문이 눈부신 빛을 내며 활짝 열렸다.

그와 동시에 마력이 빨리는 현상도 멈췄다.

"……플래그를 세우긴 싫은데, 라스트 보스가 있는 걸까……
어차피 내게 선택권은 없지만."

어쩔 수 없이 매직 포션으로 마력을 회복시키며 문 안쪽으로 들
어갔다.

안쪽으로 들어가니 바로 단수가 적은 계단이 나타났다.

내가 천천히 계단의 중간 지점까지 내려간 순간, 갑자기 불길
한 예감에 사로잡혔다.

그건 마치 더 이상 내려가지 말라고 뇌가 직감적으로 명령을 내
리는 듯한 감각이었다.

그 증거로 피부에 소름이 엄청나게 돋았으며 어째선지 몸이 움
츠러들었다.

어쩔 수 없이 그 자리에 쭈그려 앉은 상태로 아래 계층의 상황
을 살피기로 했다.

본능에 따르면 나아가고 싶지 않지만 그래도 나아가지 않으면
돌아갈 방법을 찾을 수 없을 테니까.

그렇게 51계층을 응시하면서 슬며시 보니——.

"……어이 어이, 농담이 아닌데."

내 시야에 들어온 것은 언데드 드래곤이었다.

드래곤…… 용종(竜種)과 용종(龍種) 2종으로 분류되는 생물로써
내 앞에 있는 이 녀석은 용종(龍種)이다.

이 세계에서 드래곤을 분류하는 법에 따르면 날개는 있지만 몸
이 무거워 잘 날지 못하는 타입을 용(竜), 몸이 길고 하늘을 나는

타입을 용(龍)이라 부른다.

　와이번(비룡) 등의 종은 비룡으로 분류되며 브레스도 뿜지 못하기에 완전히 다른 종이지만 지금은 아무래도 좋다.

　"……정말로 존재할 줄이야. 그것도 용종(竜種)이 아니라 용종(龍種)이라니. 아무리 봐도 사람이 어떻게 할 수 있는 생물이 아니잖아."

　언데드 드래곤의 절반은 탄화(炭化)한 것처럼 검게 변했으며 나머지 절반은 성은색으로 빛나며 신비한 분위기를 자아내고 있었다.

　"저런 녀석을 어떻게 이기라는 건데. 아무리 언데드로 변했다고 해도…… 어라? 그리고 보니 언데드지? ……게다가 움직이지도 않고."

　여기서 난 알아낸 몇 가지 가설을 머릿속에서 차례로 정리했다.

- 이 이상 접근하지 않으면 공격을 받지 않는다.
- 용은 지성을 지닌 존재이니 말을 할지도 모른다.
- 생추어리 어택을 이용하면 언데드에서 본래의 모습으로 되돌릴 수 있을지도 모른다.

　세 번째 가설은 잘 풀리지 않을 가능성이 높지만 시도할 만한 가치는 있다……고 할까 실패한다면 정말로 죽을지도 모른다.

　본래 대로라면 평온한 생활을 보내고 있을 텐데 어째서 이런 상황에 처한 걸까.

　다양한 추억이 머리를 스쳐간다. 그리고 채 이루지 못한 일들이 떠올랐다.

"이런 곳에서 죽을까 보냐."

난 즉효성을 지닌 고급 매직 포션을 마시며 언데드 드래곤의 몸을 다 덮을 정도로 거대한 마법진을 영창했다.

거기에 마력 부스트를 더해 강고한 마법진을 전개했다. 그리고 언데드 드래곤이 고이 잠들 수 있기를 바라며 생추어리 서클을 시전했다.

"【성스러운 치유의 손이여, 만물의 근원인 대지의 숨결이여, 바라노니 마력을 양식으로 천사의 빛나는 날개와 같은 정화의 방패를 다루시어 모든 악과 부정한 자들을 불태우는 성역을 만들어 주소서. 생추어리 서클.】"

천장까지 닿는 성스러운 빛이 나타나자 잠에 든 것처럼 움직이지 않던 언데드 드래곤이 일어나더니 날뛰려 발버둥 치기 시작했다.

그럼에도 강고하게 전개된 생추어리 서클은 언데드 드래곤을 놔주지 않았다.

그때, 천장까지 뻗었던 빛의 기둥이 갑자기 언데드 드래곤의 몸에 빨려 들어갔다.

"……설마 흡수한 건가?"

그 뒤에 언데드 드래곤이 강렬한 빛을 내뿜은 순간——.

"구오오오오오오오오오오."

엄청난 포효가 귀를 울렸다. 하지만 그 직후에 쿵 하고 땅이 울렸다.

아무래도 기우(杞憂)로 끝난 모양이다.

"……쓰러뜨린 건가?"

난 움직임을 멈춘 언데드 드래곤에게 걸어갔다.

아직 창백한 빛이 감돌고 있지만 조금 전까지 느꼈던 불길한 감각은 사라졌으며 소름도 이미 멎었기 때문이다.

게다가 내 직감이 그렇게 행동하라고 말하는 듯한 느낌이 들었다.

그렇게 코앞까지 접근했을 때, 갑자기 빛이 꺼지며 눈앞에 커다란 입을 벌린 용이 내게 접근했다.

피할 틈도 없고 이거 죽겠구만. 그런 생각을 하며 눈을 감았지만 아무리 기다려도 통증은 느껴지지 않았다.

흠칫흠칫 눈을 뜨니 눈앞에 용의 얼굴이 있었다.

……먹을 생각이 없나? 그건 그렇고 이 용…… 멋있네.

그런 생각을 하고 있는데 언데드가 되어 검게 변했던 뼈가 하얗게 변하더니 용이 날 바라보며 갑작스럽게 말을 꺼내기 시작했다.

"날 일격에 쓰러뜨리다니 제법이구나. 네게 상을 내리마. 이 미궁은 시련의 미궁. 따라서 마법진을 통과하면 축복이 내린다. 받아간다면 너 같은 겁쟁이가 딱 좋겠지. 이곳에 올 수 있는 건 한 번뿐이니 모두 가지고 가거라."

용의 말을 들은 난 처음으로 이 계층을 제대로 둘러봤다.

그러자 금은보화, 무기, 방어구, 마도구에 기호품으로 보이는 다양한 물건들이 눈에 들어왔다.

하지만 그런 식으로 쓰러뜨렸으니 원한을 산 건 아닐까? 그렇게 생각하면 뭘 받아가는 게 무섭다.

"네, 네가 날 속이는 걸지도 모르잖아? 용종이 신수(神獸)인지 마물인지에 대해선 아직도 논의가 진행 중인 문제라고 들었고."

"안심해라. 이 계층엔 더 이상 사악한 기운이 없지 않느냐. 그곳에 놓인 마석을 집으면 미궁은 사라진다. 어떻게 할지는 네 마음대로 해라. 그것이 네게 주어진 특권이니."

확실히 눈앞에 언데드 드래곤이 있음에도 불구하고 미궁에서 나던 악취가 더 이상 느껴지지 않았다.

악의는 없는 모양이니 질문을 하면 답을 해줄까?

"이곳은 대체 무슨 목적으로 만들어진 미궁이지? 용이 봉인되어 있다니 아무리 봐도 정상이 아니잖아."

"우리 용종은 천 년에 한 번 환생한다. 하지만 마족을 통솔하는 사신(邪神)이 우리들의 환생을 막기 위해 우리들을 습격해 마력이 쌓이는 장소에 봉인했다. 그게 이 미궁이다."

사신이라니…… 치유사의 손에서 한참 떠난 문제잖아.

"그건 용사가 해결할 문제 아닌가요?"

새삼스럽지만 이 용한테 고압적인 태도를 취해봤자 아무런 메리트가 없다는 사실을 깨달았다.

"유감스럽게도 용사는 이곳에 나타나지 않았다. 이곳에 봉인된 우리는 사신의 저주를 받아 언데드로 변하고 말았다."

확실히 교황님도 마족과 싸운 용사가 힘을 잃었다고 하셨지……
어라, 그럼 미궁을 답파한 난…… 굉장히 불길한 예감이 든다.

"전 치유사인데요? 성기사조차 아니라고요."

"용사가 탄생할 때까지 40년 정도의 시간이 남아있다. 그 전에 동

족 용들을 사신의 저주로부터 해방시켜 다오."

평범한 치유사한테 뭘 바라는 걸까? 무리한 요구를 하는 데에도 정도가 있다.

하지만 그 사명을 완수하지 않으면 어떻게 되는 걸까?

"해방자는 제가 아니어도 된다 치고 용들을 해방하지 않으면 어떻게 되죠?"

"대기를 뒤덮은 마소(魔素)가 어둠에 물들어 마족의 힘이 강해진다. 그리고 용사가 새로 태어나는 마왕과 싸워 패배할 가능성이 높아진다."

얘기가 완전히 우주로 갔는걸. 내가 어떻게 할 수 있는 범위를 이미 뛰어넘었다.

동족이라고 했으니 또 이런 미궁에 들어가야 하겠지. 그런 건 무리다. 절대로 무리다.

"……미안하지만, 지금 열심히 살아가는 것만으로도 벅찬 제가 당신의 동족을 구할 순 없습니다. 자신의 한계를 누구보다 잘 알고 있는데 만용을 부리다니 당치도 않지요."

"큭큭큭. 날 쓰러뜨리고도 약자를 자칭할 줄이야, 재밌군. 내 가호도 내려주마."

이게 게임 속의 세계라면 요 몇 년간은 서장이라고 할까 프롤로그? ……그렇게 말해봤자 내 입장에선 곤란할 따름이다.

"그런 건 필요 없습니다."

"영문을 모르겠구나. 그보다 날 쓰러뜨린 그대의 이름은 무엇이냐?"

"루시엘. 그래도 가호 같은 건 정말로 필요 없어요. 전 치유사인 데다 죽고 싶지 않으니까요. 게다가 제가 지킬 수 있는 범위는 자신과 알고 지내는 사람들, 그리고 제 손이 닿는 곳뿐이거든요."

세계를 어쩌니 하는 건 내 모험이 아니라 용사나 영웅의 모험이잖아?

"안심하거라. 쉽게 죽지 않도록 할 뿐이니."

왠지 듣기만 해도 기분이 좋아지는 말이다.

"그럼 잘 부탁드립니다. 제 꿈은 늙어서 죽음을 맞이하는 거니까요."

"크크크. 역시 재밌는 녀석이로고. 모쪼록 내 동포들을 구해다오."

"약속은 할 수 없습니다. 센스도 없는 데다 이야기에 등장하는 주인공도 아니니까요. 게다가 저랑 어울리지도 않고요."

"알고 있다. 아무래도 시간이 없는 듯하구나. 내 유해(遺骸)는 바로 썩진 않을 거다. 내 가호와 유해를 루시엘에게 주마."

"주신다면 감사히 받겠습니다."

"앞으로 마족은 서서히 세력을 넓힐 것이다. 그대의 손이 닿는 범위라면 구해다오."

"그렇게 하겠습니다. 저도 죽고 싶진 않으니까요."

"크크크. 이걸로 약속은 지켰다······ 피······ 르······ 나······. 작별이다."

이렇게 해서 언데드 드래곤은 봉인에서 풀려나 다시금 윤회의 길에 오를 수 있었다······면 좋겠지만 정말로 돌아간 걸까?

언데드 드래곤은 다양한 소재들을 남기고 사라졌다.

그러자 갑자기 커다란 받침대가 나타났는데 거기엔 거대한 마석이 끼워져 있었다.

"이 마석은……."

전에 교황님이 말씀하셨던 마석을 집으면 미궁이 소멸한다는 얘기가 사실이라면 건드리지 않는 편이 좋겠지.

미궁이 소멸하는 건 상관없지만 나도 휘말려서 소멸하긴 싫다.

난 받침대의 마석을 무시하고 언데드 드래곤의 유산을 회수했다.

만약 마법 주머니가 없었다면 이곳에 오지도 못했을 테니 정말로 이득을 봤다.

한때는 호운 선생님이 날 버렸나 싶었지만 아무래도 진짜 실력을 발휘하신 모양이다.

난 모든 보물을 마법 주머니에 넣었다. 그건 그렇고 보물 중에 마법 주머니가 두 개나 있다는 사실에 놀랐다.

그 후에 이번엔 언데드 드래곤의 유해를 정리했다.

"그 용은 대체 어떤 용이었을까?"

용의 비늘, 용의 역린(逆鱗), 용의 어금니, 용의 뼈, 그리고 언데드화(化)한 뼈들도 전부 마법 주머니에 넣음으로써 회수를 마쳤다.

그렇게 생각한 순간이었다.

한 자루의 창과 목걸이가 빛과 함께 나타났다.

창을 쥐니 마치 몸의 일부분을 얻은 것 같은 감각이 느껴졌다.

목걸이엔 창백한 색의 알이 박혀있었는데 그 외에도 같은 알을 넣을 수 있는 구멍이 여덟 곳이나 있었다.

그리고 방 중앙에 빛나는 마법진이 나타났다.

"창은 둘째 치고 이 목걸이는…… 설마 아니겠지. 일개 치유사 한테는 벅찬데. 그건 그렇고 드디어 귀환할 수 있는 건가. 그 사실 하나만으로도 기쁘네, 그치만……."

이 용에 대한 걸 교황님 외에 다른 사람들에게 전해도 될까? 역시 삼가는 편이 좋겠지.

그래도 정말로 유사 미궁이었다면 얼마나 좋을까.

결심을 마친 내가 마법진에 뛰어들자 마법진이 빛을 내기 시작했다.

띠롱【칭호 성치신(聖治神)의 축복을 획득했습니다.】

띠롱【칭호 성룡(聖龍)의 가호를 획득했습니다.】

띠롱【칭호 용살자를 획득했습니다.】

띠롱【칭호 봉인을 해방하는 자를 획득했습니다.】

띠롱【성룡과 맺은 맹세에 따라 앞으론 용이 봉인된 장소를 파악할 수 있습니다.】

그리고 빛이 잦아드니 미궁 입구에 서 있었다.

"여우한테 홀린 기분인걸. 그보다 그 용은 성룡이었던 건가…… 설마 날 속일 줄이야."

그때 내 배에서 꼬르륵 하는 소리가 울렸다.

"그리고 보니 두 끼는 굶었지. 더는 무리입니다, 배고파서 화낼 힘도 없네. 하아~ 돌아갈까."

이렇게 해서 난 오랜 시간에 걸친 미궁 탐색을 마치고 오랜만에 미궁 밖으로 나왔다.

막간 2 사라진 성변(聖變), 교회 본부에 미증유의 위기가 닥치다

성도 슈를에 위치한 모험자 길드에선 다양한 억측이 나돌았다.

주된 화제는 성변의 치유사 루시엘의 행방이었다.

다친 이를 내버려두지 않으며 돈보다 정을 소중히 여기는 유일한 치유사.

그런 그가 모험자 길드에 발길을 끊은 지 벌써 6개월이 지났다.

당분간 길드에 들르지 못할 거 같다며 마법 주머니에 식량과 물체 X를 대량으로 넣던 마지막 모습을 목격했다는 이들도 많았다.

하지만 그로부터 6개월이 지난 지금도 그의 행방은 묘연한 상태였다.

처음엔 그가 다른 마을로 원정을 떠난 것이라 여겼다. 하지만 그런 사실은 전혀 확인되지 않았다.

그만한 실력을 지닌 치유사가 모험자 길드도 없는 마을에서 지내고 있다고 생각하긴 힘든 데다 아무리 작더라도 그곳이 마을인 이상 모험자 길드는 반드시 있기 마련이다.

만약 그가 원정을 떠났다면 행선지에서 물체 X를 부탁한 흔적이 남았을 터다.

물체 X는 끔찍할 정도로 맛이 없기에 마시는 이가 드물다.

그런 까닭에 모험자 길드 본부에선 매년 물체 X를 많이 마시게 한 모험자 길드를 대상으로 지금은 고인(故人)인 당시의 현자와 모험자 길드 본부의 길드 마스터가 남긴 유산 내에서 지정한 호화로운 선물을 증정하고 있다.

모험자 길드 전(舊)지부에선 그 랭킹을 파악할 수 있는 시스템이 갖춰져 있다. 참고로 이 이벤트는 물체 X를 몰래 버리는 등의 부정행위는 기록으로 인정하지 않는 쓸데없이 고도의 기술로 운영 중이다.

뭐어 버리면 버린 본인의 입으로 물체 X가 들어가는 주술이 걸려있는 모양이지만…….

최근엔 물체 X를 꾸준히 마시는 자가 한 명도 없었다.

멜라토니 마을에서 마시는 양을 급격하게 늘린 자가 나타나기 전까진 말이다…….

루시엘이 성도로 이동하자 성도에서 소비하는 물체 X의 양이 늘었다. 그런 연유로 루시엘이 어딘가에서 물체 X를 부탁하면 그의 위치를 바로 파악할 수 있는 것이다.

그러니 성도에 있다는 건 틀림없지만 그의 소식을 도저히 알 길이 없었다.

보통은 모험자 한 명이 사라진 일로 이렇게 걱정을 하지 않는다.

하지만 성변이 사라진 뒤로 우쭐해진 성도의 치유원들이 치료비를 올리기 시작했다.

그 후에 교회 본부에 청원을 올렸지만 조금도 들어주지 않았다.

그런 일들이 쌓이던 와중에 누군가가 이렇게 중얼거렸다.

"혹시 교회가 성변을 감금한 거 아니냐?"라고.

그때부터 다양한 억측이 난무했다.

"계속 고문을 받고 있는 게 아닐까?" "세뇌당한 건 아닐까?"
"물체 X만 먹이는 게 아닐까?" "어쩌면 살해당한 게 아닐까?"

그러자 모험자들뿐만 아니라 성도의 주민들까지 조금씩 교회에
대한 불신을 품더니 이윽고 성변을 구하자는 움직임으로 번졌다.

한편 교회 본부의 몇몇 이들도 미궁에서 귀환하지 않는 루시엘
을 걱정하며 애를 태우고 있었다.

처음엔 루시엘을 잘 알고 가까이 지내는 이들도 그래봤자 1개
월 정도 지났으니 별 문제는 없겠지, 그렇게 여기며 조만간 돌아
오리라 믿었다.

하지만 3개월이 지났음에도 그는 돌아오지 않았다.

루시엘의 상사인 교황과 카틀레아…… 전(前) 성 슈를 공화국
기사단장이었던 카트린느 플레나는 구출대를 선발하려 했다.

하지만 고작 치유사 한 명을 구하기 위해 교회에 얼마 남지 않
은 전력인 기사들을 50년 이상 미답파 상태로 방치된 미궁으로
보낸다는 안건은 당연히 기각당했다.

거기다 주제도 모르고 미궁 공략에 나섰다며 루시엘을 규탄하
는 움직임까지 일었다.

그래도 교황과 카틀레아, 그리고 발키리 성기사단이 루시엘의

명예를 지키기 위해 최선을 다했기에 루시엘한테 벌칙이 부과되는 일은 없었다.

하지만 평소에 루시엘을 탐탁하지 않게 여긴 자들은 명예를 지켜주는 조건으로 탐색을 포기하게끔 못을 박았다.

루시엘이 미궁에 들어간 지 6개월이 지나자 돌연 모험자 길드로부터 루시엘의 생존을 확인시켜 달라는 요구를 받았다.

하지만 교회 본부는 이에 대한 정식 답변을 거부했다.

설사 미궁에서 죽었다고 해도 교회 본부에 미궁이 존재한다는 사실을 은폐해야만 했기 때문이다.

그렇다고 섣불리 사망했다는 보고를 하면 이번엔 시신을 넘기라고 요구하리라.

그렇게 되면 모험자들이 폭동을 일으킬 거라고 정확하게 간파한 것이다.

그리고 같은 시각, 교회의 부대들 중 유일하게 루시엘 수색에 나선 부대가 있었다. 바로 발키리 성기사단이었다.

전임자였던 조르드를 억지로 데리고 와 미궁 탐색을 개시한 것이다.

발키리 성기사단은 엄청난 전투력을 발휘하며 빠른 속도로 미궁을 공략했다.

첫 난관인 10계층 보스방에서 수많은 좀비와 스켈톤이 몰려나왔지만 몇 분만에 모든 언데들이 마석으로 변했다.

실은 그때 격렬한 전투 끝에 루시엘이 사령 기사왕을 격파했는데 설마 미궁의 보스방이 연동되는 구조로 만들어져 상층부의 보스방에 사람이 있으면 하층부의 보스방에 진입하는 문이 열리지 않는 함정이 있다는 사실은 루시엘도 루미나 일행도 알 길이 없었다.

루시엘이 울며 겨자 먹기로 41계층으로 향할 무렵, 겨우 마석 회수를 마친 발키리 성기사단도 앞으로 나아갔다.

하지만 아래 계층으로 내려갈수록 악취는 심해졌고 31계층 이후부터 정신 공격을 주로 다루는 레이스가 나타나 동료를 공격하는 일이 속출하는 바람에 어쩔 수 없이 발키리 성기사단은 탐색을 중단하고 귀환했다.

그리고 미궁 탐색에서 귀환한 루미나 일행이 카틀레아한테 보고를 하던 그때였다.

교회 본부에 긴급한 소식이 날아들었다.

모험자 길드 멜라토니 지부의 길드 마스터인 블로드와 멜라토니의 모험자들, 거기에 성도 슈를에 있는 모험자 길드의 길드 마스터인 그란츠가 이끄는 성도의 모험자들과 루시엘의 은혜를 입은 자들이 성도 슈를의 교회 본부 주위를 에워싸고 있다는 보고였다.

"성변의 치유사를 해방하라" "돈의 망자들에게 철퇴를" 그런 구호들을 듣고 사람들이 속속 모여들었다.

교회 본부에 이제껏 느끼지 못했던 위기감을 선사한 대규모 시위가 일어나려 하고 있었다.

대응을 잘못하면 폭동이 일어날 것은 불 보듯 뻔했다.

마물과의 싸움에 온 힘을 쏟는 모험자 380명과 2,000명을 넘는 주민들이 참가한 시위에 교회에서 나태한 나날을 보내던 기사단 총원 180명이 두려움에 떠는 가운데 언제 폭동으로 번져도 이상하지 않을 시점까지 왔다.

그런 일을 알 턱이 없는 루시엘은 드디어 긴 시간에 걸친 미궁 탐색을 답파라는 최고의 결과로 마무리한 참이었다.

이때 루시엘은 설마 용을 쓰러뜨리고 미궁을 탈출한 직후에 자신이 죽을 뻔한 일을 겪게 될 줄은 상상조차 하지 못했다.

09 진성 M 좀비와 귀축 스승 콤비 재결성

난 미궁에서 돌아왔다!! 라고 외치고 싶은 마음을 억누르며 미궁의 입구와 출구 역할을 겸하는 매점의 문을 열었다.

그 직후, 내 목을 향해 날아오는 은색 선을 순간적으로 피할 수 있었던 건 미궁에서의 오랜 생활로 긴장이 몸에 배었기 때문이리라.

그래도 일격으로 끝나지 않을 것 같다는 예감이 들어 마법 주머니에서 재빨리 방패를 꺼내니 키이이잉 하는 소리와 함께 은색 선이 튕겨나갔다.

그 자리에 있는 건 놀란 표정을 짓고 있는 카트레아 씨였다.

"첫 번째 공격은 그렇다 치더라도 추가타는 너무하지 않나요? 아마추어도 아니고."

엄중히 항의하자, 그렇게 생각한 다음 순간, 난 앞에 실린 압력에 의해 뒤로 날아가 계단을 굴러 떨어졌다.

이걸로 얼마나 많은 시냅스*가 끊어졌을까. 부딪힌 머리에 통증을 느낀 난 바로 힐을 시전했다.

"너무해요. 저한테 무슨 원한이라도 있으세요?"

내가 몸을 일으킨 순간, 카틀레아 씨가 추가타로 플라잉 보디 어택을 구사하는가 싶었다⋯⋯더니 그대로 날 껴안았다.

"⋯⋯대체 뭔가요. 카틀레아 씨, 듣고 계세요?"

공격을 받아 죽을 뻔한 위기를 넘긴 뒤에 그 상대가 안아준들

---

* 뇌와 척수에 분포하고 있는 신경 세포의 접합부

전혀 기쁘지 않다.

심장이 격렬하게 뛰고 있는데 이건 애정이나 연심 같은 감정을 느껴서 그런 게 아니라 10계층의 보스방에서 좀비들한테 물렸을 때처럼 죽음의 위기를 느껴서 그런 거다.

"살아 있었구나."

그렇게 기쁜 표정을 지으셔도 사과하지 않는 사람은…… 응? "살아 있었구나?"라니 난 죽은 걸로 처리됐던 건가?

"예. 살아 있었죠. 뭐어 40계층의 터주가 무진장 강해서 몇 번이고 죽을 고비를 넘기긴 했지만요. 쓰러뜨리는 데에 대략 6개월 정도 걸린 것 같네요. 그 뒤에 돌아가려고 했는데 사고가 연이어 터지는 바람에 앞으로 나아갈 수밖에 없었거든요……."

"무사해서 다행이야…… 참, 지금은 이러고 있을 때가 아니야. 빨리 교황님이 계신 곳…… 아니, 그 전에 교회 본부의 밖에 나가서 모험자들을 말려줬으면 해."

왠지 초조해 하시는 거 같은데 무슨 말씀인지 도통 알 수가 없다.

"……자세한 정보를 듣고 싶은데요."

하지만 카틀레아 씨는 엄청난 힘으로 날 마도 엘리베이터가 있는 곳까지 끌고 간 다음 엘리베이터 안에 밀어 넣었다.

무슨 말을 물어봐도 대답이 없었기에 난 포기했다.

그리고 빨리 맛있는 요리를 먹고 싶다는 생각을 하고 있으니 엘리베이터에서 내려 교회 본부의 접수 카운터까지 끌려갔다.

그러자 그곳엔 그리운 얼굴들이 있었다.

"어라? 블로드 스승님?! 게다가 그루가 씨랑 가르바 씨까지, 다들 어쩐 일이세요? 어라, 길드 마스터인 그란츠 씨까지 계시고, 무슨 일이라도 있었나요? 제가 도울 수 있는 일이라면 도울 게요."

"""………."""

"?"

이 침묵은 뭘까?

그리고 곧이어 스승님과 다른 사람들이 내 어깨나 등을 두드리기 시작했다.

"……루시엘, 살아있었던 거냐?"

"큭, 다행이구만."

"하하하, 6개월 동안 어디서 뭘 하고 있었니?"

역시 난 죽은 걸로 알려진 모양이다.

조금 전에 카틀레아 씨의 반응도 이런 느낌이었나? 일단 카틀레아 씨한테 오랫동안 있다 올 거라고 말은 해뒀지만 상식적으로 생각하면 지금까지 길어도 1개월 안에 돌아왔는데 갑자기 6개월 동안 사라졌으니 좀 지나쳤나……. 걱정을 끼친 것 같으니 나중에 제대로 사과를 드리자.

그런 생각을 하고 있으니 그란츠 씨가 출입구를 향해 걸어가다 이쪽을 향해 돌아봤다.

"어이 선풍, 난 밖에 잇는 녀석들한테 이 사실을 전하고 오마. 그리고 성변, 나중에 꼭 모험자 길드에 얼굴을 비추러 와라."

"에? 아, 예."

내 애매한 대답을 들은 그란츠 씨는 교회 본부의 밖으로 나갔다.

"저기 제가 여러분께 걱정을 끼친 건 알겠는데요, 무슨 일로 성도까지 오신 거죠?"

"……넌, 하아~"

"뭐어 루시엘은 사람으로서 조금…… 아니, 꽤 어긋난 부분이 있으니까."

"후후후, 그래서? 어디에서 뭘 하고 있었니?"

내가 입을 열려고 한 순간, 밖에서 엄청난 환성이 들렸다. 오늘은 무슨 축제라도 있는 걸까?

"오늘 무슨 축제라도 열리나요?"

세 사람과 카틀레아 씨, 어라? 접수원들까지 머리를 감싸 쥐고 있는데…… 응, 지금 건 무시하자.

그래도 미궁에 대해 발설하면 안 된다고 했지.

"교회 본부에 치유사를 위한 훈련 시설이 있는데 거기서 훈련을 했어요. 그런데 훈련 도중에 그 시설이 망가져서 고장이 나는 바람에 계속 거기에 갇혀 있었어요."

옆에 불쑥 다가온 블로드 교관이 갑자기 내 머리를 향해 빡, 하고 꿀밤을 먹였다.

"아얏. 블로드 스승님, 여전히 움직임이 안 보이시네요. 일단은 스승님께 한 방을 먹이려고 2년간 열심히 단련했는데요."

울상을 지으며 입을 열었다.

"흥. 넌 내 제자이긴 해도 재능이 없는 제자이니 내 공격을 파악하기엔 백 년은 이르다. 까불어서 걱정이나 끼치고."

아무래도 기분이 좋으신 모양이다.

마음이 놓여서 그런지 배가 고팠다.

"너무하세요~. 뭐어 그보다 그루가 씨, 배가 고파서 쓰러질 것 같아요. 그루가 씨의 맛있는 요리를 주문하고 싶은데요."

"큭큭큭, 하하핫. 좋다. 만들어 주마. 그럼, 모험자 길드로 가자고. 어이 아가씨. 이 녀석을 빌려가마."

"……예. 그의 보고가 없으면 곤란합니다만, 지금은 그 편이 좋겠지요."

"음음. 아가씨가 말이 통하는 상대라 다행인걸."

뭐어 여기서 미궁 답파 같은 소리를 꺼낼 수도 없고.

"카틀레아 씨. 교황님께 어떻게든 탈출에 성공했고 보고 드리고 싶은 건이 있다고 전해주세요."

"알겠어."

카틀레아 씨가 고개를 끄덕이자 갑자기 내 시야에 천장이 들어왔다.

"좋~았어. 가자."

"블로드 스승님? 목을 잡아당기지 마세요. 왜 가르바 씨는 발을 드시는 건가요? 그루가 씨도 허리를 놔주세요, 이 꼴로 거리를 돌아다니면 또 이상한 소문이……."

"안심하라고, 성변의 기사님. 풉풉풉."

"그래. 성변의 치유사님. 큭큭큭."

"자, 날뛰면 안 되잖니? 분명 새로운 별명이 생길 테니까 안심하도록 해."

"싫어어어어어어어어어어."

이렇게 해서 난 누운 자세에서 세 사람이 드는 인간 가마가 되어 모험자 길드에 도착할 때까지 성도의 거리를 활보했다.

＊

루시엘이 교회 본부를 떠난 후에 카틀레아는 교황을 비롯한 상층부 사람들에게 루시엘의 귀환을 전했다.

이번에 한해선 루시엘을 탐탁하지 않게 여기는 세력도 안도의 표정을 지었다.

기본적으로 기사단에 소속된 기사들은 강하다. 하나 절대적인 힘을 지니고 있는 건 아니다. 게다가 사제, 대사제, 사교나 대사교 등의 자들 중엔 전투직 출신이 얼마 없다.

그런 까닭에 교회를 에워싼 모험자들을 보고 자신의 죽음을 떠올린 자들은 한두 명이 아니었다.

이번 일로 루시엘이 끼치는 커다란 영향력의 무서움을 실감한 자들은 자신의 파벌에 끌어들일 것인지, 적대하지 않을 것인지, 어떤 수를 써서 멀리 보낼 것인지 등을 고심하며 계책을 짜게 된다.

＊

모험자 길드에서 그루가 씨와 그란츠 씨의 합작 요리를 맛있게 비운 난 권유에 따라 물체 X를 마셨다.

그리고 치유원에 다니지 못하는 사람들이 모험자 길드에 모여

장사진을 이루었기에 '성변의 변덕스런 날'을 부활시키기로 했다.

배가 꽉 찬 상태라 조금 힘들었지만 언데드를 상대하는 것보단 사람을 돕는 게 훨씬 낫다고 생각해 치료에 나섰다.

그렇게 치료가 끝난 다음 난 스승님한테 한 수 배우기로 했다.

다른 한 명의 스승님인 사령 기사왕의 기술로 블로드 스승님께 한 방을 먹이기 위해서.

"아까는 방심했지만 전 블로드 스승님을 뛰어넘기 위해 나름대로 노력을 했다고 생각합니다. 온 힘을 다하겠습니다."

"큭, 건방진 소리나 하기는, 검과 창을 쥔 폼이 그럴듯하군. 대체 누가 가르친 거냐?"

"그 질문에 대한 답은 모의전을 통해서 알려드리지요."

"어서 덤벼라."

"갑니다."

난 온 힘을 다해 신체 강화를 걸어 순식간에 거리를 좁힌 다음 오른손에 쥔 검을 아래에서 위로 베어 올리며 왼손에 쥔 창을 스승님을 향해 내밀었다.

다음 순간, 난 훈련장 바닥에서 구르고 있었다. 어라? 생각한 거랑 완전히 다른데. 대체 뭐가 다른 거지?

"뭐어 그럭저럭 폼은 갖춘 것 같다만…… 고작 그걸로 자신이 강해졌다고 생각한 거냐? 자신의 입장을 잊었다면 지금부터 내가 제대로 알려주지."

"죄송합니다."

"서라, 착각에 빠진 그 근성을 바로잡아 주마."

"옛서."

이렇게 내가 블로드 스승님을 상대로 몇 번이고 도전하는 모습을 본 모험자들은 아무도 입 밖으로 내진 않았다……만, 뒤에서 들리는 얘기론 머릿속으로 떠올리긴 한 모양이다.

멜라토니 마을에 갑자기 나타난 도시 전설, 진성 M 좀비 치유사는 실제로 존재했다며 말이다.

모험자들은 이미 알고 있었다. 블로드 스승님이 전설에 이름을 남긴 전 S랭크 모험자인 선풍이라는 사실을.

게다가 몇 번이고 꺾이지 않고 도전하는 내 모습이 마치 산자에 이끌려 다가가는 좀비처럼 보인 모양인지 당시 이 광경을 본 모험자들은 내게 새로운 별명을 붙였다.

'산 좀비'라고. 이 사실을 내가 알게 되는 건 조금 뒤의 일이다.

"언제까지 자고 있을 거냐. 팔을 자르기 전에 일어나라."

"히이이익, 각오하, 꾸엑."

"호오. 그렇게 연기를 할 정도로 여유가 있을 줄이야, 조금은 터프해진 모양이구나. 그럼 사양하지 않고 가마."

"갸아아아아아아아악."

스승님과 싸우다 보면 스승님 혼자서 기사단 하나는 가볍게 괴멸시킬 수 있지 않을까? 하는 생각이 든다.

마치 멜라토니의 모험자 길드에 있는 듯한 분위기를 느끼며 모두가 내 귀환을 진심으로 기뻐한다는 사실이 매우 기뻤다.

10 루시엘, 환각이 진실이라는 걸 깨닫다

전날, 모두가 와자지껄 즐기며 떠들썩했던 모험자 길드를 뒤로하고 멜라토니로 돌아가기 위해 나온 모험자들이 군대처럼 줄지어 성도를 떠났다.

그 광경을 보며 난 감사한 마음과 미안함에 몸 둘 바를 몰랐지만 떠나는 모험자들로부터 따뜻한 말을 건네받았다.

"또 무슨 일이 있으면 달려올 테니까."

"루시엘이 살아 있어서 다행이야."

"이번에 M 집회가 열리니까 괜찮다면 와줘."

"블로드 씨의 스트레스를 풀어줄 수 있는 건 너 뿐이라고."

"나도 너처럼 포기하지 않고 바람을 핀 일을 와이프한테 싹싹 빌게."

"은혜를 갚는 게 진정한 모험자라고."

"또 다치면 치료해줘."

"성장한 건 너 뿐만이 아니라고. 멜라토니에 돌아오면 모의전 한 판 부탁한다."

중간에, 아니, 넘어가자.

난 블로드 스승님, 그루가 씨, 가르바 씨와도 작별 인사를 나눴다. 이왕이면 다른 사람들과도 한마디씩 말을 나누고 싶었지만 인원이 인원이다 보니 다들 괜찮다고 했다.

그렇게 그들은 멜라토니를 향해 출발했다.

"어이, 루시엘. 아니, 바보 제자여. 이렇게 많은 사람들이 널 생각하고 걱정하고 있다. 어제도 말했다만 넌 약하다. 그 점을 자각해라. 그리고 꾸준히 정진(精進)하도록."

"알겠습니다."

"어이 어이 블로드, 그쯤 해두라고. 안 그러면 루시엘이 멜라토니에 돌아오지 않을지도 모른다고."

"……크흠."

"아니, 돌아갈 테니까요…… 돌아갈 테니까 그렇게 노려보지 마세요."

"루시엘 군, 다음에 멜라토니에 오면 나도 단련을 시켜줄게. 겁이 많은 네겐 내 전법이 체질에 맞을 것 같고."

"어이 가르바, 내 제자를 가로채려 하지 마라."

"하하하. 뭐어 정하는 건 루시엘 군이니까."

정말로 난 행복한 녀석인걸.

"뭐어 멜라토니에 올 때 여친이라도 한 명 만들어서 데려 와."

"에…… 여친? 아, 맞다. 이 편지를 나나엘라 양이랑 모니카 양한테 전해주시겠어요?"

"……루시엘. 스승을 부려먹다니. 그래도 그 용건이라면 납득이 가는군. 그 두 사람도 일을 내팽개치고 성도에 오려고 했으니까 말이지. 전투면에서 도움이 안 된다고 어떻게든 설득하긴 했다만…… 과연."

웃, 스승님이 비열한 표정을 짓고 계시는데. 그건 그렇고 두 사람한테도 걱정을 끼쳤나. 휴가를 받으면 멜라토니로 가서 사과하자.

"블로드, 두 사람을 설득한 건 나잖아. 게다가 길드 마스터의 일을 내팽개치고 온 건 어디에 사는 누구일까?"

"⋯⋯돌아가면 제대로 일을 할 테니 용서해 다오. 그보다 진짜 점찍은 건 누구냐? 어쨌든 너희들 사이에서 아이가 태어나면 내가 단련을 시켜주마."

물체 X에 대해 새로 알게 된 정보도 있고 요즘엔 너무 바빠서 그런 걸 생각할 여유가 없었네. 아~ 정말로 평화롭게 지내고 싶다.

"너무 나가셨어요. 그 두 사람의 편지 덕분에 성장할 수 있었던 건 맞지만 전 아직도 미숙하니까요."

"정말 블로드는 그런 감정에 둔감하단 말이지. 부주의한 말 때문에 루시엘 군이나 그 두 사람이 지닌 마음의 균형이 깨지면 어떡할 건데. 그 애들은 한창 때의 나이니까 조금은 배려를 하도록 해."

"⋯⋯그, 미안하다."

왠지 분위기가 거북해졌다.

"아뇨."

"여자애가 태어나면 내가 요리를 가르쳐 주지."

그루가 씨까지 농담에 어울린 덕분에 분위기가 조금 부드러워졌다.

"정말, 그루가까지 무슨 말을 하는 거야. 뭐어 교회 본부에 있을 곳이 사라지면 멜라토니의 모험자 길드로 오렴. 네겐 그곳이 제일 안전한 장소니까."

"감사합니다. 마음대로 돌아다닐 수 있는 입장이 되면 멜라토니에 한 번 들릴게요 그리고…….."

이 세 사람한테는 말을 해두는 편이 좋으리라.

"그렇게 뜸을 들이기는, 단순한 루시엘답지 않다고."

단순하다니…… 확실히 그럴지도 모르겠네.

이 세계에 와서 조금 공부를 하긴 했지만 그래도 모험자 길드와 교회 본부에선 대부분의 시간을 마법이나 전투 기술을 연마하는 데에 투자했지.

"왜 그래? 무슨 일이라도 있니?"

"뭐냐, 제자?"

뭐어 이 사람들이라면 어떤 순간에도 아군이라고 믿을 수 있다고 생각한 난 성룡과의 대화로 얻은 정보를 전하기로 했다.

"앞으로 마족의 활동이 활발해진다는 모양이에요. 그리고 용사라고 불리는 존재는 앞으로 수십 년 동안 태어나지 않을 겁니다. 하지만 그 전에 사신의 영향을 받아서 마족들의 힘이 강해질 가능성이 있다고 하니 세 분도 조심하세요."

"호오. 교회 본부에도 정보가 들어간 건가?"

"나 만큼 정보를 접하는 게 빠르다니, 역시 교회인걸."

"우리를 걱정하는 건 백 년은 이르다고. 지금은 우리보다 스스로를 걱정해라. 무슨 일이 있으면 이번엔 제대로 연락하고."

"예."

이 세 사람은 범상치 않다고 생각은 했지만 다들 이미 인외(人外)의 영역에 계신 모양이네.

조금이라도 세 사람을 따라잡기 위해서 힘을 내야겠는걸.

"이쪽도 부상자가 많으면 널 내놓으라고 교회에 요청할 테니까 안심하라고."

"그 말을 들으니 갑자기 불안해지네요."

이렇게 날 쉽게 믿어주고 내 몸을 걱정해주는 세 사람을 상대론 평생 이길 수 없을 것 같다.

난 세 사람을 배웅하고 교회 본부로 돌아갔다.

교회 본부에 돌아가 마도 엘리베이터에 타려고 하니 접수원이 말을 걸었다.

"루시엘 님, 기다려 주십시오."

접수원이 말을 거는 건 꽤 드문 일이다.

"예, 뭔가요?"

"교회에 돌아오시면 카틀레아 님이 계신 곳으로 오시라는 전언을 받았습니다."

카틀레아 씨가 어디에 계신지 내가 알 리가 없다.

"……실례지만, 전 카틀레아 씨가 어디에 계신지 모릅니다. 다른 전언은 없었나요?"

"아, 그러시다면 바로 연락을 드릴 테니 잠시만 기다려 주십시오."

그러더니 교회 본부에 처음 왔을 때 본 수정 구슬 같은 마도구를 든 상태로 눈을 감고 통신을 시작했다.

그건 그렇고 밤을 샜더니 피곤해서 죽을 것 같다. 거기다 성룡전을 치르느라 정신이 피폐해진 데다 블로드 스승님과 모의전을 했기에 육체도 한계가 오기 직전이다…….

몸은 젊지만 피로로 졸음이 오는 건 어쩔 수 없다.

내가 크게 하품을 하며 기다리니 그 사람이 상쾌하게 나타났다.

"루시엘 군, 살아 있었구나."

그 목소리를 듣는 순간 졸음이 단숨에 가셨다.

마중을 온 사람이 루미나 씨였기 때문이다. 왜 그녀 앞에선 이상한 모습만 보일까?

"얘기를 나누고 싶다만 바로 교황의 방으로 가지."

"예."

이렇게 해서 나는 루미나 씨와 함께 마도 엘리베이터를 타고 교황의 방으로 향했다.

도중에 난 루미나 씨에게 감사 인사를 전했다.

"루미나 씨, 전 루미나 씨한테서 받은 편지 덕분에 이렇게 무사히 돌아올 수 있었다고 생각합니다. 정말로 감사합니다."

"그런가. 네가 무사하니 나도 기쁘구나."

"예."

루미나 씨와 만나는 건 오랜만이다.

이번에 미궁에 들어가기 전에 난 루미나 씨가 보낸 편지를 받았다.

처음엔 러브레터인가 싶었지만 그런 편지가 아니었다.

거기엔 모의전을 하면서 깨달은 내 장점과 단점이 상세하게 적혀 있었다.

그 외에도 내게 호감적인 인상을 가지고 있다거나 이런 종류의 상식을 익히는 게 좋다는 조언도 있었다.

그리고 나나엘라 양과 모니카 양한테서 받은 편지는 날 칭찬하며 자신들도 열심히 일을 하고 있다고 알리는 내용이었다.

세 사람이 보내준 편지 덕분에 사령 기사왕 스승님과의 싸움에도 몇 번이고 죽을 고비를 맞으면서도 분발할 수 있었다.

그 뒤에 평범한 대화를 나누며 걷다 보니 어느 샌가 교황의 방에 도착했다.

똑똑똑 하고 루미나 씨가 문을 두드렸다.

"발키리 성기사단 대장 루미나입니다. 퇴마사 루시엘을 데리고 왔습니다."

"들어와 다오."

귀에 들린 건 카틀레아 씨의 목소리였다.

열린 문을 지나 중앙까지 나아간 다음 여느 때처럼 한쪽 무릎을 꿇고 머리를 숙였다.

"퇴마사 루시엘, 살아 돌아오다니 참으로 장하구나."

"예. 심려를 끼쳐 드렸습니다."

"아니, 됐다. 본래는 바로 구출에 나섰어야 했다만 반대하는 자들이 많았던 지라 구출에 나서지 못했느니라. 후에 발키리 성기사단이 구조에 나섰다만 31계층부터 레이스가 출현하는 바람에 구출을 포기할 수밖에 없었구나."

그런가. 발키리 성기사단도 구출은 무리였던 건가…….

그건 그렇고 사람이 많네. 얼굴을 모르는 사람들은 모험자들이 본부 주변을 에워싼 일을 비난하려고 온 건가?

"아닙니다, 그건 당연한 일이라 생각합니다."

"그렇게 말해주니 본녀도 마음이 편하구나. 헌데 무슨 연유로 6개월이 넘는 시간 동안 돌아오지 못했는고?"

"그것이 실은 40계층의 터주 방에서 나온 마물이 일반적인 사령기사와 비교해 몸집이 매우 크고 정화 마법이나 회복 마법으로 공격을 하면 그때마다 부상을 완전히 회복하는 바람에 쓰러뜨리는 길이 막막한 적이었습니다……."

겪은 일을 처음 대면했을 때부터 시작해 스승이 된 사령 기사 왕과의 오랜 싸움을 보고했다.

이런, 조금 흥분했네. 다른 사람들이 보고 있다고 생각하니 갑자기 부끄럽다.

"……굉장하구나. 그래서 오랜 시간 동안 돌아오지 못한 것이냐?"

"예. 일단 40계층의 터주를 쓰러뜨린 뒤에 일단 귀환하기 위해 40계층의 입구를 열려고 했습니다만 돌아가는 문이 열리지 않아 앞으로 나아갈 수밖에 없었습니다."

"그래도 결국엔 그 문을 열고 돌아온 게로구나?"

"아닙니다, 거기서 50계층까지 내려간 다음 50계층의 터주를 쓰러뜨린 뒤에야 겨우 돌아올 수 있었습니다. 죄송합니다만 상세한 얘기는 교황님, 그리고 카틀레아 님과 루미나 님을 제외한 다른 분들께는 들려드릴 수 없습니다."

"……설마 50계층의 터주까지 쓰러뜨릴 줄이야 장하도다. 사정이 있다면 어쩔 수 없지. 모두 방에서 나가거라."

여기서 조금 갈등이 생길 거라 예상했지만 교황의 방에 있던 무녀, 대사교님? 사교님? 등의 분들이 얌전히 방을 나섰다.

그렇게 교황님의 방에 남은 사람은 날 포함해 4명이었다.

"그래, 사람을 물린 이유가 있을 테지?"

모습을 감췄음에도 어쩐지 교황님의 목소리에서 경계심이 배어나오는 것처럼 느껴졌다.

"예. 상세하게 말씀드리겠습니다. 50계층의 터주는 마치 오크 같은 거대한 와이트였습니다. 마법을 구사할 뿐만 아니라 마물을 낳기도 하는 강적이었습니다."

"설마 사령 마법이라도 나온 것이냐?"

"아닙니다, 사령기사와 레이스 정도의 마물이었습니다. 어떻게든 생추어리 서클로 마(魔)를 물리치니 신관 차림을 한 노인으로 변한 뒤에 성불했습니다."

"……노인이라. 그 자가 남긴 물건은 있느냐?"

"예. 이 지팡이와 마법서입니다."

내가 마법 주머니에서 지팡이와 마법서를 꺼내자 카틀레아 씨와 루미나 씨도 아연실색한 표정으로 이쪽을 바라봤다.

"카틀레아."

"옙."

난 지팡이와 마법서를 카틀레아 씨한테 건넸다.

"설마…… 미궁의 터주가 됐을 줄이야……."

교황님의 쓸쓸한 목소리가 들렸다.

분명 지인이었으리라. 그리고 내가 지금까지 죽인 와이트들도…….

"읍."

"괜찮나, 루시엘 군."

루미나 씨한테 부축을 받자 구역질이 멎었다.

"예…… 죄송합니다. 이 미궁을 오랫동안 환각으로 만들어진 유사 미궁이라고 착각했던 일이 떠올라서……."

"그 미궁의 언데드들은 미궁의 기억이야. 그러니까 사람에서 언데드로 변한 마물과는 달라."

아마 카틀레아 씨의 말이 맞을 테지만 그건 그렇고 이 사람은 대체 정체가 뭘까?

"치유사를 미궁에 보낸다는 말을 듣고 들어가 보니 만난 마물이 움직임이 느린 좀비였기에 신인 치유사가 마물과의 싸움에 적응할 수 있도록 세운 훈련 시설이라고 생각했어요."

"어찌하여 그런 생각을 한 것인고?"

"마물을 잡아도 레벨이 전혀 오르지 않았기 때문입니다."

"레벨…… 확실히 변함없이 1이구나. 그래도 그 미궁은 진짜이니라."

"예. 40계층의 보스와 싸우며 미궁이 진짜라는 사실을 확실하게 인지했습니다."

"설마 그렇게 늦게 알아차렸을 줄이야…… 둔감한 성격에도 정도가 있느니라."

교황님도 어이가 없으신 모양이다. 그래도 미궁을 답파했다고 생각하니 조금이나마 기분이 편해졌다.

"교황님. 실은 지금부터 말씀드릴 것이 본론입니다. 50계층의 터주를 쓰러뜨린 뒤에 마력을 빨아들이는 거대한 문이 나타나 안으로 들어가니 언데드로 변한 성룡이 있었습니다."

"성룡, 설마……."

"그리고 성룡의 말에 따르면 사신의 저주를 받아 동포인 전생룡들도 각 미궁에 봉인되어 있다며 해방을 부탁했습니다. 게다가 앞으로 40년 동안은 용사가 태어나지 않는다고 합니다."

"……카틀레아, 루미나. 지금 루시엘이 한 말을 발설하는 것을 금하노라."

""옙.""

어라? 용사에 대한 정보를 괜히 말했나?

"……그래, 그 성룡은 뭐라 했느냐?"

"봉인된 용들을 해방하지 않으면 마소가 어둠에 물들어 마물이 서서히 강해지기에 태어난 용사가 마왕과 싸워서 패배할지도 모른다고 일러주었습니다."

"……어찌 이런 일이. 이럴 때가…… 잠깐, 그밖에 다른 말은 하지 않았느냐?"

"치유사인 제게 저의 손이 닿는 범위 내에서 도와달라고 했습니다. 전 미궁을 순회할 정도로 강하지 않으니까요. 그러니 자신이 지킬 수 있는 범위를 최선을 다해 지킬 생각입니다."

"그런가. 강해진 루시엘이라면 괜찮을 테지."

"아닙니다, 아직 멀었습니다. 항상 운의 도움만 받는지라. 예를 들자면 30계층에서 엑스트라 힐이 기록된 마법서를 얻지 못했다면 40계층에서 조각난 시체가 됐겠지요."

몇 번이나 베었는지 떠올리고 싶지 않지만 가볍게 세 자릿수는 베였으리라.

"루시엘 군의 팔과 다리는 멀쩡해 보인다만?"

루미나 씨가 입을 열었다.

"그건 엑스트라 힐 덕분이에요. 팔다리가 절단돼도 원래대로 회복할 수 있거든요."

전에 루미나 씨는 성기사를 괴물 취급하는 사람들이 있다고 했지만 엑스트라 힐을 사용할 수 잇는 나도 어느 의미론 괴물이다.

"그렇구나. 설마 엑스트라 힐이 기록된 마법서가 남아 있었을 줄이야. 루시엘은 정말로 운이 좋은 게로구나."

교황님이 웃으신 것 같은데. 운이 좋은 건 호운 선생님이 붙어 있어서 그런 것이리라.

"그 외에도 40계층의 터주가 생추어리 서클이 기록된 마법서를 드롭한 덕분에 50계층의 터주를 쓰러뜨리고 성룡을 해방할 수 있었습니다."

"그런가. 헌데 루시엘 그대한테 어떤 상을 내리면 좋겠는고?"

어째서 그걸 지금 물어보시는 걸까?

게다가 갖고 싶은 걸 말하라고 해도…… 없단 말이지. 교회 본부에서 자유롭게 여행을 떠날 수 있는 권리를 받을 수 있다면 당장이라도 받을 텐데.

"교황님, 마법서와 관련해서 드리고 싶은 말씀이 있습니다만 성속성 금기 마법인 리바이브, 이 마법만큼은 리스크가 커서 제가 평생 쓰지 않을 가능성이 높습니다. 그러니 마법 주머니에 넣어 반영구적으로 봉인하겠습니다. 이 마법서가 세상에 나오는 없겠지요."

"……카틀레아, 루미나, 오늘 들은 모든 얘기를 발설하는 것을 금하노라."

""옙.""

"그럼, 루시엘이여. 터주 방에서 입수한 것들을 전부 꺼내 다오. 용의 남긴 것들도 말이다. 분석할 필요가 있느니라. 물론 모든 것들은 그대의 것이지만 양도해줬으면 하는 물건이 나올지도 모르니."

"알겠습니다."

난 정직하게 보스방과 성룡이 있던 곳에서 주운 물건들은 전부 꺼냈다. 교황님이 원하신 물건들은 40계층에서 얻은 대검과 장창 그리고 50계층에서 얻은 지팡이뿐이었다.

마법서들은 그대로 내 재산이 됐지만 복사본을 작성하고 싶다고 부탁을 하셨기에 리바이브를 제외한 모든 마법서를 복사하는 것을 받아들이기로 했다.

하지만 40계층에서 손에 넣은 장비와 성룡이 남긴 물건은 내 전용 장비가 됐기에 아무나 다룰 수 없다는 모양이다.

게다가 마법 주머니는 쓸 기회가 없다는 이유로 필요 없다고 하셨지만 미궁에서 나온 마법 주머니는 백금화로도 입수 여부가 불투명한 아이템이라고 한다.

감정 스킬을 지닌 사람이 정말로 부럽다. 아, 생각난 김에 궁금했던 걸 여쭤볼까.

"교황님, 어째서 제 레벨은 오르지 않는지요?"

"……한 번 스테이터스를 살펴 보거라."

"알겠습니다. '스테이터스 오픈'."

그러자 홀로그램 윈도우가 나타났다.

✛ **STATUS** ▬▬▬▬▬▬▬▬▬▬▬▬▬▬▬▬▬▬▬ **OPEN** ✛

이름 : 루시엘

직업 : 치유사 Ⅷ(8) 성룡기사 Ⅰ

나이 : 19

레벨 : 1

HP(생명치) : 840   MP(마력치) : 580

STR(근력) : 152   VIT(내구력) : 163   DEX(손재주) : 137

AGI(민첩성) : 139   INT(지력, 이해력) : 168   MGI(마력) : 182

RMG(마력 내성) : 174   SP(스킬, 스테이터스 포인트) : 0

마력 적성 : 성(聖)

【스킬】

『숙련도 감정』Ⅰ 『호운(豪運)』Ⅰ 『체술』Ⅵ(6)

『마력 조작』 IX(9) 『마력 제어』 IX 『성속성 마법』 IX

『명상』 VII(7) 『집중』 VIII(8) 『생명력 회복』 VII 『마력 회복』 VIII

『체력 회복』 VII 『투척』 V(5) 『해체』 II 『위기 감지』 VI

『보행술』 VI 『신체 강화』 IV(4) 『병렬 사고』 IV 『영창 생략』 V

『영창 파기』 III

『검술』 IV 『방패술』 III 『창술』 IV 『궁술』 I 『기척 감지』 V

『이창도류술』 III 『함정 감지』 II 『함정 탐지』 I 『지도 작성』 III

『마력 증폭』 III 『사고 가속』 II

『HP 상승률 증가』 VIII 『MP 상승률 증가』 VIII

『ST 상승률 증가』 VIII 『STR 상승률 증가』 VIII

『VIT 상승률 증가』 VIII 『DEX 상승률 증가』 VIII

『AGI 상승률 증가』 VIII 『INT 상승률 증가』 VIII

『MGI 상승률 증가』 VIII 『RMG 상승률 증가』 VIII

『신체 능력 상승률 증가』 I

『독 내성』 VIII 『마비 내성』 VIII 『석화 내성』 VIII 『수면 내성』 VIII

『매료 내성』 V 『저주 내성』 VIII 『허약 내성』 VIII

『마력 봉인 내성』 VIII 『질병 내성』 VIII 『타격 내성』 VI

『환혹 내성』 VI 『정신 내성』 IX 『참격 내성』 VI

『자돌(찌르기) 내성』 VI

【칭호】

운명을 바꾼 자(모든 스테이터스 +10)

운명신의 가호(SP 획득량 증가)

성치신의 축복(성속성 회복 마법의 효과가 1.5배 증가한다)

성룡의 가호(성룡기사가 되어 전투 기능 및 스테이터스 상승한다. 용족과 대화가 가능하다)

용살자(용을 상대할 시 공격력과 방어력이 강해진다)

봉인을 해방하는 자(사신의 저주에 걸리지 않는다. 봉인된 용의 힘을 얻는 자)

✛ STATUS ▬▬▬▬▬▬▬▬▬▬▬▬▬▬▬▬▬▬▬ OPEN ✛

"보세요, 그대로 레벨 1인데요."

그런데 정신 내성의 레벨이 이상할 정도로 상승했다.

"직업이 늘지 않았느냐. 그런데 그게 레벨 1의 스테이터스인가? 아무리 생각해도 이상하구나."

"확실히 전체적으로 오르긴 했는데요, 그렇게까지 말씀하실 정도면 어째서 레벨이 오르지 않는 걸까요?"

확실히 스테이터스는 올랐지만 블로드 스승님한테 순살당하는 내가 그렇게 강할 리가 없다.

그건 그렇고 다중 직업자는 직업 레벨을 올리기 힘들다고 하지 않았나.

그럼 앞으로 난 어떻게 되는 거지?

"……카틀레아, 이걸로 루시엘에게 보여다오."

카틀레아 씨가 교황님으로부터 받은 낡은 책을 내게 건넸다.

"이건?"

"신의 탄식 및 물체 X의 기록이 적힌 문헌의 원본이니라. 읽어 보거라."

전에 읽었던 내용에서 이어지는 걸까? 문자를 눈으로 쫓다보니 문헌 안엔 물체 X에 대한 다양한 고찰이 기록되어 있었다.

그 중에 몇 가지 가능성이 기록된 부분을 읽은 난 충격을 받았다.

이는 신체 레벨에 대한 고찰로 마시는 기간 중엔 레벨이 매우 더디게 오르는 것이 단점으로 확인됐다.

게다가 계속 복용한 자가 없었기에 언젠가 내 뒤를 이어 자세한 연구를 하는 자가 나타나기를 바란다.

문헌의 기록은 그렇게 끝났다.

"……에, 어라? 말이 제대로 안 나오는데."

미궁이 진짜였다는 사실보다 레벨이 오르지 않았던 이유가 더 충격적이었다.

이 보고서가 진짜라면 스승님을 포함한 세 사람이 이 사실을 알 가능성은 희박하다.

그러니 내 레벨이 오르지 않은 것을 세 사람의 탓으로 돌리는 건 잘못된 일이다.

그보다 앞으로 물체 X를 마실지 안 마실지 그게 또 문제다.

내게 있어서 치트 아이템이긴 하지만 이대로 레벨 1로 지내는 것도 정신적으로 힘들고.

"루시엘 군, 진정하렴."

"루시엘 군, 괜찮아, 넌 지금 살아서 이곳에 있으니까."

어라? 어느 샌가 또 걱정을 끼친 모양이다.

"죄송해요. 앞으로 레벨 올릴지 말지 고민에 빠져서."

"레벨을 올리는 편이 좋다. 레벨이 오르기만 해도 지금보다 더 강해질 수 잇을 테니."

루미나 씨의 의견도 이해는 가지만 일단은 스승님께 상담을 해 보자.

그런 생각을 하고 있는데 교황님이 언데드화한 성룡의 뼈에 흥미를 가지신 모양이다.

"언데드가 된 상태에서 정화한 성룡의 뼈를 조금 줄 수 없겠느냐?"

"예. 성룡의 성골은 저만 다룰 수 있겠지만 언데드가 된 부분은 사용할 수 있죠? 단 교황님과 발키리 성기사단을 위해서만 사용해 주셨으면 합니다."

"알았다. 1주일 뒤에 미궁 답파를 정식으로 기념하는 축하회를 열 예정이니 주빈으로 참석해 다오."

"알겠습니다."

"카틀레아와 루미나는 이대로 남아 다오, 이후의 대책을 짤 터이니."

"ᅳ"옙.""

"루시엘, 정말로 수고가 많았다. 그리고 무사히 돌아와 줘서 참으로 기쁘구나."

"예. 감사합니다."

이렇게 해서 수면 부족과 혼란 그리고 미궁에서 머무는 행위가 얼마나 위험한 일이었는지를 한데 떠올리며 개인실로 돌아왔다.

　보통 이런 때라면 기분이 고양돼서 잠이 잘 오지 않겠지만 내겐 스페셜 아이템인 천사의 배게가 있기에 깊고 편안하게 숙면을 취할 수 있었다.

11 S급 치유사 겸 퇴마사 루시엘의 선언

당신은 알고 있나요? 표창을 받는 기분을?

당신은 알고 있나요? 자신에 대해 아는 바가 거의 없고 자신을 탐탁하지 않게 여기는 사람들 앞에서 그 상을 받는 기분을?

당신은 알고 있나요? 젊어서 출세하면 자신보다 나이가 많은 사람들한테 받는 압박감이 살기로 느껴진다는 사실을?

전세에서 출세했을 때도 연설을 할 기회가 있었습니다.

일단 상사한테 감사 인사를 전하고 주위 사람들이 버팀목이 되어준 덕분이라고 정형문을 읽듯이 시작하죠. 그리고 출세에 이르기까지의 에피소드를 조금 재밌게 말하거나 아니면 노력했다는 점을 강조해서 다음 목표를 선언하고 마지막에 감사 인사로 마무리를 하면 그걸로 끝난다.

어디 그럼, 내 전 사상사인 그란하르트 씨는 날 심문한 뒤에 마도 엘리베이터를 이용할 수 있는 카드와 본부 직원 전원한테 보급되는 로브를 건네준 사람이다.

또 조르드 씨는 정화 마법으로 마물을 쓰러뜨리는 법을 실전에서 알려준 사람이지만 10계층의 보스방에 들어간 적이 없다는 걸 알고 있기에 조언으로 은혜를 느낄 만한 요소가 없다.

루미나 씨가 이끄는 발키리 성기사단은 훈련을 도와줬지만 말하자면 그게 다. 엄격한 관점에서 보면 카틀레아 씨의 조언이나 아주머니의 도시락에도 감사 인사를 전하고 싶다.

나머진 교황님이 내려주신 각종 스페셜 아이템들. 그 중에서도 특히 마법 주머니와 천사의 배게. 이들이 없었다면 지금 나는 이 자리에 없었으리라.

은인들을 더 추가하면 물체 X님이나 호운 선생님이 날 이 자리로 이끈 일등 공신이라 할 수 있다.

출세하고 싶어서 이 세계에 오게 됐다. 그건 괜찮다.

하지만 죽고 싶지 않아서 노력을 했을 뿐인데 어째선지 점점 싸움을 강요받는 입장에 처하게 되는지 알 수가 없다.

타산을 따져서 강한 사람의 곁에 있으면 죽을 일은 없다고 생각했다.

타산을 따져서 생각해 친하게 지내는 사람들이 많으면 죽음과는 거리가 먼 인생을 걸을 것이라 생각했다.

타산을 따져서 고른 길이었을 터인데 존경하는 블로드 스승님이나 그루가 씨 같은 사람들과 만나면서 그들과의 생활이 내 안에서 당연한 것으로 변해 이런 인생도 나쁘지 않다고 생각했다.

타산을 따져서 안전한 생활을 손에 넣은 탓에 운명신의 분노를 샀는지 이번엔 아군이 없는 곳에 떨어졌다.

더 이상 이때부터는 타산을 따지며 움직이지 않았다…… 나 자신은 그렇게 생각한다.

미궁을 나아가고 모험자 길드에서 치료를 하다 보니 잘 좋아해 주는 사람도 생겼다.

모든 선행이 사람에게 보탬이 되는 것은 아니다. 그건 전세에서도 마찬가지였다.

그래서 자선 활동이라는 이름 아래 가난한 사람들을 구했다. 이 친절이 언젠가 돌아올 거라 믿으며.

일에도 최선을 다했다. 처음엔 아니었지만…… 그랬을 터다.

하온데 주신 클라이야 님, 정녕 눈앞에 이렇게 적들로 가득한 곳이 제 직장이란 말입니까?

미궁 답파를 기념하는 식전(式典)은 성 슈를 기사단이 전체 연습에 활용하는 훈련장에서 거행되었다.

이번엔 기사뿐만 아니라 치유사나 중진까지 총출동하셔서 정말로 위가 아프다.

그런 생각을 하고 있는데 마통옥과 소리를 증폭시키는 스피커 같은 마도구를 통해 교황님의 목소리가 들렸다.

교황님이 사람들 앞에 나서시는 건 드문 일이지만 이런 경사에는 두꺼운 베일로 얼굴을 가리시고 참석을 하신다는 모양이다.

"오랜 세월 동안 존재했던 미궁이 활동을 중지했다. 여기에 있는 치유사의 신분을 지닌 퇴마사 루시엘이 미궁의 최심부까지 답파한 덕분이니라. 한 동안은 마소가 쌓인 미궁에 마물이 출현하겠지만 언젠가는 마물도 사라질 테지. 정기적 토벌은 추후 기사단을 총괄하는 자가 인원을 배정할 예정이니 본녀는 그대들이 스스로 단련에 힘쓰는 나날을 보내길 바란다. 그럼 이번 공적에 따른 포상이다만 루시엘을 S급 치유사로 임명해 교회의 내외에 걸쳐 지도할 수 있는 입장을 부여할 것이며 그의 계급을 사교(司教)와 동격으로 취급한다. 또 본녀를 제외한 자의 모든 명령을 거부할 수 있는 권리를 내리는 것으로 이번 포상을 수여함을 본녀, 교황 폴나 알뤼데리 드 사를의 이름으로 선언하노라. 그럼 S급 치유사 루시엘이여, 한마디 소감을 부탁하마."

교황님…… 뭔가요. 그 뭔가를 기대하시는 듯한 시선은? 하아~ 정말로 위가 아프다.

가능하면 연설을 피하고 암살당하지 않도록 비공정(飛空艇)에서 쭉 하늘의 세계에서 살고 싶다. 뭐어 이 세계에 비공정은 없지만.

지금부터 내가 말하려는 것은 교회 본부에 대한 규탄이다.

이 사실은 교황님과 카틀레아 씨, 그리고 발키리 성기사단만 알고 있다.

……호운 선생님, 저, 안전한 생활을 보내고 싶어요.

"교황님의 말씀을 받아 자기소개를 하겠습니다, 이번에 S급 치유사라는 큰 소임을 맡게 된 S급 치유사 겸 퇴마사 루시엘이라고 합니다. 아직 풋내기인지라 여러분들은 제가 거슬리시겠지요. 제 공적은 미궁을 답파한 것 하나이기에 그렇게 여기시는 것도 당연한 일이라 생각합니다.

하지만 그런 거슬리는 풋내기가 지금부터 더욱 거슬리는 말을 여러분께 드리고자 합니다. 제가 치유사가 되고 4년이 지난 지금, 교회의 권위는 그야말로 붕괴 직전입니다."

사람들이 술렁거리기 시작했으며 날 향한 날아오는 살기도 장난이 아니다. 그리고 교황님도 카틀레아 씨도 발키리 성기사단도 웃음을 참고 계시는데 이건 당신들이 짠 시나리오잖아요. 뭐어 여기서부턴 뻔뻔하게 가보죠.

"붕괴 직전까지 몰린 이유는 일단 치유사들의 오만한 치료 방침 때문입니다. 치유사 길드가 창설된 당초엔 돈뿐만 아니라 식량으로도 치료를 베풀었다고 들었습니다. 과연, 성인군자라고 부르기에 부족함이 없는 분들이 창설하신 멋진 길드라고 생각합니다.

하지만 그래선 치유사라는 계속 빈곤에 허덕이면서 살아야 하는 거냐. 치료를 해줬더니 불만을 터뜨리기나 하고 이런 일들을 납득하고 넘어가라는 거냐. 말씀하신 대로입니다. 그러니 전 치유사가 돈을 받는 것을 문제로 삼을 생각이 없습니다. 여러분들 중에도 온 세상을 돌아다니며 활동하는 치유사들 중에서도 높은 뜻을 지향하며 열심히 치료에 힘쓰시는 분들이 많이 계실 겁니다. 그렇다면 어째서 치유사는 돈에 환장한다는 소리를 듣는 것인가?

그건 법이 제대로 정비되지 않았기 때문입니다. 그러니 돈을 버는 데에만 정신이 팔렸던 치유원은 큰 타격을 입을지도 모릅니다만 치료비에 대한 가이드 라인을 작성할 것을 선언합니다. 이 안건은 교황님을 비롯해 대사교님 열 분의 승인을 모두 받았습니다.

이어서 성기사와 신관기사에 대한 안건입니다만 부정한 일을 저질렀을 경우에 엄중한 조사를 거쳐 그 자의 직업을 해임함과 동시에 주신 클라이야 님의 신임의 저버린 벌로써 주신께서 내리신 직업을 기사로 강등시키겠습니다.

그 뒤에는 교회의 권위를 믿고 뻐기지 못하게 되오니 나날이 단련에 힘써 함께 교회의 권위를 다시 세워 봅시다.

저도 교회에 보탬이 되는 일을 행하겠습니다. 이를 생애의 목표로 삼아 온 힘을 다할 것을 맹세합니다. 연설을 들어주셔서 감사합니다."

"그런 것이다. 본래는 이 S급 치유사 루시엘을 축하하며 끝낼 예정이었다만 오늘 다른 한 건의 인사(人事)를 발표하겠다. 현재 카틀레아가 지닌 직책을 해제하고 다시 한 번 카트린느 플레나 기사단장으로 복귀시킴을 선언한다."

내 선언보다 카틀레아 씨…… 카트린느 씨의 기사단 복귀가 훨씬 임팩트가 있었던 모양인지 술렁거림이 끊이지 않는다.

하지만 교황님의 목소리가 들린 순간 단숨에 식장이 조용해졌다.

"이번에 카트린느가 복귀하는 이유는 본녀가 부탁한 일을 모두 마쳤기 때문이니라. 이 교회 본부 내에 만연하던 부정, 부패를 철저히 조사해 그 자들에게 이미 벌을 내렸다. 만약 평소에 면식이 있는 자가 보이지 않는다면 그런 까닭이니라. 이후엔 조금씩 감사 대상을 넓힐 예정이니 모두 힘을 합쳐 교회 본부를 이끌어 가다오. 부탁하마."

본래 교황님은 머리를 숙이거나 뭔가를 부탁하지 않는다. 명령하는 입장의 인간이기에. 마통옥을 통해 들린 교황님의 목소리를 들은 자들은 그저 일제히 경례를 올렸다.

이렇게 해서 내 S급 랭크 승진? 승격?도 어떻게든 마쳤으니 클라이야 님과 운명신님과 성치신님과 조상님께 적 투성이의 직장이 조금씩 개선되기를 바라며 진심으로 기도를 올렸다.

SEIJAMUSOU 2
©2017 by broccoli lion
First published in Japan in 2017 by broccoli lion
Korean translation rights reserved by Somy Media, Inc.
Under the license from Micro Magazine Co., Ltd., Tokyo JAPAN

성자무쌍 2

2018년 6월 1일 1판 1쇄 발행
2019년 6월 1일 1판 2쇄 발행

저   자 브로콜리 라이온
일 러 스 트 sime
옮 긴 이 이용국
발 행 인 유재옥
본 부 장 조병권
담당편집자 조찬희
편   집 강혜린 권오범 김다솜 김민지 김혜주 이문영 박은정 정영길 조찬희
라이츠담당 박선희 오유진
디 지 털 박지혜 최민성
인쇄제작처 코리아피앤피
발 행 처 ㈜소미미디어
등   록 제2015-000008호
주   소 서울시 마포구 토정로222, 403호 (신수동, 한국출판콘텐츠센터)
판   매 ㈜소미미디어
마 케 팅 김선형 한민지
전   화 편집부 (070)4164-3962, 3963 기획실 (02)567-3388
            판매 및 마케팅 (070)4165-6888, Fax (02)322-7665

ISBN 979-11-6190-518-1 04830
ISBN 979-11-6190-387-3 (세트)